Kriminalroman

Delikte
Indizien
Ermittlungen

DIE

Reihe

Jörg Paulsen, ein junger Bursche von achtzehn, wird in einer mittelgroßen Stadt der DDR unter schwerwiegendem Mordverdacht verhaftet; zahlreiche Indizien sprechen dafür, daß er im Alkoholrausch einen Mann getötet und beraubt hat.
Die verantwortlichen Kriminalisten haben es mit einem Fall zu tun, der anfänglich durch äußere Glätte und Eindeutigkeit besticht und eine schnelle Lösung verspricht. Dennoch nutzen sie einen kleinen, zunächst als nebensächlich empfundenen Hinweis, um den Tathergang erneut zu rekonstruieren und Antwort zu finden auf die Frage: Hat Paulsen wirklich gemordet?
Der Roman verbindet die Klärung eines spannenden Falles mit moralischen Problemen, er macht deutlich, daß die sorgfältige Arbeit eines Kriminalisten den Nachweis der Schuld eines Verdächtigen ebenso einschließen muß wie den seiner möglichen Unschuld.

Klaus Möckel

Delikte
Indizien
Ermittlungen

DIE

Reihe

Drei Flaschen Tokaier

Verlag Das Neue Berlin

Meiner Mutter, die sich in Krimis auskennt

Die wichtigsten Personen sind:

Jörg Paulsen (achtzehnjährig), der wegen drei Flaschen Wein und einem Mädchen um Mitternacht in ein fremdes Haus einsteigt, dort einen Toten findet und im Verlauf der Handlung nicht nur in bitteres Grübeln kommt, sondern auch in eine mehr als beklemmende Situation;
Leutnant Kielstein (etwas weniger jung), der nicht das prägnante Gesicht eines Starkriminalisten hat, in diesem Buch zunächst in die Irre geht, aber genügend Witz und Erfahrung besitzt, um letztlich doch die richtige Spur zu finden;
Hauptmann Bothe (Kielsteins Chef), der Grünpflanzen liebt, eine gute Ehe führt und zur Lösung des Falles die von ihm zu erwartenden wichtigen Ideen beisteuert;
Paulsens Freunde (nur wenig älter oder jünger als er), die auf Namen wie Karo, Klette, Intelligenzler, Müller, Nina und Anne hören, ihre Wochenenden vor allem in Kneipen verbringen, es mit der Moral nicht ganz so genau nehmen und sich den Anschein geben, mit dem Mordfall absolut nichts zu tun zu haben;
Leo Braun (Kellner), der ein Verhältnis mit einer flotten schwarzhaarigen Serviererin hat, aber nicht immer die geradesten Touren geht, und
Ludwig Zierau (besagter Toter), der im Leben etwas darstellte, ein Haus, einiges an Wertgegenständen und sehr festgefügte Ansichten besaß, nach Paulsens Meinung aber ein ziemlich krummer Hund war.

ERSTER TEIL

1 Es ist entsetzlich, es ist Wahnsinn! Ich bin verrückt, ich bin betrunken, nein, ich war betrunken oder nicht mal das, wenigstens anfangs nicht, nur angeheitert, beduselt meinetwegen, aber nicht blau, selbst zum Schluß nicht. Müde war ich, als ich einschlief, und meinetwegen auch benebelt, das will ich zugeben; jetzt jedenfalls bin ich völlig nüchtern.
Ich muß weg von hier, auf der Stelle. Bevor jemand kommt, bevor mich jemand entdeckt; nur wenn ich unbemerkt wegkomme, hab ich noch 'ne Chance.
Denn dem da ist nicht mehr zu helfen: Wie der mich anstarrt, der Blick, die offnen Augen, das Blut, das ist kein Unfall, kein Unglück, nein, dem hat jemand eins verpaßt, wie verkrampft der daliegt, wie verspannt; ich hab ihn nie leiden können, den da, alles war falsch an ihm oder fast alles, schon immer, aber trotzdem, so ein Ende ...
Die Polizei müßte man rufen, hallo, im Haus 27 in der Erlenstraße liegt ein Toter, ja, ich kenn den Alten, besser gesagt, ich kannte ihn, ganz gut sogar — aber dann wär man selber dran, dann hätten sie einen sofort beim Wickel: Bist du nicht bei dem ein und aus gegangen, hattest du nicht damals Krach mit ihm, wie kommst du eigentlich um diese Zeit in seine Wohnung?
Ich muß die Spuren verwischen, die Fuß- und Fingerabdrücke beseitigen, in den Keller muß ich noch mal, sonst sind sie mir gleich auf den Fersen, und ich muß mich beeilen, jede Sekunde zählt.

Das Blut ist ganz trocken; ob der schon lange so daliegt, seit dem Abend schon, seit dem Augenblick, als ich...
Er muß brutal niedergeschlagen worden sein, sieht aus, als hätt er sich zur Wehr setzen wollen, hat den Feuerhaken neben sich liegen, vielleicht ein Kampf, aber warum bloß, warum und wer?
Er starrt mich an mit seinen aufgerissenen Augen, so feindselig, als wär ich's selber gewesen.
Ich muß mich zusammennehmen, mir dreht sich alles im Kopf, ich trau der Polizei nicht, ich trau keinem, ich muß die Spuren verwischen, dem da ist doch nicht mehr zu helfen, ich muß weg, noch ist's Zeit.

Ich schiebe die Hintertür mit dem Ellbogen zu, diesmal nehm ich den Kiesweg, da können sie lange nach Fußabdrücken suchen. Es ist alles still, so still wie gestern abend, als ich über den Zaun stieg, auch der Wind hat sich gelegt. Keine Menschenseele und zu meinem Glück Nebel. Geregnet hat es, und sogar ganz schön, auf den Beeten stehn Pfützen. Plötzlich friert mich, und mir ist hundeelend zumute. Ein Traum, ein verfluchter Traum, und ich mittendrin. Auch wenn ich jetzt den Garten hinter mir lasse und das Haus, wenn ich mich abseits von der Straße hastig fortschleiche, unter den Büschen, zwischen den Roggenfeldern — es bleibt ein Traum mit einem wirklichen Toten. Den ich mit eignen Augen gesehen hab. Weshalb, zum Teufel, bin ich gestern bloß auf diesen lächerlich blöden Einfall gekommen! Weshalb mußte ich mich auf diese hirnverbrannte Wette einlassen. Drei Flaschen Tokaier um Mitternacht aus diesem Keller. Eine einfache Sache, ein Mordsgaudi, keinerlei Risiko. Ein Weg, den ich kannte, ein Ort, der mir vertraut war, der Alte würde gar nichts merken. Das dämliche Grinsen des Intelligenzlers, der mir das nicht zutraute, Klettes stille Bewunderung, Annekathrins gespielte Gleichgültigkeit. Karo hatte dagegengehalten, Karo hielt immer dagegen, wenn jemand was auf die Beine stellen wollte: „'nen Kasten, wenn du's schaffst, aber du

schaffst's nicht, du reißt bloß die Klappe auf."
Bis dahin war alles nur Spaß gewesen, Spiel, reine Aufschneiderei. Freitagabend, die HO-Gaststätte machte Feierabend; die Schwarze an der Theke wartete nur darauf, daß man die Scheine auf den Tisch blätterte, damit sie abrechnen konnte, selbst die vier Mann am Stammtisch kriegten kein Bier mehr, der dicke Mehlhauer, dieser fanatische Skatbruder, Balzer, der in einer Tischlerei arbeitet, Passak vom Sportverein und der blonde Ingenieur, dessen Name mir entfallen ist. Der Ober, ein Pinkel mit Schnauzbart, hatte es so eilig, die Schotten dicht zu machen, daß man annehmen konnte, er würde fürs Schließen bezahlt.
Wir mußten die gastliche Stätte verlassen, aber wir wollten nicht nach Hause, bis auf Klette vielleicht, das Muttersöhnchen — wir rissen noch unsre Witze darüber, den ganzen Abend hatten wir über seine Verklemmtheit gelacht —, und bis auf Nina, Karos Freundin, die sich aber nur zierte. Deshalb beschlossen wir, zu Müller zu gehn, dem die Frau weggelaufen ist und der die Wohnung nun für sich hat. Eine Zweizimmerwohnung. Er war auch einverstanden, bloß für die Prozente sollten wir sorgen. Und da der Intelligenzler nie Geld hat und Karo den ganzen Abend schon blechen mußte, war eben ich dran. War dran und hätte besser zwanzig Mark springen lassen sollen und fünf liebe Worte für die Schwarze hinter der Theke, damit sie mir 'ne Pulle Steinhäger rüberreicht oder so. Aber nein, mir mußte die hirnverbrannte Idee mit dem Alten kommen, mit seinem Keller, den schönen Flaschen, die sich da ausruhn, kein Selbstgebauter Marke Gärtnerglück, Stachelbeermansche und Apfelsaurer. Nein, nein, der Alte weiß, was schmeckt — wußte es, verdammt noch mal, mir wird ganz schlecht, wenn ich dran denke. Trotzdem, die guten Sorten waren schon immer sein Hobby, beim Wein und bei den Münzen, der legte sich Sachen hin, die ihren Wert behielten, die nicht verderben konnten, die mit den Jahren bloß besser wurden. Gerissen war der und egoistisch, aber nach außen hin das Vorbild, der gute Staatsbürger, der untadelige Abteilungs-

leiter, und jetzt tot auf 'ne Art, daß sich mir der Magen umdreht, und ich drin, mittendrin in der Scheiße.
Karo ist schuld mit seiner Überheblichkeit, mit seiner Großspurigkeit, der kann leicht die Scheinchen springen lassen, dem steckt man die Trinkgelder nur so zu, hier 'n Zwanziger und da 'n Fünfziger, Autoschlosser müßte man sein, *das* Geschäft in der sozialistischen Gesellschaft, Autos, Autos, Autos und jedes Vierteljahr ein paar hundert Unfälle. Da springen die Moneten und zu solchen wie Karo in die Taschen, kein Wunder, daß die Miezen verrückt sind nach dem. Bei der Nina läßt mich das ja kalt, nicht viel wert, die Biene, lange Haare, runde Schenkel, aber nichts im Kopf, bloß daß nun die Anne auch noch ... Doch das mit dem Tokaier hat ihr imponiert, für so was ist sie, das weiß ich vom Intelligenzler. Wenn sie auch getan hat, als interessierte sie die Wette nicht. An ihrem Blick hab ich's gesehn, richtig munter ist sie geworden. „Drei Flaschen", sagte ich, und sie hat aufgemerkt, „Szomoroti, ihr wißt schon, wo", und sie hat gegrient und verbessert: „Szamorodni heißt das" und ist unruhig auf ihrem Stuhl hin und her gerutscht. Zum Schein hat sie dann noch gemurmelt: „Ach, es ist schon spät, laßt doch den Quatsch", aber es war klar, daß ich 'nen Punkt bei ihr hatte und daß ich mir noch drei dazuholen konnte mit den Flaschen. Und das wollt ich, und jetzt sitz ich drin, mittendrin.
Dabei ging anfangs alles ganz glatt. Wir hatten bezahlt, das meiste natürlich Karo, und noch vor denen vom Stammtisch die Kneipe verlassen. Die andern wollten erst mit raus zu Zierau, was haben von dem Spaß, dabeisein, wenn ich das Ding drehte, aber ich war dagegen. Sie waren mir zu laut, hatten zuviel getrunken, ich selber war ja schon genug in Schwung, mußte mich bremsen und meine Gedanken zusammenhalten. Der letzte Steinhäger war eigentlich zuviel gewesen, ich wollte schließlich bei Nacht und Nebel in ein fremdes Haus einsteigen, in ein fremdes, obwohl ich dort aus und ein gegangen war, obwohl ich's kannte wie meine Hosentasche. Ich wollte einsteigen, heimlich und ohne den

Alten zu wecken, der nach elf immer schlief, oben in seinem Kabuff, und wollte genauso unbemerkt wieder raus. Mit den drei oder vier Pullen natürlich.
Deshalb also war ich dagegen, daß die andern mitkamen. Die würden bloß was verderben, die sollten bei Müller auf mich warten, lange würde die Geschichte nicht dauern, 'ne Dreiviertelstunde vielleicht, ich würde mich beeilen. Sie hauten schließlich auch ab, an der Post trennten wir uns, es war frisch, und die Mädchen in ihren dünnen Mänteln klapperten. Der Wind pfiff, so ein Westwind oder Nordwest, was weiß ich, mir war's ganz recht, er brachte mich zu mir. Und das Wasser brachte mich zu mir, am Springbrunnen schwappte ich mir 'ne Handvoll ins Gesicht, und dann los. Wie ausgestorben war die Stadt, irgend'ne Frau traf ich noch in der Poststraße, danach aber niemanden mehr. Ein paar hundert Meter weiter ist man ja auch schon aus dem Ort raus, da kommt die Brücke, dann gehen die Gärten los, und dahinter sind die Einfamilienhäuser. Wie oft bin ich da früher langgelaufen, zweimal am Tag, wie 'ne Ewigkeit kam mir der Weg damals vor, obwohl's gar nicht weit war bis zu Zierau, aber jetzt ging's auf einmal mächtig schnell.
Plötzlich stand ich am Zaun, und zwar nicht vorn am Tor, sondern rechts bei den Erlenbüschen, von wo aus man das Fenster des Alten sehn kann, aber natürlich war alles dunkel und still. Der schlief sicherlich wie'n Murmeltier, von wegen, alte Leute haben einen leichten Schlaf, der konnte einmalig ratzen, das wußt ich, zumal, wenn er zwei Glas Wein hinter hatte, Rosenthaler Kadarka oder Pinot Noir oder eben auch, bei festlichen Gelegenheiten, Tokaier, wie ich ihn jetzt für die andern holen wollte, der Wette wegen und wegen Annekathrin. Ich stand da, bei den Erlenbüschen, der Wind pfiff, und ein wenig fing's zu nieseln an, aber das paßte mir ins Konzept. Ich wartete noch einen Augenblick, um zu sehen, ob alles weiterhin ruhig blieb, ein letztes Zögern, dann kletterte ich mit einiger Mühe über den Zaun; das Bier, der Schnaps, den Karo spendiert hatte, machten mir doch zu schaffen.

Wenigstens hab ich das so in Erinnerung, obwohl ich nicht mehr alles parat hab, zuviel ist seit gestern abend passiert, zuviel ist auf mich eingestürmt, und jetzt ist mir übel, denn ich muß an das Blut denken, an die aufgerissnen Augen, und einen Brummschädel hab ich auch. Ich weiß noch, daß ich über den Zaun stieg und dann von hinten an das Haus ranschlich, unter den Kirschbäumen durch und an den Johannisbeersträuchern vorbei. Hier hatte ich seinerzeit den großen Krach mit dem Alten, sagte ihm ins Gesicht, was ich von ihm hielt: Mir gegenüber den großen Gönner spielen und hintenrum alles tun, um mich anzuschwärzen, um mir die Stelle zu vermasseln; hier hatte ich ihm seine Gemeinheiten unter die Nase gerieben, und er war knallrot geworden. Erst hatte er kein Wort herausgebracht, dann aber vor Wut geschrien und mich rausgeschmissen.

Doch das war lange her, zwar nicht vergessen, aber eben lange her; ich dachte auch nur flüchtig dran, als ich an den Sträuchern vorbeischlich, mehr interessierte mich schon, ob das Fenster neben der Besenkammer wie früher einen Spalt breit offenstand, wegen der Katze, aber es gab eine Enttäuschung, das Fenster war zu. Es war fest von innen verriegelt, nicht mit der Hand aufzudrücken, wie ich zunächst noch gehofft hatte, und da stand ich und sah meine Felle wegschwimmen. Aber gleich darauf dachte ich an Karos schadenfrohes Gesicht, an Klettes Enttäuschung und an Annes mitleidiges Lächeln und wußte, ich mußte mir was einfallen lassen. Da kam ich auf die Idee mit der Waschhaustür. Vom Waschhaus gelangt man in den Abstellraum und von da aus direkt in den Flur; zwar ist die Tür stabil, so 'ne richtige massive Eichenholztür, und verschlossen ist sie natürlich nachts auch, aber das ist kein Hindernis. Mit 'nem Stück Draht hatte ich sie nämlich früher schon mal aufgekriegt, mit 'nem starken Draht, wie er in Zieraus Schuppen lag, gleich nebenan also, da hatte sich nichts verändert, und 'ne Flachzange, um den Draht vorn umzubiegen, fand ich dort auch.

Auf die Art kam ich ins Haus, wenn ich auch länger

brauchte als erwartet; einmal unterbrach ich die „Arbeit" sogar kurz, weil jenseits des Zauns ein Motorrad den Berg runterknatterte, der Scheinwerferstrahl tanzte über Büsche und Bäume weg, bevor er dann wie abgeschnitten verschwand. Es war überhaupt ein Wunder, daß ich mich zurechtfand nach so langer Zeit und bei der Finsternis, mit den paar Streichhölzern, die ich anstrich; aber wo man sich auskennt, da kennt man sich aus.

Bloß daß sich nach der Anstrengung mit dem Draht und der Tür in meinem Kopf alles drehte, hatte ich nicht vorausgesehen, und daß mir ganz mulmig wurde, als ich dann endlich im Korridor stand, fast so mulmig wie vorhin am Zaun. Nichts mehr von frischer Luft, von West- oder Nordwestwind, der mir das Hirn durchgeblasen hatte, es roch nach Zwiebeln und Schuhkrem im Korridor oder nach irgendwelchem Bohnerwachs, und das hatte mich früher schon immer ganz kribblig gemacht. Nur kam mir jetzt, im Dunkeln, alles noch muffiger als sonst vor. Wer weiß, wie lange der Alte nicht mehr gelüftet hatte.

Aber immerhin war ich im Haus, und alles andre ein Kinderspiel, 'ne Sache, die von selber lief, wie ich dachte. Ich horchte, alles blieb still, nur im Wohnzimmer, dessen Tür immer offenstand, Tag und Nacht, wenn nicht grade eisiger Winter war, tickte die Pendeluhr. Ich tastete mich langsam voran, zum Glück war der Flur einigermaßen aufgeräumt, das konnte ich im schwachen Lichtschein ausmachen, der von draußen durchs Eckfenster drang. Ohne sonderliche Schwierigkeiten gelangte ich zur Kellertür. Hier aber hatte ich nun Pech, denn als ich die Tür leise öffnen wollte, stieß ich mit dem Fuß gegen 'nen Blecheimer, 'nen Kanister oder so was, gegen ein großes Metallgefäß eben, das einen Ton gab, laut und unheimlich scheppernd. Ich dacht, mich trifft der Schlag, ich fuhr zusammen und erstarrte zur Salzsäule. Der Ton, so kam mir's jedenfalls vor, schwang noch 'ne Ewigkeit durch den Raum.

Ja, ich war unheimlich erschrocken, meine Pumpe blubberte wie verrückt, denn wenn mich der Alte erwischt hätte, er

hätt mir das mit dem Wein nie und nimmer geglaubt. Und wenn er's geglaubt hätte, wär er trotzdem fuchsteufelswild geworden — nicht ohne Grund, wie ich zugeben will, ganz zu schweigen davon, daß er dann tatsächlich ein Recht gehabt hätte, mir was anzuhängen. Ich fluchte innerlich, beinahe nahm ich mir's da schon übel, daß ich die blöde Wette eingegangen war, doch ich hatte noch mal Glück. Zierau pennte anscheinend wie 'n Hamster, vielleicht war ihm im Unterbewußtsein was aufgestoßen, aber er hatte sich auf die andre Seite gedreht und schlief weiter, den Kopf mit dem strähnigen Haar im blaugetupften Kissen vergraben.
Freilich, wenn ich mir's jetzt überlege, soweit ich dazu fähig bin in dieser hundsmiserablen Situation — so fest kann er auch wieder nicht geschlafen haben, denn irgendwann muß er ja rausgesprungen sein aus der Koje, muß die Pantoffeln übergestreift haben, den Bademantel, den er immer neben dem Bett liegen hat, und muß sich runtergeschlichen haben. So stell ich mir's wenigstens vor, denn wie soll er sonst ins Wohnzimmer gekommen sein? Ob er doch was gehört hat, als ich gegen den Eimer stieß, oder ob er gegen Morgen erst, als es schon hell wurde, durch den andern aufgeweckt worden ist? Aber durch wen, zum Teufel?
Das alles ist verrückt, verrückt, dreimal verrückt und abscheulich, aber ich hab nichts damit zu tun, ich hab weder was gesehn noch was gehört, ich war zwar in dem Haus, das stimmt, die ganze Nacht war ich drin, aber das ist auch alles, und selbst das muß man mir erst mal nachweisen.
Und wenn die andern nun nicht dichthalten — Karo, die Großschnauze, seine eingebildete Nina, der blasierte Intelligenzler oder Müller, der ja nur einverstanden war, daß wir zu ihm auf die Bude rücken, wenn wir was zu trinken ranschafften? Gewiß haben die gewartet und auf mich geflucht, und Karo wird auf dem großen Pferd gewesen sein, weil er glaubte, er hätte seine Wette gewonnen ... Ach was, Wette, wer denkt denn noch daran! Hauptsache, die halten dicht, erzählen nicht, wo ich gestern abend hin wollte, Hauptsache, sie halten die Klappe, Annekathrin,

Klette und Nina, alle eben, die Bescheid wußten. Was ist heute für ein Tag ... Sonnabend? Ein Glück, da pennen die sich aus, da kann ich noch was machen, mit Karo muß ich zuerst reden.

Als ich auf der Kellertreppe stand — nichts hatte sich im Haus geregt, der Alte hatte nichts gemerkt —, dachte ich nur an eins, die Flaschen greifen und ab durch die Mitte. Ich stellte mir schon die Gesichter der andern vor, wenn ich mit dem Tokaier auftauchte, aber vorsichtig war ich trotzdem, vorsichtiger noch als vorher. Die Kellertür hatte ich offenstehen lassen, ich bilde mir das wenigstens ein (wozu auch hätt ich sie zumachen sollen?), sechs Stufen waren's bis runter, sechs ausgetretne Steinstufen, man mußte aufpassen, daß man nicht ausrutschte, aber sonst gab's da kein Problem. Dann wendete ich mich nach rechts, wo die Regale mit dem Wein standen. Durch das Kellerfenster, das von außen vergittert war, drang zwar nur wenig Licht, aber da sich sonst nichts verändert hatte, die Flaschen noch genauso geordnet waren wie früher, brauchte ich nur zuzugreifen. Der Tokaier, und es war eine beträchtliche Anzahl der kleinen dickbäuchigen Flaschen vorhanden, befand sich ganz außen, ich hatte kein Licht nötig, um ihn ausfindig zu machen, er war ohne Schwierigkeiten zu ertasten.

Es war Minutensache, ich wischte den Staub mit dem Ärmel ab, keine sehr feine Methode, aber was sollt ich machen, die eine Flasche verstaute ich in der Innentasche meiner Kutte, selber angenäht, ziemlich tief, wie geschaffen für diesen Zweck, die anderen beiden Flaschen hielt ich in den Händen. So stieg ich die Kellertreppe hoch, ich nahm mir vor, nicht noch mal an den blöden Eimer zu stoßen, stellte mir das Gesicht des Alten vor, wenn er, vielleicht erst in ein paar Tagen, den Verlust entdecken würde — doch was hieß Verlust, das bißchen Wein verschmerzte der allemal, die paar Mark zählten bei dem überhaupt nicht. Trotzdem würde er sich natürlich wundern, sich den Kopf zerbrechen und fragen, wo die Flaschen so spurlos abgeblieben waren.

Ich stieg also die Stufen wieder hoch, langsam und doch beinahe beschwingt, wie man so sagt, der Alkohol in den Flaschen war kühl und still, nur der in meinem Schädel war heiß und rumorte fröhlich — ich wollte durch die Tür in den Korridor zurück, aber da erwartete mich 'ne Überraschung! Doch was red ich, ein Schlag war's, schlimmer als der mit dem scheppernden Blechding, ein verdammt böser Hieb war's, ein hinterhältiger Stoß, der was Unheimliches an sich hatte. Die Kellertür stand nämlich plötzlich nicht mehr offen, nicht weit und auch nicht den Schimmer von 'nem Spalt, sie war zu. Anfangs dacht ich zwar, sie sei einfach von selber zugegangen, ohne daß ich das unten im Keller gemerkt hatte, sanft gewissermaßen und leise, aber als ich mit dem Ellbogen dagegendrückte, dann kräftiger mit der Schulter, merkte ich, daß das nicht stimmen konnte. Die Tür war nicht angelehnt, sie war fest verschlossen, von außen verriegelt, das heißt, von der Flurseite her, wo sich der Riegel befand, da half kein Drücken und Dagegenstemmen.

Dennoch drückte ich mit der Schulter und stemmte mich dagegen, zunächst, noch die Flaschen in der Hand, mit halber Kraft, dann, nachdem ich sie abgesetzt hatte, mit meinem vollen Körpergewicht. Aber ich begriff sehr bald, daß ein kräftiger Eisenriegel vorgeschoben und deshalb nichts zu machen war. Da saß ich also in der Patsche, tiefer als man sich's überhaupt vorstellen kann. Eben noch im freudigen Vorgefühl meines Triumphes, nun mit der Nase im Dreck, geklatscht wie 'ne Fliege. Hatte der Alte doch was gemerkt, und ich war ihm in die Falle gegangen wie der dümmste Esel!

Zuerst wollt ich fluchen und gegen die Tür donnern; ich weiß zwar nicht mehr, was mir in diesem Augenblick alles durch den Kopf ging, aber daß mich eine ungeheure Wut packte, ist gewiß. Ja, ich hatte Wut und verspürte Lust, zu schrein, Zierau herauszufordern und zu beschimpfen, ihn, der mich so reingelegt hatte, wieder mal, auf seine Art, der heimlich und leise aus dem Bett gekrochen und die Treppe runtergeglitten sein mußte, der mich gewiß im Keller scharren gehört und daraufhin den Riegel vorgeschoben hatte. Der nun aller Wahrscheinlichkeit nach im Korridor stand, den Atem anhaltend, seines Triumphes sicher, zufrieden, weil das Opfer in der Falle saß.

Aber ich schrie nicht, im Gegenteil, ich gab keinen Ton von mir, ich rüttelte noch nicht mal an der Tür. Ich würgte vielmehr meinen Zorn hinunter, meine Enttäuschung, denn mir kam plötzlich die Idee, daß mich der Alte vielleicht doch nicht entdeckt hatte, daß sich alles anders verhielt, daß ich noch eine Chance hatte, mit 'nem blauen Auge davonzukommen. Keine Ahnung, weshalb ich mir das einbildete, wahrscheinlich, weil der Mensch die Hoffnung nie aufgibt, obwohl man ja sieht, wie ich jetzt drinstecke; vielleicht kam ich auf diesen hirnverbrannten Gedanken, weil alles weiterhin still blieb. Man muß sich das mal überlegen: Jemand entdeckt um Mitternacht 'nen Einbrecher in seinem Keller — happiges Wort das, Einbrecher —, entdeckt ihn und schließt ihn ein, ohne ein Wort zu sagen. Ohne sich davon zu überzeugen, um wen es sich handelt. Daß der Alte anfangs, als er sich seiner Sache noch nicht sicher war, so leise wie möglich vorging, daß er da auf Katzenpfoten schlich — nun gut, das leuchtete ein. Daß er aber auch später kein Licht machte, um festzustellen, wer da eingedrungen war, daß er nicht mit eignen Augen sehen wollte, was eigentlich im Keller vor sich ging, und daß er jetzt, da er den Eindringling in der Falle wußte, noch immer keinen Laut von sich gab — das war nun doch verwunderlich. Wollte er Katz und Maus mit mir spielen, im stillen abwarten, was ich anstellte?

Ich preßte das Ohr an die Tür und lauschte, alles blieb ruhig, unheimlich ruhig. Hatte er Angst und war weggelaufen, um Hilfe zu holen? Das wär bei einem andern möglich gewesen, doch kaum bei Zierau; den kannte ich, der hatte keine Angst, das war die einzige gute Eigenschaft an ihm. Und deshalb eben kam mir der Gedanke, er hätt mich vielleicht gar nicht entdeckt. Möglicherweise hatte er doch noch nicht richtig geschlafen, nur so geduselt und mit einemmal ein Geräusch gehört, mein Poltern mit dem Eimer. Er begriff vielleicht nicht, woher das kam, kriegte es erst nach 'ner Weile mit, so wie es einem eben geht, wenn man schläft. Da hatte er sich aufgerappelt, war nach unten geschlurft und hatte im Wohnzimmer nachgeschaut, im Flur, in der Besenkammer, was weiß ich, jedenfalls nicht im Keller. Nicht dort, sonst hätte er stutzig werden müssen, nur den Riegel hatte er so im Vorübergehen zugeschoben. Und sich dann wieder hingelegt. Oder er war überhaupt nur rein zufällig aufgewacht, hatte Durst gehabt, war runtergekommen, um sich was zu trinken zu holen, merkte dabei, daß die Kellertür einen Spalt offenstand, drückte sie zu, schob den Riegel vor und ging wieder ins Bett.

Ja, genau so mußte es sein, das redete ich mir wenigstens ein, das hoffte ich in dieser vertrackten Situation, ich, mit meinen Flaschen beschäftigt, hatte nur nichts gemerkt. Ich redete es mir ein, denn wenn ich nicht entdeckt war, hatte ich die Chance, doch noch irgendwie auszukratzen. Obwohl mir klar war, daß das nicht mehr in dieser Nacht passieren konnte. Ich kannte den Keller, war mehr als einmal hier drin gewesen, ich wußte, wie dicht die Tür schloß und daß ihr selbst mit 'nem Brecheisen nicht beizukommen war. Wenn mich der Alte tatsächlich rein zufällig eingeschlossen hatte, dann mußte ich warten, bis er genauso zufällig wieder öffnete. Wenn er in den Keller kam, konnte ich bestimmt an ihm vorbeiflitzen. Vielleicht mit 'ner Socke überm Kopf oder so. Wie man's in Krimis sah.

Deshalb also kämpfte ich meine Wut und meinen Schrecken nieder und tappte langsam die Kellertreppe wieder runter. Nicht, ohne mich nochmals an der Tür versucht zu haben. Aber die rückte und rührte sich nicht.

Ich setzte mich auf die unterste Stufe und überlegte, wie ich die Nacht am besten rumbringen konnte. Teufel, sehnte ich mich auf einmal nach meinem Bett. Bisher hatte mich die Anspannung wachgehalten, aber jetzt merkte ich, wie müde ich war. Außerdem hatte ich Durst, einen wahnsinnigen

Durst. Na gut, wenigstens dem war abzuhelfen. Ich hatte die Flaschen der Einfachheit halber auf den Fußboden abgesetzt, jetzt griff ich mir eine davon und öffnete sie mit dem Korkenzieher meines Taschenmessers. Ich setzte die Pulle an, trank und verschluckte mich anfangs fast. Dennoch, gut war das Zeug, wirklich gut, das einzig Gute an dieser mißlichen Lage. Ich nahm einen kräftigen Zug, dann noch einen, mir wurde wohler und wärmer, nur munterer wurde ich nicht. Wenn ich mich wenigstens für 'ne Stunde hätte langmachen können. Ich suchte den Keller mit den Augen ab, denn ich hatte mich inzwischen besser an die Dunkelheit gewöhnt. In einer Ecke neben 'ner Kartoffelkiste entdeckte ich einen Haufen alter Säcke, nicht das beste Bett, gewiß nicht, aber in der Not ... Ich setzte die Flasche noch mal an, ich konnte mich nicht davon trennen, einen guten Geschmack hatte die Annekathrin, das mußte ich ihr lassen. Lange hatte ich nicht solchen Durst gehabt, das machte bestimmt die Aufregung, lange hatte mir nichts so gut geschmeckt, ein riesiges buntes Rad drehte sich in meinem Kopf, nein, ich drehte mich mit dem Rad, mittendrin in dem Rad war ich, auf 'ner Schaukel in dem Rad war ich, komisch das Ganze, der Alte hatte bestimmt nicht gedacht, daß ich auf dieser Schaukel seinen sorgsam behüteten Szaporozi gurgeln würde, wundern würde der sich, wundern ...

Ich weiß nicht mehr, was dann kam, ich hab mich wohl lang hingehaun auf die Säcke, aber ohne die Flasche aus der Hand zu lassen. Dann muß ich den Rest Wein getrunken haben oder auch nicht, vielleicht ist mir die Flasche auch weggerutscht, und der Rest ist ausgelaufen. Genau weiß ich das nicht mehr. Und dann bin ich wohl eingeschlafen.

2 Ein Sonnabend im Juli, aber ein Sonnabend, der nicht recht in die Vorstellungen von diesem Monat passen will. Der Himmel wolkenverhangen, das Wetter

neblig, nur ab und an gelingt es der milchigen Sonne, ein paar dünne Strahlen zur Erde zu schicken. Frisch ist es, ungewöhnlich frisch für die Jahreszeit, und der Mann, der mit langen Schritten, eine Aktenmappe unterm Arm, der VP-Inspektion zustrebt, ärgert sich, daß er den Regenmantel zu Hause gelassen hat. Daß er zu optimistisch war und dem Wetter mehr Sommerlichkeit zugetraut hat, als es nun bietet. Zum Glück stehen heute keine besonderen Ausflüge auf dem Programm; wenn irgend möglich, nutzt er den Wochenenddienst, um liegengebliebenes Aktenmaterial aufzuarbeiten, um fällige Berichte abzuschließen oder ein letztes Mal durchzusehen. Gut jedenfalls, daß er nicht, wie eigentlich vorgesehen, gerade in diesen Wochen seinen Urlaub genommen hat.
Leutnant Kielstein hat noch keine Ahnung von der Nachricht, die ihn an diesem Sonnabend erreichen wird, steht noch nicht unter der Anspannung der nächsten Stunden und bewegt sich folglich ganz ungezwungen. Wer ihn beobachtete, sich ein Bild von ihm zu machen suchte, würde sicherlich feststellen: Der Mann erweckt keinen unsympathischen Eindruck. Groß ist er, 1,78 bis 1,80 Meter vielleicht, hat volles, dunkelblondes Haar und ein — nun ja — nicht gerade markantes Gesicht. Weder treten die Backenknochen hervor, noch ist die Stirn besonders hoch; weder ist die Nase scharf geschnitten, noch sind die Augenbrauen buschig. Die Augen spielen ins Bräunliche, die Ohren stehen ein wenig ab, aber eben nur ein wenig — alles in allem kein Antlitz, das sich dem Betrachter sofort und nachhaltig einprägt. Da fallen schon eher die eckigen, schlenkrigen Bewegungen des Mannes auf. Mitte der Dreißig mag Kielstein sein, aber sein schlaksiger Gang läßt ihn jünger erscheinen. Sieht er aus wie einer, der seit gut zehn Jahren Gesetzesbrechern nachspürt? Hauptmann Bothe, sein unmittelbarer Vorgesetzter, der einen halben Kopf kleiner ist, doch breiter in den Schultern, wuchtiger von der ganzen Gestalt, wird von Leuten, bei denen er ermitteln muß, sofort für voll genommen, Kielstein geschieht öfter einmal das Gegenteil. Selbst

wenn er seinen Ausweis gezeigt hat, scheint ihn mancher noch für einen Aushilfspolizisten zu halten, für einen Mann, der besser Tennisspieler, Jazzmusiker, Büroangestellter geworden wäre. „Ein Vorteil für dich", sagt Bothe, und da mag er recht haben. Jedenfalls weiß der Leutnant durchaus den Naiven zu spielen, wenn es darauf ankommt, den Ungeschickten, den, der dreimal fragen muß, um eine einfache Sache zu begreifen.

Andererseits versteht es Kielstein jedoch, sich im gegebenen Augenblick durchzusetzen. Er hat mehr Erfahrungen im Beruf als mancher ältere Kollege, er hat Ideen, und die jahrelange Konfrontation mit den verschiedenen Vergehen und Verbrechen hat ihn nicht zum Routinier werden lassen. Im Gegenteil, sie hat ihn nur nachdenklicher und eigenwilliger gemacht. Ende der fünfziger Jahre, auf der Polizeischule, dachte er wie viele seiner jungen und auch älteren Genossen noch, daß sich die Verbrechensquote mit der Zeit nahezu automatisch senken würde, in dem Maße, wie sich die Lebensverhältnisse, die Beziehungen der Menschen zueinander besserten. Die Arbeit der Polizei und speziell der Kriminalpolizei, wo er bald danach seinen Dienst antrat, war notwendig, das schon, und sie mußte gut gemacht werden, das unbedingt, aber sie würde stetig leichter werden, immer weniger Platz im Leben der Gesellschaft einnehmen, einfach, weil es die Leute nicht mehr nötig hatten, zu stehlen, zu rauben, zu morden. Ende der fünfziger Jahre, zwanzig, einundzwanzig Lenze alt, mit dem unbekümmerten Vorwärtsdrang der Jugend ausgestattet, hatte Kielstein geglaubt, diese Entwicklung würde sich schnell vollziehen, schneller, als es dann tatsächlich geschah; er hatte alles sehr großzügig eingeschätzt, sehr von außen — nicht, daß er sich in jedem Punkt Illusionen gemacht hätte, aber vereinfacht hatte er schon. Er hatte viel theoretisiert und die Anstrengungen unterschätzt, die selbst der kleinste Fortschritt beim Kampf gegen die Kriminalität verlangt. Grob gesehen, auf längere Zeiträume, stimmte es natürlich: Die Welt zum Besseren verändern hieß dem Verbrechen den Boden entziehen, und es war ja auch auf seinem Gebiet eine Zeitlang gut vorangegangen. Dann jedoch hatte es Rückschläge gegeben, ein Auf-der-Stelle-Treten, Einflüsse von drüben machten sich negativ bemerkbar, und hier, unter den neuen Bedingungen, zeigte sich: Ein höheres Lebensniveau, eine sozialistische Erziehung der Jugend führten nicht zwangsläufig zum Absinken der Verbrechensziffer. Der Gedanke, sich unrechtmäßig zu bereichern, sich durch Betrug, Raub, ja Tötung einen Vorteil zu sichern oder auf diese Weise unangenehmen Problemen aus dem Weg zu gehen, setzte sich immer wieder in den Köpfen einzelner Menschen fest. Gegen die Täter mußte unnachgiebig, mit zäher Ausdauer und Geschicklichkeit gekämpft werden. Heute wie damals. Die Routine nützte dabei, die Erfahrung half, doch jeder neue Fall forderte auch neue Überlegungen und ein Vorgehen, das auf die spezielle Situation und die darin verwickelten Menschen gemünzt war.

Das also ist Kielsteins Meinung, sie hat sich in der Zeit seines Polizeidienstes, vor allem während seiner sechsjährigen Tätigkeit bei der MUK, herausgebildet, und er vertritt sie nicht nur theoretisch, er steht auch in der Praxis konsequent zu ihr, zu konsequent mitunter. Es ist schon passiert, daß er zuviel *Spezielles, Eigenständiges* in Situationen und Menschen hineindeutete, zu ausgefallene Wege gehen wollte, dabei aber das Naheliegende übersah und auf die Nase fiel. Gut, daß es dann Bothe gab, Unterleutnant Andreesen und Kriminalmeister Felsch, die in die Bresche sprangen, ihn zurückhielten oder in eine andere Richtung stießen. Außerdem ist Kielstein keiner, der auf der Nase liegen bleibt und etwa beim nächsten Auftrag zuerst an die früheren blauen Flecken denkt. Kanten, die zu scharf waren, hat er sich mit der Zeit abgeschliffen, und von einigen Fällen abgesehen, gibt ihm der Erfolg recht. Hauptmann Bothe jedenfalls, dem er manchmal noch zu eigensinnig, zu heißblütig und dann auch wieder zu nachgiebig ist, schätzt seine Art, sich in eine Spur zu verbeißen, die zunächst nicht das geringste verheißt. Er weiß, daß der Leutnant in verfahrener Lage oftmals überraschend produktive Einfälle hat, mit Phantasie und Menschenkenntnis zu Werke geht. Daß er, vor allem beim Umgang mit jugendlichen Straftätern, Fingerspitzengefühl bewiesen hat. Mit den Jahren ist ein nahezu gleichberechtigtes Verhältnis zwischen den beiden entstanden, das die Ordnung in der Dienststelle jedoch nicht durcheinanderbringt. Klar, daß Bothe der Chef ist, daß er, wenn auch oft unmerklich, den Ton angibt, daß in schwierigen, unübersichtlichen, umstrittenen Situationen er entscheidet.

Kielstein hat das Polizeigebäude erreicht, etwas lässig zeigt er am Eingang seinen Dienstausweis vor, dann steigt er, meist zwei Stufen auf einmal nehmend, zum dritten Stock, zu den Räumen der Morduntersuchungskommission empor. Es ist sieben Uhr dreißig, er ist mehr als pünktlich, aber er liebt es nicht, morgens in letzter Minute durch die Gänge zu hasten. Schließlich wartet ja auch Andreesen auf Ablösung, der Nachtdienst hatte.

Kielstein betritt sein Zimmer, der andere ist nicht da, er stellt die Aktentasche auf den Schreibtisch, nimmt Zigaretten und Streichhölzer aus dem Jackett, legt beides in die Schublade. Er ist Gelegenheitsraucher, tagelang tut er keinen Zug, dennoch schleppt er immer eine Schachtel Juwel mit sich herum. Für Gäste, langweilige Sitzungen oder, umgekehrt, Augenblicke der höchsten nervlichen Anspannung. Bekannte und Kollegen mokieren sich über diese Manie, doch das stört ihn nicht. Die eigene Note. Marianne, als sie noch verheiratet waren, hat auch darüber gelacht. Marianne — das ist nun fünf Jahr her.

Andreesen kommt ins Zimmer, er hat sich nebenan rasiert. Ob man die Nacht geschlafen hat oder nicht, man muß rasiert sein, wenn man unter die Leute geht, das ist seine Meinung.

Die beiden Kriminalisten begrüßen einander, der Unterleutnant erstattet Bericht, es gibt — glücklicherweise — keine besonderen Vorkommnisse. Dann ein kurzer Gedankenaustausch über private Angelegenheiten, vor allem über das Fußballspiel von Rot-Weiß am Nachmittag, das Kielstein leider nicht verfolgen kann. Andreesen rüstet zum Aufbruch, der Leutnant zieht eine Mappe mit Pressenotizen aus dem Schreibtischfach, macht sich an die Arbeit. Stille, Friedfertigkeit. Nichts Außergewöhnliches, Unerfreuliches, Bestürzendes scheint sich anzubahnen.

3 Der Tote, das Eingesperrtsein im Keller, der Alkohol, den ich noch immer im Blut und im Schädel hab, und wieder der Tote – ich hetze dahin, und die Gedanken jagen sich in meinem Hirn. Ich will und muß mit Karo reden, zuerst mit Karo, deshalb halt ich mich gleich hinter der Brücke links, aber plötzlich merke ich, daß das ja alles Quatsch ist, Blödsinn. Müssen ist eine und Können 'ne andre Sache, alles ist noch viel schwieriger und gemeiner, als ich dachte. Wie soll ich mich da bloß rausfitzen? Außer Atem bleib ich stehn, bleib mitten auf dem Weg stehn und schüttle verzweifelt den Kopf. Eine Zigarette, zehn Mark für 'ne Zigarette, meine F 6 sind gestern alle geworden, Streichhölzer hab ich noch bei mir, aber keine Glimmstengel. Ich bin drauf und dran, den Mann in Arbeitsklamotten, der mir da entgegenkommt, den ersten, den ich heute treffe, deswegen anzuhaun. Aber dann tu ich's doch nicht, der guckt sowieso, weil ich so zerknautscht aussehe. Nimm deine Glotzen weg, Kumpel, ich bin nicht der Saufaus und Lodrian, für den du mich vielleicht hältst, ich hab nur Pech, auf der ganzen Linie.
Ja, ich hab verdammtes Pech, hab mein Leben lang kein Glück gehabt, dieser Gedanke überfällt mich plötzlich, packt mich mit aller Gewalt, durchdringt mich förmlich. Schon als Bengel lief bei mir alles schief: Wer auch sonst hat 'ne Mutter, die so einem windigen Kerl wie diesem Robert nachläuft, dem Herrn Chemiker, immer flott angezogen, immer voller großartiger Pläne und Reden, immer alle möglichen Versprechen im Maul, aber daheim 'ne Frau mit zwei Kindern, von der er sich angeblich trennen will und

von der er sich nie scheiden läßt, nie. Sie jedoch, die anhängliche Susanne, Susanne Paulsen, meine Mutter, stets und ständig hinter ihm her, ohne das mal satt zu kriegen, jahrelang, ohne zu begreifen, daß der da gar nicht will, daß der sie bloß ausnutzt. Dabei ist sie schon mal reingefallen, mit einem, von dem ich meine Nase hab, den ich aber nicht kenne, von dem sie mir nie was erzählt hat und von dem ich nichts wissen will — sollen sie mir doch alle gestohlen bleiben.

Kein Vater, na schön, andre haben auch keinen Vater, nur 'ne Mutter, die geschieden ist, verwitwet, die nie drauf aus war zu heiraten, was weiß ich, ist ja nichts dabei, aber die haben wenigstens 'ne Mutter, eine, die ihren Stolz hat, die für sie da ist, während bei mir... An manchen Tagen schwappte sie förmlich über vor Zärtlichkeit, da brachte sie sich fast um, und dann wieder nichts, 'ne Woche lang Kälte, Gleichgültigkeit, als wär ich Luft, überhaupt nicht vorhanden. Das war, wenn dieser Kerl nichts von sich hören ließ, wenn sie auf ihn wartete, abends, nach der Arbeit, wenn sie weglief, um zu telefonieren, ihn irgendwo abzupassen. Tagelang ging das — als ich klein war, begriff ich das noch nicht, aber später...

Pech auf der ganzen Linie, zu Hause und in der Schule, wo sie einem einreden wollten, man sollte lernen, lernen und nochmals lernen, um seinen Mann im Leben zu stehn und die Wissenschaft zu meistern. Daß ich nicht lache — um vielleicht so einer zu werden wie Robert, der Herr Chemiker! Na, bei mir verfing das Gesäusel nicht, und so hing ich eben hinten. Das Gezeter daheim machte die Sache nicht besser, einmal wollte mir sogar der schöne Robert ins Gewissen reden, er gab sich wunder wie freundlich, na, ich hab ihn einfach stehnlassen, elf war ich damals oder zwölf, er konnte von Glück reden, daß ich ihm nicht ins Gesicht spuckte.

Es lief eben nicht bei mir; im Sport, wo ich gut war, wo was hätte werden können — zwölf Sekunden die hundert Meter, an die eins siebzig im Hochsprung, und ich fing ja erst an —, da mußte ich mir das Bein brechen, ausgerechnet, und

zur gleichen Zeit hörte Frau Köhler an der Schule auf, die Sportlehrerin, die Klasse war; bei dem Neuen aber, als ich wieder raus war aus dem Krankenhaus, kam ich nicht in Schwung. Das Bein machte nicht mehr mit, und angeblich ließ ich's an Training fehlen. Jedenfalls schaffte ich weder Zeiten noch Höhe, es war aus, einfach kein Glück.
Und so ging das immer weiter. Als ich sie endlich hinter mir hatte, die Schule, und von zu Haus weg konnte, als ich hier in den Ort kam und mich bei Zierau verdingte, da dachte ich, alles richtet sich ein. Doch dann merkte ich, woher der Wind wehte und daß ich für den nur der Paslack war. Es kam zum Krach, Taler, Taler, du mußt wandern, ich wanderte, und jetzt, wo ich glaube, endlich die Kurve gekriegt zu haben, passiert mir diese hundsgemeine Geschichte. Ich hab Pech, ekelhaftes Pech.
Der Arbeiter ist weitergegangen, ich versuche mich zusammenzureißen, aber die Panik sitzt mir im Genick. Ich wollte zu Karo, doch der wohnt bei seinen Alten, und mir ist eingefallen, daß ich so, wie ich ausseh, auf keinen Fall dort aufkreuzen kann. Noch dazu um diese Zeit, seine Eltern würden sofort stutzig werden, würden mich fragen, wo ich herkomme, warum ich so zerknittert bin, eben den ganzen Salm — nein, das geht nicht. Und überhaupt ist Karo wahrscheinlich gar nicht zu Hause, sondern pennt bei Nina, die eine kleine Wohnung am entgegengesetzten Ende der Stadt hat, aber bis dahin ist's weit, und das Haus jetzt bestimmt noch abgeschlossen, ich müßte sie rausklopfen, die halbe Straße würde ich rebellisch machen, doch das kann ich auf keinen Fall riskieren.
Mein Gott, fühl ich mich schlapp, was soll ich bloß anstellen? Am besten wär's, nach Hause und sich erst mal richtig ausschlafen. Ob ich Müller die Sache erkläre, zu zweit läßt sich bestimmt ein Weg finden, nur bei Müller, da weiß man nie, und an seine Bude komm ich genausowenig ran wie an Ninas, die befindet sich im vierten Stock.
Ich will hier nicht anwachsen, ich setz mich wieder in Bewegung und biege diesmal nach rechts ab. Das Vorgelände der

Stadt ist zu Ende, die ersten Häuserzeilen beginnen, jetzt sind auch schon einige Menschen auf der Straße, ein paar Autos, und von weitem quietscht 'ne Straßenbahn. Ich streiche nochmals meine Jacke glatt, fahr mir mit der Hand durch die Haare, versuche meinem Schritt Sicherheit zu geben. Eine Telefonzelle taucht auf, und plötzlich weiß ich, was ich tun werde. Annekathrin werd ich anrufen, ihre Nummer hab ich im Kopf, 24 39, auch sie wohnt bei ihren Eltern, aber die wollten übers Wochenende wegfahren, sind hoffentlich schon abgedampft, ich werd Anne rausklingeln, werde ihr sagen, was passiert ist, sie ist vernünftig, sie wird mich verstehen.
Ich stürze in die Zelle, natürlich ist kein Telefonbuch da, aber ich brauch ja keins. Für einen Augenblick befürchte ich, kein Zwanzigpfennigstück zu haben, ganz heiß wird mir bei dem Gedanken, doch es findet sich noch eins im Portemonnaie. Ich hebe den Hörer ab, das Freizeichen ist im Apparat, ich werfe das Geld ein, wähle. Endlich klappt einmal alles auf Anhieb: Das Tuten im Apparat ist weg, dafür ertönt schwach ein Klingelzeichen am anderen Ende der Leitung. Wird sie auch nicht zu fest schlafen, wird sie rangehn? Angespannt lausche ich, bin gewillt, sie unbedingt aus den Federn zu holen. Es klingelt einmal, zweimal, fünfmal, zehnmal, mir wird schon der Arm steif, ich weiß nicht, wie lange ich hier so stehe und warte. Aber ich will nicht aufgeben, ich klammre mich an diesen Strohhalm, ich muß mit ihr reden, ich will den Hörer nicht anhängen, solange ich ihr nicht meine verfahrene Lage erklärt habe. Und da, endlich, ich hab schon nicht mehr damit gerechnet, knackt es in der Leitung, ist das Klingelzeichen weg, meldet sich eine Stimme. Wie vom anderen Ende der Welt, mürrisch, zerrig, verschlafen. „Hallo, was is'n los, hier bei Amelang."
Bei Amelang sagt die Stimme und nicht, wie ich's erwartet habe, schlicht *Amelang*, und es ist auch keine Frauenstimme, nein, auf keinen Fall, dieses Organ hat nichts Weibliches an sich, es gehört einem Mann. Einem Mann — ich stehe und

hab den Hörer am Ohr, ich stehe, und die Worte des anderen dröhnen in meinem Kopf, aber ich geb keine Antwort.

„Hallo, hallo“, sagt die Stimme noch mal, nun etwas munterer und ziemlich verärgert, „wer ist denn dran, was wollen Sie denn?“ Und dann, als ich immer noch keinen Ton über die Lippen bringe, fährt sie fort, nicht mehr in die Sprechmuschel, sondern mehr in den Raum dort hinein: „Da ist jemand dran, sagt aber nichts. Idiot, die Leute für nichts und wieder nichts aus dem Schlaf zu holen.“ Und es knackt erneut in der Leitung, der Mann hat aufgelegt.

Ich aber, wie ein Schlafwandler, hänge den Hörer wieder in die Gabel, drücke die Tür der Telefonzelle auf, stakse mit weichen Knien nach draußen. Eine Frau, die mit eiligen Schritten daherkommt, schaut mich verwundert an. „Ist Ihnen nicht gut?“ fragt sie und bleibt stehn.

„Doch“, geb ich zur Antwort, „doch, es ist alles in Ordnung.“

Sie wirft mir noch ’nen prüfenden Blick zu, zuckt mit den Schultern, geht weiter. Neben der Telefonzelle befindet sich eine niedrige Mauer, sie umschließt ein Stück Vorgarten, ist schmutzig, aber das kümmert mich nicht. Ich setz mich hin, besser gesagt, ich hocke mehr, als ich sitze, vergrabe den Kopf in den Händen. Sie also auch, Anne auch, was hab ich mir bloß eingebildet, was hab ich mir in meinem dußligen Schädel zusammengesponnen, ich hätte mir’s denken sollen. „Hallo, bei Amelang“, diese Worte tönen laut in meinem Kopf, rumoren, hallen wider. Ein Idiot, wirklich, ich bin ein Idiot, ich steig in ein fremdes Haus ein, ihretwegen, weil ich den Wein will, ich schlag mir die Nacht um die Ohren, und sie hat nichts andres im Sinn, weiß nichts Besseres zu machen als ...

Ich hämmre mir mit der Faust gegen die Stirn, ich kann’s noch immer nicht fassen. Diese Männerstimme, ich hab sie erkannt, ganz eindeutig, wenn sie auch verschlafen klang und wie vom andern Ende der Welt. Nein, es gibt keinen Zweifel, so eine Stimme hat nur einer, nur einer: Karo.

4 Keine Ahnung, wie lange ich so auf der Mauer sitze, zwei Minuten, zehn Minuten, ich schau nicht nach der Uhr, ich hab die Handballen vor die Augen gepreßt, ich bin ein Boxer, den ein Konter getroffen hat, doch was heißt Konter, ein Tiefschlag, obwohl ich ohnehin fast am Boden war, und nun sitz ich da und bin völlig ausgepumpt. Ich bin fertig, ich glaube, ich heule sogar. In mir ist Finsternis; die Sonne, die plötzlich rauskommt und für einige Augenblicke die Straße, die Häuser, mich selber in Helligkeit taucht, ist nichts als ein lächerlicher Irrtum. Ich versuche mich zu fassen, aber da ist nichts zu fassen, jetzt ist alles egal, ich könnte aufstehn, zur Polizei gehn und sagen: „Hier bin ich. In dem Haus, wo ich heut nacht war, liegt ein Toter. Ich kannte ihn ganz gut, aber jetzt hat man ihn erschlagen. Ich war's zwar nicht, aber das kann ich nicht beweisen. Ich kann auch nicht abstreiten, daß ich heimlich bei ihm eingestiegen bin und daß wir vor einiger Zeit einen Riesenkrach hatten."

Ja, ich könnte zur Polizei laufen, und die würde mich auf Nummer Sicher bringen, in ein schönes vergittertes Loch, so wie ich's heute nacht schon mal genossen habe. Dann könnt ich mich wenigstens richtig ausschlafen, ich brauchte mich nicht mehr abzuquälen und zu überlegen, wie das alles war in der Nacht, wer den Keller zugesperrt und, vor allem, wer ihn wieder aufgemacht hat. Denn das war die nächste Überraschung gewesen, am Morgen war der Keller wieder offen, der Riegel an der Tür zurückgeschoben. Ich tappte die Treppe hoch, noch ganz zermanscht vom schweren Schlaf auf den Säcken, noch ganz dun, zunächst hatte ich gar nicht gewußt, wo ich überhaupt war, ich drückte gegen die Tür, und da gab sie nach. Verrückt war das, einmalig verrückt, ich dachte, einer erlaubt sich Witze mit mir; ich fragte mich auch, ob die Tür überhaupt jemals verriegelt gewesen war, ich meine, am Abend vorher, als ich mit meinen Flaschen raus wollte. Jetzt jedenfalls gab sie schlicht und einfach nach, jetzt öffnete sie sich beim ersten Antippen.

Ja, ich könnte zur Polizei laufen und mich einsperren lassen, damit ich endlich zum Ausschlafen käme, damit ich mich mit alldem nicht mehr abzuquälen brauchte, mit dieser verdrehten Geschichte und der furchtbaren Entdeckung hinterher, mir nicht mehr den Kopf zerbrechen müßte, wie ich die Kripo von mir ablenke — und Annekathrin und Karo und Nina und der Intelligenzler könnten mir dann allesamt gestohlen bleiben.

Und Müller könnte mir gestohlen bleiben und Klette, obwohl ... Klette, der hat's vielleicht nicht verdient, ist ganz in Ordnung, der Kleine, ein Baby, aber der einzig Brauchbare in der Truppe, der einzige, der nicht nur an sich denkt; bloß was nützt mir einer allein, und wer weiß, wie auch er sich eines Tages entpuppen wird!

Es ist klar, ich kann mich nicht losmachen von den schwarzen Gedanken, und da fällt mir der tote Zierau wieder ein — ich frag mich, ob er jetzt immer noch so verkrampft und starr dort liegen mag, in seiner Wohnung. Und alles ist schwarz, kommt mir aber in der Erinnerung gleichzeitig so fremd vor, so unwirklich, daß ich die Hände vom Gesicht nehme, mich aufrichte und den Streifenwagen sehe, der die Straße entlangfährt, direkt auf mich zu. Ein Streifenwagen, voll besetzt, das einzige Auto auf der sonst leeren Straße, langsam pirscht es sich am Trottoir entlang, gemächlich, und seine toten Augen, seine Scheinwerfer, die jetzt ausgeschaltet sind, glotzen mich an. Und nun könnte ich ja was tun, könnte gleich in die Tat umsetzen, was ich mir eben noch überlegt hab, könnte winken, die Hände ausstrecken, könnte sie stoppen und sagen: „Da bin ich, ich hab euch was zu erzählen, laßt mich einsteigen, nehmt mich mit!" Aber anstatt das zu machen, anstatt sie ranzurufen und das Weitere dem Schicksal zu überlassen, merke ich, wie ich ganz steif werde, innerlich und äußerlich, oder besser, wie sich alles in mir spannt, die Sehnen und die Muskeln, ein Stück Gummi, das im nächsten Augenblick losschnellt, ich merke, daß ich bereit bin, davonzuhetzen.

Nein, ich bin deren Freund nicht. Wenn man mal nicht so

spurt, wie die sich's vorstellen, blaffen sie einen gleich an, kanzeln einen ab. Einmal bin ich mit dem Rad auf der Landstraße gefahren, hatte, weil ich müde war, die Arme auf den Lenker gelegt, Himmel, haben die sich aufgespielt, von wegen Verkehrsgefährdung und so; ein andermal bin ich über die Absperrung an der Straßenbahn gestiegen, nicht das erstemal, und nie war was passiert, Gott, haben die mir einen Vortrag gehalten und mir dann drei Mark abgeknöpft, ich war ohnehin knapp bei Kasse; nein, ich bin nicht so naiv, mich denen auszuliefern.

Der Wagen kommt auf mich zu, und ich stehe angespannt da, aber dann ist die ganze Aufregung umsonst, die fahren vorbei, ohne mich zu beachten, ohne mir auch nur einen Blick zuzuwerfen, die haben gar nichts im Sinn mit mir, na, ich wäre ein schöner Esel, würde ich sie erst auf mich aufmerksam machen. Zierau ist tot, und ich sitze in der Tinte bis obenhin, und wenn ich an Anne denke, an Karo, packt mich eine verdammte, hilflose Wut, doch das ist trotzdem kein Grund, in Panik zu verfallen, durchzudrehn, sich selber reinzulegen. Wenn sie mir schon ihre Tiefschläge versetzen, mich allesamt im Stich lassen, dann werd ich ihnen nicht noch helfen. Ich werd ihnen zeigen, daß ich mich nicht so schnell kleinkriegen lasse, die sollen sehn, aus welchem Holz ich geschnitzt bin.

So richte ich mich innerlich wieder auf, fasse mich beim Schopf und ziehe mich hoch, natürlich noch nicht aus dem Sumpf, in den ich geraten bin, soweit reicht die Kraft nicht, aber immerhin hoch, und dann geh ich los, schlage die einzige Richtung ein, die mir im Augenblick sinnvoll erscheint, die Richtung nach Hause, in meine Bude. Und weil ich mich nun endlich entschieden habe, wird's in meinem Kopf auch wieder klarer; zwar brummt der Schädel noch, aber die Gedanken laufen nicht mehr so wild durcheinander, und ein bißchen Glück hab ich auch, als ich zu Hause ankomme. Frau Blumenthal, meine Wirtin, ist nämlich, als ich leise die Tür aufschließe, im Bad und hört mich nicht, und da ich sonnabends immer bis in die Puppen penne,

denkt sie sicherlich, ich liege auch heut noch im Bett. Weshalb ich mich leise am Bad vorbei in mein Zimmer schleiche, meine Sachen ausziehe, alles unordentlich, wie ich's immer tu, auf einen Stuhl schmeiße, in den Schlafanzug steige und in die Federn krieche. Schlafen, denke ich, schlafen und dann weitersehn, die andern werden schon nichts ausplaudern, so schnell jedenfalls nicht. Alle benachrichtigen, allen klarmachen, worum's geht, ist ja doch ein Ding der Unmöglichkeit, und vielleicht haben sie den richtigen Täter schon, wenn ich dann aufwache. Das ist nach all den schwarzen Überlegungen, die ich an diesem Morgen angestellt habe, ein freundlicher, ein tröstlicher Gedanke, und weil ich wirklich hundemüde bin und weil ich noch immer diesen verdammten Wein im Blut habe und den Schnaps von gestern abend, tauche ich schließlich auch weg, ich spüre richtig, wie ich wegtauche.
Ich kann nicht ahnen, daß aus einem gründlichen Ausruhen noch immer nichts wird.

5 Man kennt das aus Romanen und Filmen. Eine Leiche wird gefunden, ein Mann, eine Frau, erschossen, erwürgt, vergiftet, erhängt, und dann geht ein — wenigstens will es dem Zuschauer, dem Leser so scheinen — hektisches Treiben los. Unfall, Selbstmord oder Mord? Warum geschah es und um welche Zeit? Wer hat etwas bemerkt, wer war der Täter? Fragen, die sich ergeben und Antwort fordern. Eine Gruppe von cleveren Polizisten taucht am Ort des Geschehens auf: Fotografen, Männer, die die Finger-, Fuß- und sonstigen Abdrücke sichern, ein Arzt und natürlich, das Ganze lenkend und organisierend, er, der Hauptmann, Oberleutnant, Kommissar oder Inspektor.
In unserem Fall, es sei zugegeben, ist es nicht anders. Ein Toter liegt in einem Haus irgendwo in der Vorstadt, und jemand findet ihn. Der ihn entdeckt, ist diesmal nicht der Briefträger, der sonnabends ja keine Post austrägt, und es

ist auch nicht die Reinemachefrau, sie wird in diesem Haus nur montags und donnerstags erwartet. Nein, es ist eine Person, die zur Familie gehört, es ist die Schwiegertochter des Toten. Sie kommt mit einem mausgrauen Trabant — auf dem Rücksitz ihr vierjähriger Sohn Thomas — aus dem nahe gelegenen Ort Linda, wo ihr Mann als ökonomischer Direktor eines Textilbetriebes arbeitet. Der Mann ist angeln gegangen, sie und ihr Sohn wollen den Opa besuchen. Das war seit längerem abgesprochen, denn der Garten des Großvaters steht bei Thomas hoch im Kurs, auch wenn es nicht immer was zu ernten gibt. Nur etwas früher dran ist man als vorgesehen, was mit dem zeitigen Wachwerden des Jungen zusammenhängt. Schon um sechs war er heute aus dem Bett gesprungen, hatte seiner Mutter keine Ruhe mehr gelassen.

Ein Viertel nach neun hält also der Trabant Erika Zieraus, kurz, aber fröhlich hupend, vor dem Gartentor, und gleich darauf klettert zuerst die ein wenig dralle Frau, dann der Junge aus dem Auto. Im Haus bleibt alles still, das Hupen ist anscheinend nicht gehört worden, deshalb betätigt Thomas begeistert und ausgiebig den Klingelknopf am Tor. „Nicht so wild", versucht ihn die Mutter zu bremsen, „du wirst noch die Klingel kaputt machen, der Opa kommt gleich, er hat nicht so früh mit uns gerechnet."

Doch Zierau kommt nicht, er läßt sich weder am Fenster noch an der Tür sehen, nichts bewegt sich im Haus mit dem roten Schindeldach. Thomas wird ungeduldig, und seine Mutter wundert sich. Erst am Tag zuvor hatte sie mit dem Schwiegervater telefoniert, er muß zu Hause sein. Daß er um diese Zeit noch schläft, ist ganz unwahrscheinlich, und die Klingel funktioniert auch, man hört drinnen ihr Scheppern. Vielleicht macht er sich hinten im Schuppen zu schaffen, denkt die Frau. Sie drückt die Klinke herunter, die Gartentür ist wie üblich abgeschlossen, dann geht sie, den Jungen an der Hand, am Zaun entlang ums Haus herum. Aber auch hier ist alles still. Thomas, der, so laut er kann, nach dem Opa ruft, erhält keine Antwort.

Erika Zierau überlegt, ob der Schwiegervater etwa kurzfristig krank geworden oder in aller Frühe nochmals aus dem Haus gegangen ist. Vielleicht, weil man ihn, obwohl ja Wochenende ist, im Betrieb brauchte. Aber dann hätte am Gartentor eine Nachricht für sie gehangen. Die Frau geht wieder nach vorn, da hängt kein Zettel, liegt auch nichts am Boden. Und als nochmaliges Klingeln und Rufen erneut erfolglos bleiben, entschließt sie sich zur Selbsthilfe. Erst hebt sie mit einiger Mühe ihren Jungen über den Zaun, dann klettert sie selbst hinterher. Geht zunächst zur Haustür, die gleichfalls verschlossen ist, rüttelt und klopft. Versucht dasselbe am Fenster daneben, ruft, genauso vergeblich wie vorher ihr Sohn. Bis Thomas, der inzwischen zur Hintertür gelaufen ist, lauthals verkündet, daß die offen sei. Da zögert sie nicht länger und folgt dem Jungen auf dem Weg durch die Waschküche ins Haus.
Als Leutnant Kielstein in der Erlenstraße eintrifft, mit ihm der Arzt und die Kriminaltechniker, die er benachrichtigt hat, nachdem er Erika Zieraus Anruf entgegengenommen hatte, steht die Frau schon am Gartentor und wartet. Der Schreck ist ihr ohne Zweifel in die Glieder gefahren. Sie ist bleich im Gesicht und knetet nervös ihr Taschentuch in den Händen. Doch sie gibt klare Auskunft über das wenige, das sie weiß. Sie hat sich, als sie den Schwiegervater fand, vernünftig verhalten, ihn nur einmal, im ersten Entsetzen, geschüttelt, um zu sehen, ob er wirklich tot war. In der Wohnung hat sie nichts verändert. Sie hat den Jungen, der die Tragödie nicht begreift, aber dennoch ganz ernst geworden ist, am Herumlaufen gehindert. Eine Erklärung für das, was sich am Abend, in der Nacht hier abgespielt haben muß, fällt ihr schwer.
Der Tote, Ludwig Zierau, Witwer, alleinlebend, Abteilungsleiter in einem Betrieb für Heizungs- und Belüftungsanlagen, ist offensichtlich niedergeschlagen worden. Von der Seite oder von vorn, mit einem kantigen Gegenstand, denn der Mann liegt auf dem Rücken, eine tiefe Wunde über der linken Schläfe. Er hat Blut im Gesicht, am gestreiften Schlaf-

anzug, den er als einzige Bekleidung trägt. Neben seiner ausgestreckten Hand liegt ein Feuerhaken, ein schweres, rußiges Schüreisen, und Kielstein sagt sich, daß Zierau wahrscheinlich nicht völlig unvorbereitet getroffen wurde, daß er sich zur Wehr setzte, vielleicht sogar zuerst angriff. Überhaupt lassen die Kleidung des Mannes, das eiserne Gerät, das ihm im Todeskampf wohl aus der Hand fiel, einige weitere vorsichtige Schlüsse zu. Vermutlich gab es einen Streit, eine tätliche Auseinandersetzung mit einer Person, die Zierau entweder so gut bekannt war, daß er sie im Schlafanzug empfing, oder aber mit einem Eindringling, einem Einbrecher vielleicht, der von dem Alten überrascht wurde.

Viele Fragen müssen von Kielstein, von Kriminalmeister Felsch, der inzwischen eingetroffen ist (Bothe war nicht zu erreichen, er hält sich am Wochenende in Prag auf), möglichst schnell beantwortet werden. Wer könnte mit Zierau so intim gewesen sein, daß der ihm im Schlafanzug gegenübertrat, oder wer könnte aus welchem Grund heimlich in das Haus eingedrungen sein? Am Vorabend, gegen 19 Uhr 30, hatte Erika Zierau mit ihrem Schwiegervater telefoniert, und sie sagt aus, daß bei diesem ziemlich ausführlichen Gespräch von einem Besucher nicht die Rede gewesen sei. Was natürlich nicht unbedingt etwas bedeuten will. „Vater“, erklärt die Frau, „verriet nicht immer, was er gerade tat oder vorhatte.“

Jedenfalls erfreute sich Zierau am Freitag gegen acht Uhr abends anscheinend noch bester Gesundheit — die Auseinandersetzung mit dem mysteriösen Besucher muß später stattgefunden haben. Irgendeinen Verdacht gegen Bekannte des Schwiegervaters kann und will die Frau nicht aussprechen. „Natürlich hatte er Bekannte, die ihn von Zeit zu Zeit besuchten: aus dem Betrieb, aus der Nachbarschaft, aber ich glaube, daß es eher ein Einbrecher war, einfach so ein Lump, der was klauen wollte.“ Kielstein gibt sich mit ihrer Aussage einstweilen zufrieden.

Wichtig ist der Zeitpunkt des Todes, und hier kann der Arzt

schon einigermaßen gültige Schlußfolgerungen ziehen. Nach dem Stand der Blutgerinnung und -verfärbung, der Totenstarre, die voll ausgebildet ist, und der Körpertemperatur muß der Tod vor acht bis zwölf Stunden eingetreten sein. Genaueres über den Zeitpunkt und auch über die Todesursache wird freilich erst die Obduktion ergeben.
Doch immerhin, für Kielstein ist die Angabe des Gerichtsmediziners ein Anhaltspunkt. Demnach lebt Zierau seit spätestens zwei Uhr morgens nicht mehr und kann andererseits nicht vor elf Uhr des vergangenen Abends zu Tode gekommen sein. Was war der Grund für die nächtliche Auseinandersetzung? Der Leutnant, der die Adresse von Erika Zierau notiert und die Frau mit dem verstörten Jungen nach Hause geschickt hat, sieht sich im Raum um. Ein heftiger Kampf kann hier nicht stattgefunden haben; der Schreibtisch, zwei Sessel mit Stahlrohrbeinen, ein altmodisches Sofa, ein kleiner runder Tisch mit einem Stuhl, eine hohe, mit Sanddornzweigen gefüllte Bodenvase stehen wie unberührt an ihren, wie es aussieht, angestammten Plätzen. Der Tote, der inzwischen von allen Seiten fotografiert wurde, liegt mit dem Kopf zur weit offenstehenden Tür. Dahinter befindet sich, durch ein Fenster nur mäßig erhellt, ein Korridor, von dem aus eine Treppe in das obere Stockwerk führt. Auch die Türen zu den meisten anderen Räumen gehen von diesem Korridor ab, so die zur Küche, zum Keller und zu einem Abstellraum, an den sich wiederum ein Waschraum anschließt. Dahinter eine Eichenholztür, und auf diesem Weg — dessen ist sich Kielstein fast sicher — muß der Täter das Haus verlassen haben. So ist er möglicherweise auch eingedrungen. Die Fenster jedenfalls waren beim Eintreffen von Frau Zierau, wie sie versicherte, ebenso verriegelt wie die Haustür, in deren Schloß der Schlüssel von innen steckte.
Während die Kriminaltechniker im Haus und im Garten Spuren sichern, nach Finger- und Fußabdrücken suchen, Staubproben nehmen, versuchen Kielstein und Felsch herauszubekommen, ob etwas gestohlen wurde. Etwas

Kleingeld, genau sechs Mark zwanzig, liegt in der verschlossenen Schreibtischschublade, deren Schlüssel sie in einer leeren Vase entdecken, außerdem eine goldene Armbanduhr. In den anderen Fächern befinden sich irgendwelche Schnellhefter, Mappen mit Berichten und technischen Zeichnungen, Hefte, lose Blätter. Die Dinge scheinen ohne großen Wert, denn diese Fächer sind im Gegensatz zur Schublade nicht abgeschlossen. Einige Regale mit Büchern, ein Schrank mit Nippsachen und Kinderspielzeug — offenbar für Thomas —, hier herrscht ein ziemliches Durcheinander, doch das will nichts besagen. Die Wertsachen wird er in dem oberen Raum aufbewahrt haben, denkt Kielstein, Sparbücher, größere Summen Bargeld vielleicht, Dinge, die ihm am Herzen lagen und die man im allgemeinen unter Verschluß hält. Und der Kriminalist sagt sich, daß man erst einmal mehr über den Toten selbst erfahren muß, wenn man hier weiterkommen will.
Von dem Tatwerkzeug fehlt jede Spur. Aber gerade als Kielstein einen Seufzer ausstößt, weil er zu ahnen beginnt, was mit diesem Fall auf ihn zukommt, ruft ihn einer der Kriminaltechniker vom hinteren Eingang des Hauses. „Ich hab etwas gefunden, Genosse Leutnant, schauen Sie sich das mal an."
Kielstein und Felsch gehen nach hinten, und der Mann hält ihnen triumphierend ein Stück Draht entgegen. „Damit hat der Kerl die Tür geknackt. Keine ungeschickte Arbeit, das Ding lag im Gras, Abdrücke sind wegen des Regens leider nicht zu holen, aber ich glaube, wir kommen trotzdem weiter. Der Draht scheint aus dem Schuppen nebenan zu stammen."
Der andere Kriminaltechniker, ein älterer, erfahrener Polizist, hat im Schuppen bereits ganze Arbeit geleistet. „So viel Spuren auf einmal, deutlicher konnte sich unser Freund gar nicht ausweisen", sagt er. „Der hat sich seinen Schlüssel hier angefertigt, ohne die geringste Vorsicht walten zu lassen. Muß sich seiner Sache mächtig sicher gewesen sein. Abdrücke fast sämtlicher Finger und einer halben Schuhsohle.

Acht abgebrannte Streichhölzer und ein zerknitterter Straßenbahnfahrschein, der ihm möglicherweise aus der Tasche gefallen ist. Und hier das Schönste, eine leere Zigarettenschachtel Marke F 6, auf der etwas mit Bleistift gekritzelt steht. Ein Mädchenname, *Anne*, wenn ich richtig lese. Die Schachtel lag direkt neben der Tür."

„Die braucht nicht unbedingt zu unserm Mann zu gehören", erwidert Kielstein, ist aber innerlich ganz wach geworden. Wie immer, wenn sich eine heiße Spur findet. Vielleicht bekommt man den Kerl, der die Schweinerei da drinnen angerichtet hat, doch eher zu fassen, als es noch vor wenigen Minuten den Anschein hatte.

Und tatsächlich wird es ein äußerst erfolgreicher Vormittag für die Kriminalisten, wenn dem Erfolg auch ein bitterer Beigeschmack anhaftet, weil hier ein häßliches Verbrechen begangen wurde. Aber das Geschehen ist nun einmal nicht rückgängig zu machen, und Kielstein konzentriert sich voll auf seine Aufgabe. Mit Befriedigung nimmt er zur Kenntnis, daß sich zu den Spuren im Schuppen andere in Haus und Garten gesellen, die nicht weniger aufschlußreich sind. So wird zum Beispiel am Rand eines Beetes im feuchten Erdreich ein Sohlenabdruck gefunden, dessen Profil genau mit dem im Schuppen übereinstimmt, und es stellt sich auch heraus, daß der Eindringling offensichtlich im Keller war. Dort hat er seine Spuren zwar zu beseitigen versucht; die Klinke der Kellertür, einige Flaschen im beachtlichen Weinpullenarsenal des Toten sind sorgfältig abgewischt; doch gerade die Wischspuren überall, die Sauberkeit an einigen besonderen Stellen deuten auf die kürzliche Anwesenheit eines Menschen hin. Ebenso wie ein schwacher Alkoholdunst, der noch im Raum hängt. Natürlich kann sich auch Zierau an den Weinvorräten zu schaffen gemacht haben, getrunken aber, das versichert der Arzt, hat er am vorangegangenen Abend so gut wie nichts. Und weshalb sollte er die Türklinke abgewischt haben, sagt sich Kielstein, dafür gab es nicht den geringsten Grund.

Der Tote ist abtransportiert worden, die Kriminaltechniker

haben ihre Arbeit am Tatort beendet, Kielstein und Felsch gönnen sich einen Augenblick Ruhe, sie ziehen ein erstes Resümee. Der Kriminalmeister, ein bedächtiger Mecklenburger mit einem Boxergesicht, mittelgroß, etwas stumpfnasig, blond, grauäugig, entwickelt eine Theorie, die Kielstein einleuchtet. Gegen Mitternacht, so Felsch, ist ein Unbekannter mit einem selbstgefertigten Nachschlüssel durch den Hintereingang in das Haus eingedrungen, offenbar, um zu stehlen. Er hat sich in der unteren Etage und vor allem im Keller zu schaffen gemacht (weshalb, ist vorläufig noch ungeklärt), er war allem Anschein nach angetrunken, doch nicht so stark, daß er die Kontrolle über seine Handlungen verlor. Später (oder war es vorher?) befand er sich im Wohnzimmer, wo er von dem Hausbesitzer, der vielleicht etwas gehört hatte, überrascht wurde. Es kam zum Streit, zur tätlichen Auseinandersetzung, bei der Zierau von dem anderen niedergeschlagen wurde. Der Täter versuchte die Spuren zu verwischen und floh. Sicherlich in Panik, denn er versäumte es, auch im Schuppen die Spuren, die auf seine Anwesenheit hindeuteten, zu beseitigen. Daß er sich den Nachschlüssel erst an Ort und Stelle fertigte, bewies, der Einbruch war nicht besonders gut vorbereitet. Andererseits verstand sich der Eindringling auf Schlösser, wenigstens auf die einfache Konstruktion, und er kannte sich wohl auch am Ort des Geschehens aus. Weshalb man den Täter — eine Frau kam nach den bisherigen Ermittlungsergebnissen kaum in Frage — wahrscheinlich in Zieraus Bekanntenkreis zu suchen hatte. Man mußte unverzüglich Nachforschungen im Betrieb des Toten, in der weiteren Verwandtschaft und in der Nachbarschaft anstellen.

6 Der Fall Ludwig Zierau wird von Kielsteins Vorgesetzten für so schwerwiegend angesehen, daß der Leutnant, solange Bothe im Ausland ist, nicht nur alle Vollmachten, sondern auch jegliche Hilfe erhält. Gewalt-

verbrechen dieser Art gibt es zum Glück selten; wird aber eins verübt, muß alles getan werden, es unverzüglich aufzuklären. Also setzt sich eine Schar von Polizisten in Bewegung, um auch die letzte eventuell verwertbare Einzelheit über das Opfer in Erfahrung zu bringen. Trotz des Wochenendes werden alle verfügbaren Kräfte mobilisiert. Kielstein selbst sieht die Papiere und letzten Briefe Zieraus durch, spricht mit dem Abschnittsbevollmächtigten des Wohnbezirks und fährt dann nach Linda, um sich nochmals mit der Schwiegertochter des Toten und besonders mit seinem Sohn zu unterhalten.
Aber nicht der Leutnant, sondern Kriminalmeister Felsch stößt zunächst auf Details, die die Ermittlungen vorantreiben. Gemeinsam mit anderen Kriminalisten befragt er die Nachbarn nach auffälligen Geräuschen oder Erscheinungen in der vergangenen Nacht, und er hat Erfolg. Der Besitzer des an Zieraus Garten grenzenden Grundstücks will etwas gesehen haben. Er ist ein dürrer, großer Mann, der den Eindruck macht, er könne das Obst gleich so, ohne eine Leiter zu benutzen, von den Bäumen ernten. Er beugt sich beim Sprechen nach vorn, zu dem kleineren Felsch herunter und hackt mit den Händen durch die Luft. Er ist schwer zu verstehen, er hat einige Zahnlücken und zischt mehr, als er spricht. Aber was er sagt, läßt den Kriminalisten aufhorchen.
„Der Bengel ist heute morgen in der Gegend rumgestrichen. War ja Nebel, ziemlich dicht, aber ich hab ihn trotzdem erkannt. Er schlich am Zaun lang, nicht in Richtung Straße, sondern auf die Felder zu. Kam mir gleich verdächtig vor."
„Welcher Bengel? Und wo kam er her?" fragt Felsch und hat Mühe, sich nicht durch die hin und her fahrenden Hände des anderen ablenken zu lassen. Wenn ihn jemand an einen unruhigen abgemagerten Vogel erinnert, dann dieser Mann.
„Na, der bei Zierau ausgeholfen hat. Nach dem großen Krach ja nicht mehr, aber vorher. Der die ganze Dreckarbeit

machen mußte. Paulsen hieß er oder so ähnlich, ja, Paulsen. Von nebenan ist er gekommen, von wo denn sonst!"
„Aus Zieraus Garten? Haben Sie das gesehen?"
„Natürlich nicht. Ich stand da", er zeigt auf einen Apfelbaum, „und der Nebel ging bis da, ließ einem keine zehn Meter Sicht", wieder macht er eine erklärende Handbewegung. „Zieraus Haus, sein Grundstück mit den Büschen und Bäumen, alles weiße Soße. Aber 'n paar Meter weit konnt ich sehn. Er kam schscht ... aus dem Nebel und war schscht ... wieder weg. Nur die Richtung ist klar, die Richtung ..."
„Wann war das?" will Felsch wissen. „Und wieso waren Sie bei dem Wetter schon so früh im Garten?"
„Wieso, wieso ...", der Mann streicht mit der flachen Hand übers Gesäß und am linken Bein hinunter, „mein Rheuma, das scheucht mich bei diesem Sauwetter schon halb fünf aus dem Bett. Ich muß ein paar Schritte tun, damit sich der Knochen wieder einrichtet. Die Alte will noch schlafen, aber mich treibt's vor die Tür. Muß gegen fünf, halb sechs gewesen sein, als ich ihn sah."
Unmöglich, denkt Felsch, so spät kann der Täter das Haus nicht verlassen haben. Der müßte ja einmalig abgebrüht sein, wenn er sich nach so einem Verbrechen noch stundenlang im Haus des Getöteten aufgehalten hätte. „Fünf, halb sechs?" fragt er. „Sind Sie sicher, daß es nicht früher war?"
„Halb fünf hab ich das erstemal auf die Uhr geschaut", sagt der Mann, der Rentner ist, aber eigentlich noch gar nicht so alt aussieht. „Kurz danach bin ich raus aus der Falle. Hab mich im Bad gewaschen und was angezogen. Dann bin ich in den Garten gegangen."
„Kennen Sie diesen Paulsen näher? Erzählen Sie bitte, was Sie über ihn wissen."
Doch viel erfährt Felsch nicht durch diesen Nachbarn, der behauptet, genug mit seinem eigenen Kram zu tun zu haben. Nur daß der genannte junge Mann eben über längere Zeit hinweg bei Zierau gearbeitet habe, halbe und

manchmal auch ganze Tage, daß er und seine Frau den Nachbarn um die Hilfskraft beneidet hätten und daß es an einem Nachmittag plötzlich zum Streit gekommen wäre. „Das war im vorigen Herbst, ein schöner Tag, wir hielten uns die ganze Zeit im Garten auf. Zierau brüllte so, daß man's über drei Grundstücke weg hörte. Ich sagte zu meiner Frau: ‚Horch mal, drüben gibt's Krawall', aber sie hatte's schon mitgekriegt, obwohl sie schwerhörig ist. Gar nicht lange, dann haute der Paulsen ab. Mit knallrotem Kopf. Bis heute morgen hab ich ihn nicht mehr in der Gegend gesehen."

Felsch hütet sich, diese Geschichte überzubewerten, aber natürlich muß man ihr nachgehen. Zumal einige Genossen bei der Befragung gleichfalls auf den Namen Paulsen stoßen. Auch andere Nachbarn erinnern sich noch an diesen Streit. Gelegentlich hat Zierau hinterher über den jungen Mann gesprochen, hat ihn einen Nichtsnutz und Vagabunden, einen scheinheiligen Kerl genannt, der sich bei ihm eingeschlichen und ihn dann schmählich enttäuscht habe. „Verklemmt war der Bengel ja 'n bißchen", gibt eine Frau zu Protokoll, „immer für sich, und wenn man ihn mal anredete, gab er kaum Antwort, eben 'ne komische Type. Aber mit dem Zierau wurde man genausowenig warm. Ziemlich eingebildet, der Mann."

Inzwischen ist es vier Uhr nachmittags geworden. Felsch ruft bei den Zieraus in Linda an, bekommt die Auskunft, daß Kielstein vor wenigen Minuten die Wohnung verlassen hat, läßt sich daraufhin mit seiner Dienststelle verbinden. Er bittet darum, unverzüglich die Wohnanschrift eines jungen Mannes mit Namen Jörg Paulsen ausfindig zu machen. Während zwei andere Kriminalisten die Befragung der Nachbarn zu Ende führen, läßt Felsch sich auf schnellstem Weg in die Dienststelle fahren. Er trifft noch vor Kielstein ein, hat Zeit, sich von einer mitleidigen Sekretärin eine Tasse Kaffee kochen zu lassen und dazu eine Stulle zu essen, die er seit dem Morgen recht und schlecht eingewikkelt in der Aktentasche mit sich herumträgt. Dann kommt

Kielstein, und Felsch gibt einen kurzen Bericht.

Ja, der Name Paulsen sei im Gespräch mit den Zieraus auch gefallen, erwidert der Leutnant. Neben anderen Einzelheiten sei er genannt worden, aus denen sich nach und nach ein Bild von dem Toten ergäbe. Diese Dinge schienen freilich im Augenblick zweitrangig, erste Aufmerksamkeit gebühre ohne Zweifel dem, was der Kriminalmeister in Erfahrung gebracht habe. Und da, wie zur Bestätigung, in derselben Sekunde die gesuchte Adresse durchgesagt wird, gibt es kein Zögern mehr. Kielstein und sein Mitarbeiter brechen sofort wieder auf. Zur Jakob-Bästlein-Straße 12, wo Jörg Paulsen laut Meldekartei ein Zimmer in Untermiete bei einer Frau Blumenthal bewohnt.

7 „Paulsen", sagt jemand zu mir, jemand, den ich nicht kenne, ein Mann mit Glatze, es könnte unser Gewerkschaftsonkel sein, ja, Rühlemann von der Gewerkschaft ist das, „Paulsen, du hast zu lange Haare, geh raus in den Garten und nimm die Birnen ab." Ich will widersprechen, aber da geh ich schon, greif mir die Leiter, den Korb und steig auf den Baum. Ich steig und steig, keine Birnen, nichts, bloß Äste und Blätter, aber meine Haare, die sind tatsächlich zu lang, ich merk's, weil ich damit in den Zweigen hängenbleibe; ich will los, doch es geht nicht, und Rühlemann grinst von unten. „Jetzt hängst du fest, was", schreit er, ich aber bin wütend, will mich losreißen und komme ins Schwitzen. Ich strample mich ab, vergebens, denn das sind gar nicht die Äste, das ist eine Hand, die mich am Haar festhält, eine Frauenhand. Da ist mir jemand nachgeklettert, nicht der Rühlemann, nein, Anne ist das, sie hat mich gepackt, sie zieht. „Laß mich los", schrei ich, aber sie hält fest, sie hat eine unheimliche Kraft, ich muß nachgeben, ich kann mich nicht mehr halten, meine Hände lassen den Korb los und den Stamm des Birnbaums, vergeblich versuche ich, die Äste, die Zweige zu fassen, ein Knirschen, Reißen,

Krachen, ich stürze ab, ich stürze ...
Ich sitze im Bett, die Möbel grinsen mich an, meine Kleider liegen unordentlich herum, trübes Tageslicht fließt durchs Fenster, und die Tür steht einen Spalt offen. Durch den Türspalt schaut ein Kopf herein, runde Augen und 'ne leicht nach oben tippende Nasenspitze, strähniges, blondes Haar, das die Ohren bedeckt: Klette grient mich an. „Mensch, pennst du, ich klopfe und klopfe, elf durch und du schläfst wie'n Murmeltier, hast wohl heut nacht noch 'ne Puppe aufgegabelt?"
Er schiebt sich ganz ins Zimmer, schließt die Tür, sieht mich gespannt an. „Die Luft ist ja zum Schneiden hier drin, ein Weindunst, Mensch, mach bloß das Fenster auf, sonst fliegt dir bei der ersten Zigarette die Bude um die Ohren. Da denkt man, dem ist'n Mißgeschick passiert, macht sich Sorgen, dabei fläzt er im Bett rum. Warst wohl zu geizig, mit uns zu teilen!"
Ich kapier das alles noch nicht richtig. Dieser Sturz vom Birnbaum, Annes Hände und dann das hier. Ein scheußlicher Traum, aber je mehr ich in die Wirklichkeit zurückkehre, desto scheußlicher wird auch die. Ich fühle mich von Klette überfallen, ich hätte gern noch weitergeschlafen. Obwohl es mir etwas besser geht als heute morgen. Der Brummschädel ist fast weg, ich spüre den Alkohol kaum noch. Trotzdem finde ich, das Grienen des Kleinen ist wenig angebracht. Die Erinnerung an Zierau ist wieder da, und in mir sitzt die Angst. Aber ich zwing mich zur Ruhe. „Mach schon das Fenster auf", knurre ich, „und gib mir 'nen Glimmstengel. Meine sind alle."
Klette geht zum Fenster und öffnet es. Dann holt er umständlich ein silbernes Zigarettenetui aus der Innentasche seines Jacketts, hält es mir aufgeklappt hin. Das ist seine Art, groß zu tun, ein wertvolles Etui und darin 'ne noble Sorte, Lord oder Peer oder so was; soviel ich weiß, kauft er sie nicht hier, seine Alten kriegen jede Menge Pakete. Für Karo ist es schick, Karo zu rauchen, Klette, sonst treuherzig und bescheiden, raucht am liebsten Pall Mall.

Ich schwing mich widerwillig aus dem Bett, nehme mir eins von den Stäbchen, laß mir auch Feuer geben. Ich schiebe ein paar Klamotten zur Seite, die auf einem Stuhl liegen, und setze mich mechanisch hin. Mir ist doch noch ganz schön flau, hundsmiserabel ist mir. Aber ich bin nun froh, daß der andere überraschend gekommen ist.
„Ihr habt wohl lange gewartet heut nacht?" frage ich lauernd.
„Gegen drei Uhr bin ich weg. Ich wollt noch länger warten, aber Müller hat uns rausgeschmissen. Die andern hatten schon 'ne ganze Weile gedrängt, sie meinten, du hättest uns versetzt. Karo war mächtig sauer. War ja auch 'n starkes Stück. Die Wette jedenfalls hast du verloren."
„Die Wette, die Wette! Und wenn was schiefgelaufen ist, verdammt noch mal? Ist denn keiner von euch Idioten auf die Idee gekommen, daß was schieflaufen könnte?"
„Klar, kamen wir. Nina war die erste, die sagte, du hättest dich erwischen lassen. Aber was sollten wir machen? Wir hatten außerdem ganz schön getankt, die Mädchen schliefen schon halb. Deshalb bin ich ja jetzt hier, will wissen, was wirklich los war. Hat dich der Alte tatsächlich geschnappt?"
„Nein", antworte ich sarkastisch, „der Alte hat mich nicht geschnappt. Ganz im Gegenteil..."
„Na, Gott sei Dank!"
Gott sei Dank — fast muß ich lachen. Aber es ist nur ein Anflug von Galgenhumor. Die Angst sitzt dahinter, die Angst. „Kein Grund zur Erleichterung", stoß ich verzweifelt, hektisch hervor, „beim besten Willen nicht. Es ist nämlich 'ne Sache passiert, die du dir mit aller Phantasie nicht ausmalen kannst. Was unglaublich Gemeines ist passiert. Und ich steck mittendrin."
Und froh, daß ich endlich reden kann, daß ich mir dieses Bleigewicht von der Seele schaffen kann, platz ich raus mit dem, was geschehen ist. Das heißt, ich knall ihm hin, was ich, Jörg Paulsen, von dieser furchtbaren Geschichte weiß, was ich gesehen habe und woran ich mich zu erinnern glaube. Ich spreche und spreche, erst stockend, dann flüssi-

ger, schließlich wie ein Wasserfall. So, wie ich's sonst nie kann. Und Klette hört zu. Er setzt sich bei meinen Worten auf das Bett, in dem ich gerade noch lag, und sperrt die Ohren auf. Mit einem Gesicht, als wär ich noch dun wie gestern abend oder hätte im Oberstübchen nicht bloß eine, nein, gleich ein Dutzend Schrauben locker.
Als ich endlich fertig bin, fertig und ausgepumpt, sitzen wir beide 'ne Weile da und sagen kein Wort. Er schaut mich nicht an, ich schau ihn nicht an. Dann fragt er zweifelnd: „Er ist wirklich tot, der Zierau, umgebracht, sagst du?"
„So tot wie ein Toter nur sein kann. Einer hat ihm eins übergezogen. Als ich ihn fand, war er bestimmt schon 'ne Weile hinüber."
„Du hättest es der Polizei melden müssen."
„Mensch, Klette", sag ich bitter, „begreif doch: Wie soll ich denen beweisen, daß ich nichts mit der Sache zu tun habe? Wo ich die ganze Nacht da drin war. Keiner von euch würde das tun, keiner. Die würden doch denken, ich hätt ihn im Suff erledigt. Weil er mich beim Klauen erwischt hat oder so. Jetzt dagegen sind sie vielleicht schon hinter dem Richtigen her. Ihr müßt nur dichthalten, du, Karo und die andern. Dann kann mir kein Mensch was, dann hab ich sowenig damit zu schaffen wie ihr alle."
Klette schaut mich nachdenklich an und sagt: „Aber wer es wirklich war ... Ich meine, hast du einen Verdacht?"
„Was für 'nen Verdacht? Ich hab den Alten ein Jahr lang nicht gesehen. Vielleicht einer, der hinter seinem Kies her war."
„Ja, du hast recht, wie sollst du's denen beweisen!" murmelt Klette und bleibt sitzen. Ich aber spring auf, ich hab's plötzlich eilig. Klar wäre es für mich gut, zu wissen, wer Zierau niedergeschlagen hat und wie alles passiert ist, aber bevor ich mir darüber den Kopf zerbreche, muß ich den anderen endlich Bescheid geben. Was auch immer mit Karo und Annekathrin ist, ich muß an die beiden ran. Oder Klette soll das machen, während ich mit Müller und dem Intelligenzler rede. Ich verschwinde ins Bad, reiß mir die Schlafanzug-

jacke runter, schwappe mir ein paar Handvoll kaltes Leitungswasser ins Gesicht und über die Brust. Einmal kurz gegurgelt, dann flüchtig abgetrocknet und zurück ins Zimmer. Wo Klette nach wie vor unbeweglich auf dem Bett hockt und mich, während ich die Hose überstreife, leise fragt: „Und du bist dir sicher, daß dich jemand eingeschlossen hat?"
„Aber ...", sage ich.
„Du warst... Ich meine... Wir hatten ganz schön gekübelt."
„Was soll das heißen?"
„Warum sollte dich Zierau eingeschlossen haben, ohne ein Wort zu sagen, und vor allem, weshalb und wann hat er die Kellertür stillschweigend wieder geöffnet?"
„Das weiß ich nicht." Ich zucke hilflos die Achseln.
„Die ganze Geschichte klingt eigenartig und unwahrscheinlich", sagt Klette.
Ich spreche einen Gedanken aus, den ich schon früher hatte, aber unbewußt wieder verdrängt habe. „Und wenn es gar nicht Zierau war, der mich eingeschlossen hat..."
„Sondern?"
„Der ...", ich zögere, „der Mörder."
Wir blicken uns an, dieses Wort, so auf ein tatsächliches Ereignis bezogen, klingt ungewohnt und häßlich.
„Und nach der Tat hat er dich dann freundlicherweise wieder rausgelassen?"
Ich weiß keine Erwiderung.
„Ich denke, es war alles dunkel im Haus, als du kamst, die Fenster und Türen waren zu."
„Ich hab ja auch keine Erklärung", erwidere ich verzweifelt.
„Niemand außer uns wußte, daß du zu dem Alten wolltest."
„Niemand", gebe ich zu.
Klette läßt den Blick nicht von mir, in seinen Augen ist ein sonderbares Glitzern. „Das klingt wirklich alles unwahrscheinlich", wiederholt er.

„Kleiner“, sage ich fast bittend, „du glaubst doch nicht etwa...“

„Ich hab mal von einem gelesen, der war betrunken und hat seine Katze erschlagen. Am nächsten Morgen ist er überall nach dem Lumpen rumgerannt, der ihm das angetan hatte. So was ist furchtbar, aber das gibt's.“

Ich merke, wie ich bleich werde. So 'n verdammtes Zeug zu quatschen, so ein hirnverbranntes. „Das kann doch nicht dein Ernst sein“, schrei ich, „so was kannst du doch nicht im Ernst denken...“

„Gestern“, gibt Klette mit finsterem Gesicht zur Antwort, „in der Kneipe, wieviel hast du da getrunken?“

„Wieviel? Woher soll ich das noch so genau wissen? Ein paar Bier, ein paar Steinhäger, noch 'n paar Bier.“

„Wer hat uns bedient?“

„Der Schnauzbärtige, Leo, und hinter der Theke stand die Schwarze ... Was soll das?“

„Und wovon haben wir geredet?“

„Von allem möglichen. Vom Urlaub, vom Motorradrennen. Von diesem blöden Film kürzlich, im Capitol, wie hieß er gleich?“

„Ja, wie hieß er?“

„Ich komm nicht drauf, hab's vergessen. Hab weiß Gott andre Sorgen.“

„Blutige Erdbeeren“, sagt er.

„Stimmt, ‚Blutige Erdbeeren‘. War gar nicht so blöde. Ziemlich auffälliger Titel, ich hab trotzdem nicht mehr dran gedacht. War mir völlig entfallen.“

„Eben!“

Nun werde ich wütend. Die alberne Fragerei geht mir auf den Wecker. Ein richtiges Verhör. Wenn einer verrückt ist von uns beiden, dann er. Das hat er aus den dämlichen Büchern, die er ständig liest. „Ich versteh, worauf du hinauswillst“, schreie ich, „ich versteh's schon. Aber zwischen 'nem Film, über den man redet, und 'nem Mann, den man umbringt, ist ja wohl ein kleiner Unterschied! Denk, was du willst, ich kann mir's nicht leisten, noch mehr Zeit zu ver-

quasseln. Willst du mir helfen, oder willst du mich vielleicht überführen?"
Klette ist beleidigt, das ist leicht zu sehen. Dennoch steht er endlich vom Bett auf und fragt pikiert: „Was schlägst du also vor?"
„Du gehst zu Anne und erzählst ihr, was passiert ist. Sag ihr, daß ich nichts damit zu tun habe, aber mächtig in der Tinte sitze. Schärf ihr ein, daß sie dichthalten soll: Ich war die ganze Zeit mit euch zusammen, klar. Wahrscheinlich", ich bringe das mit einem bitteren Unterton über die Lippen, „wahrscheinlich ist Karo bei ihr. Sag ihm dasselbe. Er soll Nina Bescheid geben. Ich sprech inzwischen mit Müller."
„Karo bei Anne", fragt er überrascht, „wie kommst du darauf?"
Er scheint nichts davon zu wissen.
„Ich hab Anne heute morgen angerufen, Karo war am Telefon."
Er schaut mich an, als zweifle er schon wieder an meinem Verstand.
„Es stimmt, es stimmt", füge ich hinzu, „kannst es ruhig glauben. Diesmal irre ich mich bestimmt nicht."
Er faßt sich mit den Händen an den Kopf wie einer, der nicht mehr weiter weiß. Und als beträfe es ihn selber, sagt er: „Auch das noch."

8

Man kann das Gequatsche von Klette wirklich nicht für voll nehmen. Der Kleine ist zwar nicht körperlich klein, 1,73 Meter, fast meine Größe, und stämmig ist er auch, aber er ist grade mal siebzehn und hat 'ne Menge Flausen im Kopf. Er arbeitet als Fensterputzer bei „Putzliese" und verdient gar nicht schlecht, doch er will was andres machen, auf 'nen Pott will er, die Flüsse rauf und runter fahren; er sagt, er wartet nur noch, bis er volljährig ist. Zu uns kam er eines Tages, als wir im Park skateten. Er hängte sich rein in die Runde, und wir kriegten ihn nicht mehr los. Wir versuchten es zwar, Karo verprügelte ihn anfangs sogar mal, der Bengel spann uns zuviel rum — aber er kam immer wieder. Eine richtige Klette. Kommt und redet gescheite Dinge. Liest 'ne Menge Bücher, psychologische hauptsächlich, hat fünfundzwanzig Hobbys. Bastelt, sammelt Briefmarken und allen möglichen Kram, spielt Karten, Schach und auch Go oder wie das Zeug heißt — er wollte mir's mal erklären. Hat ein Moped, das wochenlang unbenutzt im Schuppen rumsteht, mit dem er dann aber wieder wie verrückt durch die Gegend rast. Nichts mit Mädchen — wenn wir ihn damit aufziehn, wird und sieht er rot. In der letzten Zeit hat er oft Krach mit seinen Alten, die ihm früher alles vorn und hinten reinsteckten, jetzt aber sauer auf ihn sind. Sie wollten, daß er studiert, Medizin oder so was. Der Vater bildet sich was drauf ein, daß er ein hohes Tier bei der Bank ist.

Nein, man kann Klette nicht für voll nehmen, dennoch fang ich an zu grübeln, nachdem wir uns getrennt haben und ich, stöhnend über die Zuckelei, in der Straßenbahn sitze. Wie war das eigentlich heut nacht, als ich über den Zaun stieg? War ich sehr betrunken oder nicht, hab ich geschwankt, oder hab ich nicht geschwankt? Das Haus war dunkel und still, daran glaube ich mich zu erinnern, aber kann ich mich dafür verbürgen? Und weiter: Als ich im Haus war, als ich an den Blecheimer stieß, warum hat mich Zierau da nicht gehört? Ob er da etwa schon tot im Wohnzimmer lag? Dieser Gedanke, der ganz unvermutet kommt, schockiert mich. Die Tür zum Wohnzimmer stand offen, und die Uhr tickte — aber stimmt das auch wirklich, täusche ich mich nicht? Es müßte doch heller im Flur gewesen sein, wenn die Tür offenstand. Ich weiß nicht mehr, wie es war, ich weiß nicht, ob da ein Toter gelegen hat, und vor allem weiß ich nicht mehr, was gewesen ist, nachdem ich den Wein hintergekippt hatte. Die Sache mit der erschlagenen Katze, von der Klette sprach, ist nicht völlig von der Hand zu weisen. Susanne, meine Mutter, ist einmal, als sie sich vor Kummer über das Wegbleiben von Robert völlig besoffen hatte, im Nachthemd in den Garten gelaufen und wollte Vergißmeinnicht pflükken. Ich hatte meine liebe Not, sie zurück ins Haus und ins Bett zu bringen. Ein Theater gab das, aber am nächsten Tag war alles nicht mehr wahr. Sie hat sich nicht verstellt. Der Film war irgendwann am Abend, nach dem fünften, sechsten Glas Wodka gerissen. Und ich bin ihr Sohn. Was hab ich überhaupt mit der leeren Weinflasche heute früh gemacht? Ja, gut, die hab ich hinten in die Felder geschmissen. Am Morgen, das geht klar, da war ich halbwegs nüchtern — aber in der Nacht?

Ich bin froh, daß ich endlich aussteigen und den Rest der Strecke hastig zu Fuß zurücklegen kann. Es sind bloß ein paar Minuten bis zu dem Altbau, in dem Müller wohnt. Das Haus ist geräumig, sieht aber verwahrlost aus: Der Putz bröckelt ab, Fenster und Türen sind eine Ewigkeit nicht gestrichen, der Hausflur ist dreckig. Obwohl ich wenig auf solche Dinge achte, fällt mir das hier immer auf, sogar heute. Vor allem der Mief nach Pinkelbude und Hundefraß. Erst ab drittem Stock wird es besser, und als ich vor Müllers Tür stehe, dringt mir ein angenehmer Duft von gebratenen Eiern in die Nase. Mir fällt ein, daß längst Mittag ist und daß ich seit gestern abend nichts mehr gegessen habe. Einen ungeheuren Kohldampf hab ich, ich könnt ein halbes Schwein vertilgen.

Ich klingle, Müller öffnet, in einer Schürze, die er wahrscheinlich von seiner Frau geerbt hat. Er ist schmal und nicht sehr groß, fast könnte er ihre Kleider anziehn. Freilich wird sie die mitgenommen haben, als sie ihm durchgebrannt ist, es reicht ja schon, daß sie ihm die Wohnung gelassen hat. Sie ist zu einem Maler gezogen, der ein Haus besitzt. „Das Flittchen", sagt Müller, was ihn nicht hindert, ihre Schürzen umzubinden. Und ihren Krempel zu versetzen, soweit sie den nicht mitgeschleppt hat. Aber wie's scheint, war sie großzügig, konnte sich's wohl leisten; ihr Neuer holt sie immer mit 'nem Dacia ab.

Ich kann Müller nicht besonders leiden, er ist ein paar Jahre älter als ich, ein Freund von Karo, die beiden kennen sich von der Armee her, doch mir macht er zu sehr auf schönen Mann mit seinen Ringen an den Fingern und den langen geschwungenen Koteletten. Stets riecht er irgendwie nach Duftwasser, man könnte denken, er ist Friseur, aber er arbeitet beim Gartenbauamt. Manchmal, wenn ich was für die lieben Kollegen besorgen muß, seh ich ihn mit einem Schlauch im Park stehen. In Gummistiefeln, grünen Drillichhosen und einer grauen Windjacke. Er schleppt den Schlauch hin und her, dirigiert den Strahl oder hantiert an einem Wassersprüher. Auch mit 'nem Rasenmäher kutscht er rum. Er sieht dann nicht ganz so vornehm aus wie am Abend, achtet aber trotzdem darauf, daß er 'ne gute Figur abgibt.

„Ach, du bist's", sagt er und schaut mich schief an. „Hast dich ein wenig verspätet, was? Um runde zwölf Stunden."

„Besser spät als gar nicht. Zieh nicht so 'ne Flappe! Wenn hier jemand mies zumute ist, dann mir."

Er merkt, daß mir ein Mißgeschick zugestoßen sein muß, und das heitert ihn etwas auf. Wir gehen in die Küche, die allein fast so groß ist wie meine ganze Bude, und mein Blick wird magisch von der Pfanne mit den Eiern angezogen. Sie steht mitten auf dem Tisch, noch etwas brutzelnd, Brot, Butter und ein Messer liegen daneben. Mindestens vier Eier hat er ausgeschlagen.

„Ich bin da in 'ne verdammt blöde Sache reingeraten", fange ich an.

Er setzt sich auf einen hellgrünen Stuhl — der Tisch, die Anrichte, die Wände, alles ist hier hellgrün —, er zieht das Brot ran, säbelt einen dicken Kanten ab und bestreicht ihn mit Butter. Dann greift er sich die Pfanne, zerteilt den dampfenden Eierfladen einmal, ein zweites Mal, jongliert mit dem Messer ein Stück davon auf die Brotscheibe und beißt kräftig rein. Beim Kauen blinkt links unten in seinem Mund ein Goldzahn auf. „Erst mal was essen", murmelt er.

„Guten Appetit auch."

Erneut ein schiefer Blick, meine Worte klangen wohl nicht

echt. „Siehst ganz grün im Gesicht aus“, sagt er, mit vollen Backen mampfend, und fügt widerwillig hinzu: „Willst du auch was?“
„Ich schlag’s nicht ab, hab seit gestern abend nichts Festes in den Magen gekriegt.“
„Um so mehr Flüssiges, was?“
„Mach ruhig deine Witze, du bist’s ja nicht, der in der Klemme steckt.“
Er hat’s nicht eilig, er mampft erst seine Stulle zu Ende und schneidet sich eine zweite ab, bevor er mir das Brot rüberschiebt. Ich habe mich inzwischen gleichfalls auf einem Küchenstuhl niedergelassen, ich geniere mich nicht und säble mir einen Kanten ab, der seinem kaum nachsteht. „He“, sagt er, „die Bäcker machen erst am Dienstag wieder auf.“
Vom Ei krieg ich nur ein Stück Weißes ab, doch ich bin nicht wählerisch. Schließlich hab ich mich selbst eingeladen. Während ich kaue, packe ich ihm meine Geschichte hin. Diesmal stottere ich allerdings nicht. Obwohl ich den Mund voll habe, geht mir alles von Anfang an viel glatter von der Zunge als vorhin bei Klette.
Müller sitzt zunächst mit einem unbeteiligten Gesicht da, er konzentriert sich voll auf seine gebratenen Eier. Doch das ändert sich schnell. Als ich das mit dem Keller erzähle, meint er noch spöttisch: „Mensch, ist ja direkt ’n Krimi“, aber als ich dann berichte, wie ich Zierau gefunden habe, springt er auf und sieht mich fassungslos an. „Umgebracht, den Alten umgebracht?“
„Ja, verdammt noch mal, ich hab’s zuerst auch nicht glauben wollen.“
„Und du, was hast du gemacht?“
„Was sollte ich machen? Ich bin weg, nach Hause. Mir war miserabel, hundeelend, ich hab mich erst mal ins Bett gekracht, hab gepennt.“
„Ins Bett? Bist du verrückt?“
„Was sollt ich machen? Ich war fix und fertig, ich konnt nicht mehr.“

„Mensch“, sagt er, „kriechst seelenruhig in den Kahn, als hättst du die Nacht mit 'ner Mieze rumpoussiert. Wenn dich die Polente kriegt, die haun dich in die Pfanne, du erkennst dich nicht mehr wieder.“
„Aber ich hab nichts damit zu tun!“
„Das erzähl denen mal. Selbst wenn sie dir glauben ... Du hättest sie sofort anrufen müssen, als du den Alten gefunden hast. Und die Hintertür hast du auf jeden Fall geknackt. Das ist Einbruch.“
„Eben deshalb. Und ich war drin im Haus, als es passierte.“
„Du hast nichts gehört, nichts mitgekriegt?“
„Nichts“, ich schüttle resigniert den Kopf, „ich hatte zu viel getankt, muß geschlafen haben wie ein Bär.“
Ich sitze noch am Tisch, doch er rennt in der Küche auf und ab, als ginge es um *seine* Haut. Plötzlich bleibt er stehen und starrt mich an. „Hör mal“, schreit er fast, „das kannst du nicht machen! Das kannst du nicht machen, einfach hierherkommen und mich mit reinreißen. In so eine Sache. In 'nen Mordfall, verstehst du, 'nen Mordfall. Ich hab 'ne reine Weste, nie wo dringehangen, immer sauber. Ich arbeite, ich verhalte mich anständig, niemand kann mir was nachreden. Ich will da nicht reingerissen werden.“
Nun erhebe ich mich gleichfalls. Was der da quasselt, kann doch nicht wahr sein — ich denke, ich hör nicht recht. Müller war mir nie besonders sympathisch, ich hätte ihn mir nie als Freund ausgesucht, aber er gehörte zu Karo, war also ein Kumpel. Und nun macht er so 'nen Zirkus. In einer Situation, wo mir das Wasser bis zum Hals steht. Ich versuche an mich zu halten, ruhig zu bleiben. „Schließlich wußtet ihr alle, daß ich da einsteigen wollte“, murmle ich.
„Na und? Da will mancher was. Das ist kein Grund, uns mit reinzuziehn. Mich und die andern.“
„Die andern laß aus dem Spiel.“
„Das könnte dir so passen.“
Wir stehen uns gegenüber und starren uns böse an. Fehlt bloß noch, daß wir mit Fäusten aufeinander losgehn. So eine

Gemeinheit! Feiger, hinterhältiger Hund, denke ich, das wirst du mir noch mal büßen. So was nennt sich nun Kumpel! Ich möchte ihm ans Fell, so wütend bin ich. Aber ich bremse mich, ich muß ruhig Blut bewahren. „Halt die Luft an", knurre ich, „der Streit hilft uns nicht weiter."
„Was willst du überhaupt von mir?"
„Dich bitten, dichtzuhalten." Das Wort *bitten* geht mir nur schwer über die Zunge.
Müller überlegt, dann erwidert er: „Gut, den Handel können wir machen. Ich weiß nichts davon, daß du zu Zierau wolltest, und du warst nie bei mir, hast nie mit mir über die Sache geredet."
Da ist er ja fein raus. „Und wenn mich jemand hier im Haus gesehen hat?" frage ich.
„Du bist nicht reingekommen in die Wohnung, du hast mich nicht angetroffen."
„Meinetwegen. Wie du willst." Ich hab ihn und seine scheißgrüne Küche satt, ich wende mich zum Gehen.
Doch er hält mich zurück. „Wissen die andern schon Bescheid? Karo, die Mädchen?"
„Klette sagt's ihnen, der war vorhin bei mir. Ich muß noch zum Intelligenzler."
„Renn doch nicht überall hin, seine Alten haben Telefon."
Das stimmt. Müller hat sich zwar heute als fauler Fisch erwiesen, aber was er da sagt, stimmt. Wenn man an der Strippe auch nur das Notwendigste erklären kann — der Intelligenzler ist nicht dumm, er wird begreifen, worum's geht.
„Hast recht, ich werd ihn von einer Zelle aus anrufen."
Er hat nichts mehr einzuwenden, er geht über den Korridor zur Tür und steckt vorsichtig den Kopf hinaus. „Reine Luft, kannst abhaun."
Er ist nicht mehr der schöne Mann, gleicht eher einem alten ängstlichen Weib. Man sieht ihm richtig an, wie froh er ist, mich endlich loszuwerden.
Ohne einen Abschiedsgruß verlasse ich die Wohnung.

9 „Wenn es dieser Jörg Paulsen war", sagt Felsch, als sie im Wartburg sitzen und der Fahrer den Motor anläßt, „dann frage ich mich zwei Dinge: einmal, was hat er bei Zierau gesucht, und zum anderen, weshalb sollte er das Haus erst gegen Morgen wieder verlassen haben."

Kielstein, in die Polster zurückgelehnt, gibt nicht gleich Antwort. Er denkt, daß man, um da klarzusehen, viel mehr von Paulsen wissen müßte. Er denkt auch, daß es vor allem die zweite Frage in sich hat. Nach kurzem Schweigen erwidert er: „Gesucht haben könnte er Verschiedenes. Geld zum Beispiel oder andere Wertsachen. Münzen, wenn er was davon versteht; der Tote soll Numismatiker gewesen sein. Irgendeinen Gegenstand, an den er sich von früher her erinnerte. Wie es aussieht, war dieser Zierau nicht gerade unvermögend."

„Und warum blieb Paulsen so lange im Haus?"

„Nehmen wir an, er hat das Gesuchte nicht gefunden, wollte den Gegenstand aber unbedingt haben. Nehmen wir an, er hatte die Leiche nun für nichts und wieder nichts am Hals."

„Reichlich abgebrühtes Verhalten für einen so jungen Burschen."

„Es gibt solche und solche Menschen", sagt Kielstein, „immerhin ist er volljährig. Und was die Dinge betrifft, die er gesucht haben könnte ..."

„Aber oben", fällt Felsch ihm ins Wort, „wo Zierau das Geld und die Papiere aufbewahrte, scheint er sich gerade nicht umgesehen zu haben."

Kielstein entgegnet nichts, er kann sich diese Widersprüche genausowenig erklären wie sein Mitarbeiter. Doch vielleicht wird sich schon in ein paar Minuten eine Antwort auf alles ergeben. Denn sie haben es nicht weit. Die Stadt, die etwa achtzigtausend Einwohner zählt, zieht sich zwar nach Norden zu ziemlich auseinander, aber die Entfernung bis zur Jakob-Bästlein-Straße ist nicht groß. Sie lassen den Heinrich-Heine-Platz hinter sich, biegen in die Ackermannallee ein, die erst kürzlich mit jungen Linden bepflanzt wurde,

erreichen, nach einem kurzen Halt an einer Kreuzung, den Walldorfer Weg. In diesem Viertel hatte der Krieg ziemliche Verwüstungen angerichtet, jetzt gibt es hier viele Neubauten. Aber auch einige Straßenzüge älterer Bauart sind erhalten geblieben, Gebäude aus der Gründerzeit und aus den zwanziger Jahren. In einem solchen Haus wohnt die Rentnerin Bertha-Luise Blumenthal.
Der Wagen hält mit schwachem Quietschen hinter einem roten Škoda, die beiden Kriminalisten springen aufs Trottoir. Der Eingang mit der Nummer 12 befindet sich direkt neben einer Eisenwarenhandlung, die im Erdgeschoß des Hauses untergebracht ist. Da Sonnabendnachmittag ist, hat sie geschlossen. Es sind kaum Passanten auf der Straße — das Wetter lädt nicht gerade zum Spazierengehen ein.
Frau Blumenthal wohnt im Seitenflügel des Hinterhauses im ersten Stock. Sie ist eine ruhige, ziemlich füllige, weißhaarige Frau von etwa siebzig Jahren, aber offenbar noch gut in Schuß, denn wie sich später herausstellt, hält sie nicht nur ihre, sondern auch die Wohnung einer Nachbarin in Ordnung. „Herr Paulsen", erwidert sie auf die Frage Kielsteins, „der ist nicht da, ist gegen Mittag aus dem Haus gegangen. Mit einem Freund, er hat nicht gesagt, wann er zurückkommt. Ich habe ihn heute überhaupt nur kurz gesehen, als die beiden die Wohnung verließen. An den Wochenenden ist das öfter so, da ist er viel unterwegs, man versteht das ja, junge Leute."
Die beiden Kriminalisten lassen sich die Enttäuschung nicht anmerken, es wäre zu einfach, wenn stets alles auf Anhieb klappte. Immerhin sind sie in kurzer Zeit ein gutes Stück vorangekommen. Sie weisen sich vor der alten Frau aus und bitten sie, ihnen das Zimmer ihres Untermieters zu zeigen. Außerdem soll sie ihnen ein paar Fragen beantworten.
Frau Blumenthal scheint überrascht, doch keineswegs erschrocken. „Die Kriminalpolizei wegen Herrn Jörg", sagt sie — sie nennt ihn im folgenden immer den Herrn Jörg —, „ich kann mir überhaupt nicht vorstellen, was Sie von ihm wollen. Bitte, wenn es sein muß, kommen Sie nur herein,

hier ist sein Zimmer. Ich hab gerade vorhin aufgeräumt bei ihm, war ein ziemliches Durcheinander."

Kielstein und Felsch werfen sich einen Blick zu. Daß die Frau aufgeräumt hat, gefällt ihnen gar nicht. Doch es läßt sich nicht ändern. „Durcheinander, wieso?" fragt der Leutnant.

„Na, wie das eben ist, wenn's die jungen Leute eilig haben. Das Bett nicht gemacht, der Aschenbecher voller Kippen, das Fenster offen und überall Anziehsachen. Ich muß nicht aufräumen bei ihm, nein, aber wenn der Junge schon keine richtige Mutter hat..."

Jörg Paulsens Zimmer ist schmal und hoch. Ein altmodisches, braunlackiertes Bett an der einen Längswand, ausstaffiert mit einer bunten geblümten Überdecke, zieht die Blicke auf sich. Daneben ein stabiler, gleichfalls brauner Kleiderschrank auf runden gedrechselten Füßen. Ein quadratischer Tisch am Fenster, zwei Stühle, ein kleinerer, heller Schrank, auf dem ein Kofferradio steht. Ein Bücherregal, mäßig gefüllt. Felsch nimmt auf gut Glück zwei Bände in die Hand, wissenschaftlich-phantastische Literatur. Nichts Auffälliges ist festzustellen, doch was hätten sie auch Auffälliges erwarten sollen.

„Herr Paulsen ist also gegen Mittag weggegangen", beginnt Kielstein das Gespräch. „Uns interessiert die vergangene Nacht. War er heute nacht zu Hause?"

„Ja — das heißt, am Abend war er weg."

„Wissen Sie, wann er zurückgekommen ist?"

„Spät ist er heimgekommen, bestimmt spät", entgegnet die Frau. „Erstens, weil das an den Wochenenden meist so ist, zweitens, weil ich bis halb zwölf in die Röhre geguckt habe. Da hätte ich ihn gehört. Und morgens hat er dann bis in die Puppen geschlafen. Den ganzen Vormittag. Bis Herr Hinrich kam."

„Herr Hinrich", fragt Kielstein, „das ist wohl der Freund, mit dem er mittags die Wohnung verlassen hat?" Er schaut dabei zum Kopfende des Bettes, wo ein Paar Schuhe stehen. Ob Paulsen die heute nacht getragen hat?

„Ja, Herr Jörg und die andern nennen ihn Klette. Warum wollen Sie das alles wissen? Die Jungs haben doch nicht etwa was angestellt?"

Felsch, der Kielsteins Blick verstanden hat, geht zum Bett und nimmt einen der beiden Schuhe auf. Keine Spur von Feuchtigkeit, das Sohlenprofil unterscheidet sich auffällig vom Muster der gefundenen Abdrücke.

„Die Angelegenheit, in der wir ermitteln, ist sehr ernst, Frau Blumenthal. Es wäre schön, wenn Ihr Untermieter nichts damit zu tun hätte."

Kielstein sagt das zwar, kommt jedoch mehr und mehr zu der Überzeugung, daß eine solche Hoffnung trügerisch ist. Auch wenn dort am Bett die falschen Schuhe stehen und wenn der Herr Jörg allem Anschein nach bei seiner Wirtin gut angesehen ist.

„Bitte, noch einmal genau", bohrt er, „wann ist Herr Paulsen nach Ihrer Meinung nach Hause gekommen? Haben Sie vielleicht ein Geräusch gehört?"

„Mein Gott", erwidert die Frau, und man merkt, daß sie ihrem Untermieter gern helfen möchte, „das kann ich beim besten Willen nicht sagen. Gehört habe ich nichts. Halb eins war er noch nicht da, das weiß ich. Dann bin ich eingeschlafen. Ich denke, er kam wie immer, so gegen eins oder zwei."

„Wann haben Sie ihn morgens das erstemal gesehen?"

„Gesehen? Ich sagte ja schon, erst als die zwei gingen. Aber ich war heute zeitig wieder wach. Seit fünf. Da war der Herr Jörg da. Er muß fest geschlafen haben bis elf."

Die letzten Worte widersprechen der Aussage von Zieraus Nachbar, aber Kielstein läßt das vorläufig dahingestellt. Er zeigt auf den Kleiderschrank. „Da hängen sicherlich Herrn Paulsens Sachen drin, nicht wahr? Können wir mal einen Blick hineinwerfen?"

„Ja, bitte", sagt die Frau zögernd, doch Felsch hat die Schranktür schon geöffnet. Ein Anzug, zwei Niethosen, ein Mantel, ein Dederonblouson. Die Schrankfächer enthalten Unterwäsche, Pullis, Strümpfe, Hemden.

„Sie haben vorhin hier aufgeräumt, Frau Blumenthal", sagt Felsch, „hat Herr Paulsen heute nacht eins von den Kleidungsstücken getragen, die jetzt im Schrank hängen?"
„Nein. Ich glaube nicht. Die Sachen von gestern abend hat er vorhin wieder angehabt. Was da rumlag, das waren andere Dinge, der Schlafanzug, ein Handtuch, Bücher, leere Radiobatterien."
„Wissen Sie, welche Zigarettenmarke Ihr Untermieter bevorzugt?" fragt Kielstein.
„Natürlich. Er raucht F 6. Ich will ja nichts Schlechtes über ihn reden, aber er raucht zuviel. An manchen Tagen eine Zigarette nach der anderen. Das gefällt mir nicht. Ich sag's ihm, doch er hört nicht auf mich. Er lacht mich aus. Und manchmal betrinkt er sich auch." Sie schweigt erschrocken, als hätte sie wirklich zuviel Abträgliches berichtet.
Die Kriminalisten reagieren nicht auf ihre Besorgnis. Jetzt drängt die Zeit. „Noch eine Frage, Frau Blumenthal", sagt Kielstein. „Hat Herr Paulsen eine Freundin oder Bekannte mit dem Vornamen Anne?"
„Die Annekathrin Amelang", erwidert die alte Frau sofort. „Eine Freundin ist das nicht, aber ich glaube, er verehrt sie. Wenn man das bei der heutigen Jugend noch so nennen kann. Er trägt ein Paßbild von ihr mit sich herum. Ich kenne sie, sie war zweimal hier, zusammen mit den anderen."
„Kennen Sie auch Ihre Adresse?"
„Nein."
„Wer gehört außerdem zu den Freunden Ihres Untermieters?"
Sie sagt ihnen, was sie weiß. Kielstein notiert die Namen und ein paar Einzelheiten. Auch ein Foto von Paulsen läßt sich auftreiben, und schließlich packt Felsch sorgsam eine der leeren Monozellen ein, die Frau Blumenthal neben das Radio gelegt hat. Deutliche Fingerabdrücke sind darauf zu sehen, neben denen der alten Dame gewiß auch die des jungen Mannes.
„Haben Sie eine Ahnung, wohin Ihr Untermieter gegangen ist?" fragt Kielstein noch.

„Das — nein, da kann ich Ihnen wirklich nicht helfen. Vielleicht zu Herrn Hinrich. Abends sind sie oft in so einer HO-Gaststätte, ‚Hopfenstube' heißt das Lokal."
„‚Hopfenstube', gut. Das wär's dann fürs erste, Frau Blumenthal. Schönen Dank für Ihre Auskünfte."
Die beiden Kriminalisten verlassen die Wohnung. Die Frau hat sich aufgeschlossen gezeigt, einiges haben sie in Erfahrung bringen können.
„Ein Alibi hat er nicht", sagt Felsch, als sie die Treppe hinuntergehen, „aber nach Flucht sieht das auch nicht aus. Da hätte er was zusammengepackt, Gepäck mitgenommen. Was hältst du von der Sache?"
„Dasselbe wie vorhin. Wir brauchen schnellstens den Vergleich der Fingerabdrücke. Wir brauchen den Mann selbst."
Vom Wagen aus gibt Kielstein seine Anweisungen an die Zentrale. Benötigt werden die Anschriften von: Peter Hinrich, unter seinen Freunden Klette genannt, Annekathrin Amelang, Nina Pflug, Günther Siebenschein (Spitzname Karo), Siegbert oder Sieghart Müller, Klaus oder Klaus-Dieter Krenz, möglicherweise auch Kranz, von seinen Freunden Intelligenzler gerufen. Benötigt werden auch zwei Genossen, die unauffällig in der Nähe von Paulsens Wohnung Posten beziehen. „Obwohl ich nicht glaube, daß er so schnell nach Hause zurückkehrt", sagt Kielstein zu Felsch, „aber sicher ist sicher."
„Und wir?" fragt der Kriminalmeister.
„Du fährst zurück zur Dienststelle, läßt die Fingerabdrücke überprüfen und nimmst die Adressen entgegen. Die betreffenden Personen müssen umgehend aufgesucht und befragt werden. Vielleicht ist Paulsen tatsächlich bei diesem Klette oder bei einem der anderen ... Halt, warte noch auf die Ablösung hier, der Fahrer wird mich zu der Gaststätte bringen, von der die Frau sprach, und dann sofort zurückkommen. Wir bleiben in Verbindung."
Felsch nickt, steigt wieder aus, und der Wartburg fährt mit surrendem Geräusch an. Kielstein verspürt unerwartet das

Bedürfnis, sich eine Zigarette anzustecken, aber die Schachtel Juwel liegt in der Schreibtischschublade seines Dienstzimmers, und der Fahrer ist passionierter Nichtraucher.

10 Ich muß eine Frau bitten, mir ein Fünfzigpfennigstück zu wechseln, ich hab keinen Zwanziger mehr, ich hätte das bei Müller machen können, aber ich hab nicht daran gedacht und würde alles andere eher tun, als den noch mal um einen Gefallen angehn. Ich bin froh, daß ich endlich weiß, woran ich mit ihm bin. Wieder eine Enttäuschung, allerdings trifft sie mich diesmal nicht so hart.
Ein Telefonbuch ist da, die Nummer findet sich. Doktor med. Hilbert Krenz, 4144, Zahlen, die sich leicht merken lassen, trotzdem muß ich beim Wählen mehrmals hinschaun, meine Konzentrationsfähigkeit ist nicht die beste.
Und diesmal klappt es nicht. Erst geht eine Ewigkeit niemand ran bei ihnen, dann meldet sich ziemlich ungehalten der Vater und sagt, Klaus-Dieter sei nicht da. Er sei nach dem Mittagessen aus dem Haus gegangen und jetzt wahrscheinlich mit einem Mädchen unterwegs. Er habe sich fein gemacht. Mit wem und wo, das müsse eher ich wissen, ich sei doch einer von seinen Freunden.
Das hat mir gerade noch gefehlt. Trifft sich mit 'nem Rock und erzählt womöglich herum, was gestern abend los war. Und ich soll wissen, wo er aufzutreiben ist! Ich hänge den Hörer ein, und mich packt erneut Panik. Es ist sonnenklar, ich wandle verdammt nahe am Abgrund. Zum erstenmal kommt mir der Gedanke, daß ich vielleicht einige Sachen schnappen und für 'ne Weile verduften sollte. Raus aus der Stadt, per Anhalter an die See, wo man jetzt, zur Urlaubszeit, unbemerkt untertauchen kann — 'ne große Sonnenbrille, ein Bart, und man ist weg. Aber ich mach mir was vor, so leicht ist das auch wieder nicht. Erstens hab ich keine Unterkunft, ich müßte mal hier, mal dort unterzukriechen versuchen, was sehr anstrengend ist, zweitens würde mein

Fehlen im Betrieb auffallen. Meiner Wirtin könnt ich zwar sagen, daß ich mir vierzehn Tage Urlaub nehme, aber wenn die von der Arbeitsstelle dann anfragten, gäb's 'nen großen Knatsch. Da würde die Polizei erst recht aufmerksam auf mich. Und selbst wenn die inzwischen den Richtigen hätten, ließe sich das hinterher schwer wieder einrenken. Bloß wenn einem das Wasser bis zum Hals steht, macht man so was. Da läßt man alles stehen und liegen und haut ab. Aber so weit ist's noch nicht.
Ich will mir 'nen Glimmstengel anzünden, hab immer noch keine Zigaretten und tu das einzig Richtige, was im Augenblick zu machen ist. Ich gehe in die Kneipe gegenüber der Telefonzelle, setze mich an die Theke — es ist eigentlich 'ne Bar mit lederbezogenen Hockern und einer polierten Platte —, ich kauf mir 'ne Schachtel F 6, bestell ein Bier. Ein irrer Trubel in dieser auf vornehm getrimmten Kaschemme (schmiedeeiserne Leuchter, holzverkleidete Decke, Bilder an den Wänden) — mein Gott, haben die Leute alle ein Geld zu verjubeln. An einem Ecktisch trinken welche Wein, Tokaier, mir wird ganz miserabel, und der Krawall hier, der Zigarettenqualm, das ist sogar mir zuviel. Ein Kommen und Gehen ist das, schrecklich, und dazu noch laute, kreischende Musik von einem Tonband.
Dennoch — die Musik stört mich nicht, hier bin ich besser aufgehoben als auf der Straße, bin in all dem Lärm für mich und kann in Ruhe überlegen. Im Grunde das erstemal, daß ich in Ruhe 'ne Zigarette rauchen und überlegen kann.
Mit Zierau — das ist, als ob ein Kapitel zu Ende geht. Auf eine makabre Weise freilich. Damals, als ich es zu Hause endgültig satt hatte, als ich Susanne und ihren Robert, meine Lehre als Bauschlosser in unserer PGH, als ich das ganze trostlose Kaff, in dem ich aufgewachsen bin, einfach sausen ließ und auf gut Glück hierherfuhr, da war der Alte für mich der einzige Anhaltspunkt. Ein Widersinn — ich hatte ihn durch den Liebhaber meiner Mutter kennengelernt, der mit ihm Münzen tauschte! Eines Tages brachte ihn Robert zum Kaffeetrinken mit, und Zierau hat

mir ziemlich imponiert. Mit seinem Gerede über die Möglichkeiten, die man als junger Mensch heutzutage hätte, vor allem in der Stadt. Mit seinem Salm über den modernen Betrieb, in dem er einen einflußreichen Posten bekleide. Mit seiner Prahlerei über alle möglichen Dinge, über Technik, über Autos und so. Als ich dann die Brücken hinter mir abbrach, dachte ich: Da hast du einen, der dir hilft. Und das tat er auch, freilich immer schön zu seinem Vorteil.
Es stimmt schon, ohne ihn hätt ich wahrscheinlich in den Sack haun, klein beigeben müssen. Als ich bei Zierau aufkreuzte, hatte ich reinweg nichts. Meiner Mutter einziger Sohn, aber mit leeren Taschen. Keine Unterkunft, keine Arbeitsstelle, keine Zuzugsgenehmigung, kein Geld. Er ließ mich bei sich schlafen, in dem Haus, wo ich gestern nach einem Jahr zum erstenmal wieder war, und setzte sich den ganzen Sonntag mit mir hin, um mich auszuquetschen. Wie das mit mir und meiner Familie wäre, ob ich wirklich nicht mehr zurück möchte, wie ich mir hier meinen Lebensunterhalt verdienen wollte, was ich mir zutraute.
Als ich ihm erklärt hatte, ich würde jede Arbeit machen, Hauptsache, ich müßte nicht wieder zurück, sagte er, er brauche Zeit zum Überlegen. Er rief Robert an, damit die zu Hause nicht verrückt spielten, und fuhr ein paar Tage später zu meiner Mutter, um die Angelegenheit zu regeln, wie er sich ausdrückte. Er spielte den guten Onkel, er *regelte* alles für mich, und oft hab ich mich gefragt, warum. Gewiß, er ließ mich später dafür schuften, er bezahlte mir ein Taschengeld, und ich erledigte ihm seine Dreckarbeit. Ich besorgte den Garten, hielt die Bude sauber, ich putzte sogar die Fenster, was ich zu Hause nie getan hatte, ich war dankbar, und ich glaubte, daß er mir bald 'nen Job in seinem Betrieb verschaffen würde, wie er das versprochen hatte. In einer Zeit, wo man für Haus- und Gartenarbeiten kaum jemanden kriegt, hatte er gleich erkannt, was er an mir haben würde — trotzdem muß ich zugeben, er hat einiges für mich getan, vor allem anfangs, vielleicht mehr, als nötig gewesen wäre, um mich nachher auspowern zu können. Ich

fragte mich oft, warum, doch jetzt weiß ich, er gehörte zu jenen Leute, die sich erst richtig wohl fühlen, wenn sie sich als Gönner aufspielen dürfen. Das machen die in Wirklichkeit nicht für den anderen, sondern für sich selber, sie schwelgen darin und reiben es einem dauernd unter die Nase. Wenn man aber mal nach seinem eigenen Stiefel leben will, sind sie beleidigt und werfen einem Undank vor.
Zierau war so, da gibt 's keinen Zweifel. Als ich es merkte und mich in der Stadt nach 'nem eigenen Zimmer umzuschaun begann, gab's den ersten Streit. Obwohl ihm mein Vorstoß wohl gar nicht so ungelegen kam — er machte mit seinen Münzen allerhand Musche-Musche-Geschäfte und hatte Angst, ich würde ihm mit der Zeit in die Karten schaun. Wir versöhnten uns dann auch schnell wieder, ich zog aus, ackerte aber weiterhin für ihn. Freilich mit weniger Enthusiasmus als vorher, die frische Luft in seinem Garten kam mir durchaus nicht mehr so frisch vor.
Ganz am Anfang hatte er mir gesagt, in seinem Betrieb suchten sie Werkschlosser, und wenn ich auch meinen Lehrabschluß nicht hätte, er würde ein gutes Wort für mich einlegen, so daß sie mich trotzdem nehmen. Ich könnte die Abschlußprüfung nebenbei nachholen, bloß kennenlernen müßte er mich noch ein wenig, wenn er sich für mich verbürgen sollte. Ich sah das ein, aber später drängte ich ihn dann, erinnerte ihn immer wieder an sein Versprechen. Vor allem, als ich Karo kennenlernte und Müller, die nicht wie ich jeden Groschen zweimal umdrehn mußten, bevor sie ihn ausgaben. Aber Zierau tat, als wüßte er's nicht mehr, er machte Ausflüchte, so daß ich merkte, er würde mir mit der Arbeitsstelle was husten. Ich wollte es genau wissen, ging zu seinem Betrieb, VVB Heizungs- und Belüftungsanlagen, bewarb mich einfach als Betriebsschlosser. Sie nahmen mich natürlich nicht. „Tut uns leid, aber ohne Lehrabschluß — höchstens als Hilfsarbeiter..."
Dazu war ich mir zu gut. Ich sagte ihnen, daß ich 'nen Bekannten im Betrieb hätte, den Kollegen Zierau, und ob ich zu besseren Bedingungen eingestellt würde, wenn er die

Bürgschaft für mich übernähme. Doch sie erwiderten, das würde nichts ändern, es gäbe Vorschriften. Insgeheim schüttelten sie bestimmt den Kopf über mich.
Da stand ich ganz schön belämmert da, ich zog mit 'nem roten Kopf ab, aber am nächsten Tag war er es, Zierau, der den Gekränkten und Hintergangenen spielte. Was ich mir einbilde, in den Betrieb zu laufen, mich ohne Lehrabschluß zu bewerben und mich dabei auf ihn zu berufen. Mich könnt ich ja lächerlich machen, aber nicht ihn, das würde er sich ein für allemal verbitten.
In Wirklichkeit wollte er mich als billige Arbeitskraft behalten, es war ja so bequem für ihn, und als ich ihm sagte, er hätte mir das mit dem Betriebsschlosser selber vorgeschlagen, meinte er, da hätte er sich eben geirrt, meine Lehre müßt ich erst fertigmachen, ich sollte noch bis zum Herbst warten. Dann könnte ich ins dritte Lehrjahr einsteigen, er würde sich dafür einsetzen.
Vielleicht wär es wirklich so gekommen, ich weiß nicht, ich will ihm nicht zu viel Schlechtes nachreden, mir jedenfalls war es bis zum Herbst zu lang, ich wollte endlich mal Moneten sehn, und da bot sich ein Job in Karos Bude, in der Moskwitsch-Werkstatt, wo er arbeitet. Die hätten mich eingestellt, zwar auch nur als Hilfskraft, aber mit 'nem guten Anfangsgehalt, und dort hätte ich was Richtiges lernen können, 'ne Perspektive gehabt.
Ich hätte, ich hätte ... Zierau funkte dazwischen, war ja nicht anders zu erwarten, an dem war alles falsch, Berichte hab ich von dem gelesen, über den Wettbewerb und die Ziele seiner Abteilung, da wimmelte es nur so von Kollektivgeist, Ehrlichkeit gegenüber dem Betrieb und sich selbst, Uneigennützigkeit usw., aber wenn's um mich ging und um seine Interessen, nichts von Uneigennützigkeit, von Ehrlichkeit. Irgendwie hat er das mit der Autowerkstatt mitgekriegt und mir die Sache vermasselt. Er hat mit dem Meister geredet, mich angeschwärzt, verlangt, man sollte mir's nicht so leicht machen, sollte vorsichtig sein. Als ich zum zweitenmal hinkam, war die Stelle plötzlich weg. Karo hat mir

hinterher einiges geflüstert, so daß ich den Alten zur Rede stellen konnte. Und da kam's dann zum großen Krach, zum endgültigen Bruch.
Ich erinner mich nicht gern daran, ich hatte eine Wut im Bauch, eine Wut, neben mir am Baum lehnte 'ne Harke, ich hätt sie nehmen und ihm über'n Schädel dreschen können, so wild war ich. Ich war einmalig wütend, ich hatt ja allen Grund dazu; du Aas, dacht ich immer, du verdammtes Aas. Ich hab ihm auch gesagt, was ich dachte, hab ihm die Wahrheit in die Visage gespuckt. „Sie machen das alles bloß, weil Sie mich als billige Arbeitskraft behalten wollen", hab ich gezischt, „Ausbeutung ist das, Kapitalismus, Sklaverei, Sie haben mir von Anfang an was vorgemacht, das mit der Stelle war nichts als Schwindel, Dummenfang, nach außen hin spielen Sie sich wunder wie auf, kehrn den Wohltäter raus, aber es steckt nichts dahinter. Solang ich brav war, ging's, solang ich mich für'n Taschengeld geschunden hab, doch jetzt, wo ich was Eignes will, wo ich die Schufterei satt hab, zeigen Sie Ihren wahren Charakter, vermasseln Sie mir jede Chance, laufen Sie zu Hinz und Kunz, um mich anzuschwärzen ..."
Ich zischte, ich spie ihm die Worte ins Gesicht, und er wurde rot wie'n altes Plätteisen. Dann fiel er mir ins Wort; gebrüllt hab nicht ich, sondern er, mir schnürte die Wut die Stimme ab, ihn brachte sie um jede Beherrschung. Vielleicht hatte er sich aber auch schon auf meinen Ausbruch vorbereitet, merkte, als ich ihn zur Rede stellte, daß an eine Versöhnung nicht mehr zu denken war, und handelte nun nach dem Prinzip: Angriff ist die beste Verteidigung. Jedenfalls legte er los, beschimpfte mich nach Strich und Faden. Die alte Leier: „Jetzt langt's mir endgültig, auf meinem eignen Boden brauch ich mir das nicht länger bieten zu lassen, undankbarer Bengel, als du hier ankamst, hattest du nichts, konntest nichts, ich hätt dich der Polizei ausliefern sollen, statt dich aufzunehmen, so was von Faulheit und Frechheit ist mir lange nicht untergekommen, machst alles kaputt, was du in deine unegalen Pfoten nimmst, so was will nun Auto-

schlosser werden", und so weiter und so fort.
Daraufhin wurde ich auch lauter, nannte ihn einen alten verlognen Kerl, einen Angeber und Gauner, aber ich kam gegen seine Stimme nicht an. Er blies sich auf, schrie, ich dachte, er platzt. Die Leute aus der Nachbarschaft traten an die Zäune und glotzten, doch das störte ihn gar nicht. „Sie sollen ruhig hören, was du für ein hinterhältiger Lump bist, was man davon hat, wenn man so 'ne Schlange am Busen nährt, sie sollen's sich zur Warnung dienen lassen." Also war ich der Schuft. Er drehte die Dinge, wie er sie brauchte.
Schließlich hatte Zierau wohl selber genug, oder es war der Höhepunkt, den er sich vorher ausgedacht hatte — mit 'ner lächerlichen Handbewegung zeigte er zur Gartentür. „Es reicht, ich weise dich von meinem Grund und Boden", belferte er, „ich will dich nie wieder hier sehn."
Mir reichte es gleichfalls und schon lange. Ich gab seiner Gießkanne, die unterm Johannisbeerstrauch stand, 'nen Fußtritt, daß sie über zwei Beete weg flog. Ich ging. Keinen Blick und kein Wort verschwendete ich mehr an den Kerl. Vielleicht zog ich auch so schnell ab, weil ich Angst hatte, ihm doch noch eins überzubraten.
Ich hab dann die erste beste Arbeit angenommen, die sich bot, Gräben geschaufelt für den Straßenbau, Kies gesiebt, Steine geklopft. Es war nicht schlecht, was ich machte. Jetzt nenn ich mich Transportarbeiter, verlade Bleche und Winkeleisen und bin weder glücklich noch unglücklich. Ich bin mein eigener Herr. Zierau, den hatte ich fast vergessen, obwohl ich anfangs öfter mal daran dachte, hinzugehn und ihm 'nen saftigen Denkzettel zu verpassen. Ich hatte ihn fast vergessen...
Bis gestern!

11 Mein Glas ist leer, ich laß mir ein zweites geben, ich hab die ganze Zeit an Zierau gedacht, doch jetzt wird mir bewußt, daß ich keinen Schritt weiter bin. Ich hab den

Intelligenzler nicht erreicht, ich hab mit Müller ein unerquickliches Gespräch geführt — es kommt mir jetzt noch hoch, wenn ich dran denke —, und was meine Unterhaltung mit Klette angeht, so machen mir seine Anspielungen, obgleich sie verrückt sein mögen, doch zu schaffen. Allen Ernstes: Weshalb hab ich nichts, nicht die Bohne, nicht den geringsten Schimmer von dem mitgekriegt, was sich abspielte, während ich im Haus war? Kann es so einen Zufall überhaupt geben: Zwei Personen steigen völlig unabhängig voneinander zum gleichen Zeitpunkt in das gleiche Haus ein? Und noch besser: Einer bemerkt den andern nicht. Ich schüttle den Kopf, ich kann es nicht glauben. Aber halt, so stimmt das ja auch nicht: Daß ich den andern nicht bemerkt habe, will noch lange nicht bedeuten, er hat mich gleichfalls nicht ... Immerhin bin ich eingeschlossen worden, oder bilde ich mir das etwa auch nur ein?

Ich schrecke auf aus meiner Grübelei, irgendwas stört mich, es ist, als wenn mich jemand beobachtet. Ich dreh mich um, kann aber niemanden entdecken. Das fehlt noch, daß ich anfange, Gespenster zu sehen!

Ich trink mein zweites Glas Bier auf einen Zug aus, zahle, rutsche vom Hocker runter. Vorbei die Stunde der Beschaulichkeit, für die Leute hier ist Sonnabend, für mich nicht, ich hab noch was vor. Ich habe mich mit Klette verabredet, er soll mir berichten, wie's bei Karo und Anne gelaufen ist, davon wird dann mein weiteres Vorgehen abhängen. Vielleicht hilft er mir, den Intelligenzler aufzutreiben.

Ich will gerade das Lokal verlassen, da spüre ich den sonderbaren Blick wieder. Und diesmal kann von Spüren schon kaum noch die Rede sein, nein, es ist Tatsache, da starrt mich einer an. Er sitzt, halb von einer Säule verdeckt, an einem Tisch neben der Tür, zusammen mit ein paar anderen Leuten. So ein älterer, hagerer, braungebrannter Penner ist das, er kommt mir bekannt vor, doch ich weiß nicht, wo ich ihn hintun soll. Das war's also, was mich gestört hat, dieser unangenehme, aufdringliche Blick aus fast wimpernlosen Augen. Was will der Mann von mir, wo gehört er hin?

Jemand aus dem Betrieb, aus der Nachbarschaft, ein Bekannter von Frau Blumenthal? Erst will ich so tun, als hab ich nichts bemerkt, aber dann, einer plötzlichen Eingebung folgend, zwing ich mich, ihn gleichfalls anzusehn. Ich seh ihn an, und da, ertappt, wendet er den Blick ab. Als wär nichts gewesen, beugt er sich zu einer Frau hinunter, die neben ihm sitzt. Er sagt etwas zu ihr, sie nickt. Sie ist ebenfalls schon älter, und sie erkenne ich plötzlich. Und damit natürlich auch ihn; den Namen weiß ich nicht, aber ich weiß, wo sie hingehören: es sind Zieraus unmittelbare Nachbarn.

Ich schließe die Tür des Lokals hinter mir, seit gestern abend bleibt mir wirklich nichts erspart, eine Aufregung nach der andern, ein Glück, daß ich mich noch an die Leute erinnert hab. Aber warum, zum Teufel, hat mich der Mann so angestarrt? Etwa, weil ihm mein breiter Rücken, meine dunkelblonde Mähne auffielen, er aber nicht mehr wußte, in welche Ecke seines Gehirnkastens er mich stecken sollte? Oder weil ihm etwas ganz anderes in den Sinn kam? Blitzschnell rekapituliere ich den Weg, auf dem ich gestern abend zum Grundstück Zieraus und heute morgen nach Hause gegangen bin, und komme zu der Schlußfolgerung: Es ist nicht ausgeschlossen, daß mich der Alte gesehn hat. Groß ist die Wahrscheinlichkeit nicht, aber immerhin... Dieser verdammte Blick, mir wird mit einemmal kolossal mulmig. Heiß wird mir, der Schweiß tritt mir auf die Stirn, und es nützt gar nichts, daß ich ihn mit dem Handballen wegwische. Mein Herz schlägt, als hätt ich einen Eimer Mokka gekübelt. Und ich begreife: Ich komm nicht raus aus dem Schlamassel.

12 Die „Hopfenstube" befindet sich am Rand der Stadt, die hier bereits einen aufgelockert ländlichen Charakter hat: Plätze mit Linden oder Buchen, eine alte Wasserpumpe, ein Eckchen verwilderten Parks, Häuser, die nur

zwei oder drei Stockwerke haben, Fachwerk- und Backsteinbauten. Über der Tür, in Leuchtschrift, die freilich um diese Zeit noch nicht eingeschaltet ist, groß und geschwungen der Name des Lokals, daneben auf einem Schild ein Bierkrug. Die Fenster der Gaststätte sind bogenförmig geschnitten und aus buntem Glas, dadurch wird drinnen ein schwach getöntes Licht erzeugt. Eine geräumige Bierkneipe im altdeutschen Stil. Mit Bildern von seidelschwenkenden Männern, drallen Bauersfrauen, Postkutschen und Brauereifuhrwerken, mit viereckigen oder runden Holztischen, die nach Feierabend einfach abgewischt werden, mit stabilen Stühlen, deren Lehnen mit Schnitzereien verziert sind.
Was Kielstein angenehm auffällt, als er diesen Raum betritt, ist das Fehlen jeglicher Musik. Kein lauttönender Beat, kein popiges Schlagzeuggehämmer, kein Neo-Rock, aber auch kein Kaffeehausgefiedle. Stimmengewirr, das ja, der übliche Gaststättenlärm: Rederei, Stühlescharren, Gelächter, ab und an ein lauter Ruf, doch keine Beschallung, die jegliches Gespräch unmöglich macht. Das Publikum besteht wohl deshalb auch nur zum geringen Teil aus jüngeren Leuten. Die mittleren und älteren Jahrgänge überwiegen.
Kielstein geht zur Theke, wo eine junge schwarzhaarige Frau Gläser spült, Bier, Bitter Lemon und Cola zapft. Sie erinnert ihn an Marianne, diese Frau, mit ihrem Pony, den braunen Augen, den festen Brüsten, die sie durch einen knappsitzenden grausilbrigen Pulli zur Geltung zu bringen weiß. Sie hat die gleichen flinken und doch bestimmten Handbewegungen wie seine ehemalige Frau, was den Leutnant ein wenig einschüchtert. Über mangelnde Arbeit braucht sie sich nicht zu beklagen. Kielstein überwindet sich, zieht das Foto von Jörg Paulsen aus der Tasche und hält es ihr hin. „Kennen Sie diesen Mann?“
Die Schwarzhaarige unterbricht ihre Tätigkeit nicht, sechs Biergläser verschwinden im Spülbecken, dann noch mal sechs. „Schon möglich, warum?“
„War er heute hier?“
„Sind Sie von der Polizei?“

„Ja, Kriminalpolizei", Kielstein weist sich aus.
„Heute nicht, gestern."
Geschwätzig scheint sie nicht zu sein, keine überflüssige Silbe. Im Grund ein sympathischer Zug, obwohl man ihr wahrscheinlich jedes Wort einzeln aus der Nase ziehen muß. Oder ist es nur Vorsicht?
„Können Sie mir sagen, wann er gestern hier war?"
„Am Abend. Sie blieben bis Ausschankschluß. Wie üblich."
Sie wendet sich um, holt für einen Gast Zigaretten aus einer Vitrine. Kielstein darf ihre schmale Taille bewundern, den Rücken, die stämmigen Beine, die der kurze schwarze Rock fast bis zum Poansatz freigibt. Nachdem sie für eine Serviererin ein Tablett mit schäumendem Pils fertiggemacht hat, fragt sie: „Noch etwas?"
„Ja, ein Pils, bitte."
Sie schenkt es ihm ein, wartet.
„Stammgäste also", sagt der Leutnant und bezahlt sein Bier. Er verspürt schon seit dem Mittag einen Riesendurst.
„Das kann man sagen. Sie kommen fast jedes Wochenende her."
„Haben Sie manchmal Scherereien mit ihnen? Daß einer zuviel trinkt, krakeelt, die Gäste belästigt?"
„Das würden wir nicht zulassen", erwidert sie forsch. „Anfangs wollten sie bei Lokalschluß nicht aufbrechen, wollten weitertrinken. Aber das haben wir ihnen rasch abgewöhnt. Manchmal haun sie etwas auf den Putz..."
„Jörg Paulsen?"
„Der weniger. Da schon eher der mit den Tätowierungen, sein Freund Karo. Und der andere, Schmalbrüstige, den sie Intelligenzler nennen."
„Ist einer von der Truppe hier?" fragt Kielstein.
„Nein, hab heute auch noch keinen gesehen."
„Wissen Sie zufällig", er zögert, „ob die jungen Leute gestern abend noch was Bestimmtes vorhatten, ich meine, mitunter nimmt man ungewollt eine Bemerkung auf."
Sie schaut ihn mit spöttischem Funkeln in den Augen an.

„Ich höre nicht auf das, was die Leute reden. Außerdem, da drüben an dem Tisch saßen sie, bei der Entfernung müßte ich ja Elefantenohren haben." Und als sie sieht, daß Kielstein unwillig den Mund verzieht: „Entschuldigen Sie, war nicht so gemeint. Vielleicht weiß Leo was, wollte sagen, Herr Braun, der Ober, der sie bedient hat."

Sie ruft den Kellner heran, der schon mehrfach scheel zu dem sonderbaren Gast an der Theke herübergeblickt hat. Vielleicht hat er ein Verhältnis mit der Schwarzen und befürchtet Konkurrenz. Kielstein ertappt sich dabei, ihn ohne nähere Prüfung der Umstände unsympathisch zu finden. Der Schnauzbart, das gewellte, halblange, semmelblonde Haar, die blasierte Miene, die Arroganz der Bewegungen. Es würde ihn ärgern, wenn die Schwarze gerade mit dem ins Bett ginge. Vorsicht, sagt sich der Leutnant, du bringst Dinge dazwischen, die nicht hierhergehören.

Als der Ober hört, worum es geht, zeigt er sich zugänglich. Obwohl er natürlich erst Einwände macht. Ob es sehr wichtig sei, Kielstein sehe ja, er habe alle Hände voll zu tun. Im Gegensatz zu der Frau hinterm Schanktisch scheint er aber interessiert, Näheres zu erfahren. Ja, er kenne die jungen Leute etwas, freilich nur vom Bedienen her, er habe schon immer mal gedacht, sie würden was anstellen.

„Wieso?" fragt Kielstein. „Gibt es Anhaltspunkte, einen besonderen Grund zu dieser Annahme?"

„Nicht direkt ... nur allgemein ... Dieser Karo mit seiner Renommiersucht ... Und der Paulsen, der wechselt doch laufend die Arbeitsstellen ..."

Sie setzen sich an einen Tisch gleich bei der Theke. So eilig mit der Bedienung seiner vielen Gäste scheint es der Ober Leo Braun nun wieder nicht zu haben, er zieht nur abweisend die Augenbrauen hoch, als man von verschiedenen Seiten nach ihm ruft. Mit großer Ruhe zündet er sich eine Orient an. Dann fährt er umständlich in seiner Erklärung fort. Da er nichts Konkretes mitzuteilen hat, unterbricht ihn Kielstein: „Gestern abend, gab es da einen Anlaß für Ihre Vermutung?"

„Nun ja, wie man's nimmt, sie waren wieder mal ganz schön in Fahrt."
„Sie haben die jungen Leute bedient. Wer gehörte zur Runde?"
„Alle, die auch sonst dabei sind." Leo zählt sie auf. „Manchmal finden sich noch ein paar andere Mädchen ein; Müller bringt sie mit oder der Intelligenzler, aber gestern nicht. Da waren bloß die Blonde dabei, die Nina, und die Schmale, Rothaarige, Anne..."
„Schön", sagt Kielstein, „soweit wären wir. Sie saßen da, tranken, kamen in Fahrt. Und dann?"
„Was dann? Was wollen Sie wissen?"
„Haben Sie zufällig mitgekriegt, ob die Gruppe noch etwas vorhatte, als sie aufbrach?"
Der Ober wechselt einen Blick mit der Schwarzen an der Theke, die nicht ganz so uninteressiert zu sein scheint, wie sie tut. Wenn sie keine Elefantenohren hat, dann vielleicht die Lauscher eines Luchses. Schade, zwischen den beiden scheint es doch eine Beziehung zu geben, die übers Berufliche hinausgeht, denkt der Leutnant und drängt: „Die Auskunft ist wichtig für uns."
„Ich belausche die Gäste nicht..."
„Wer spricht denn davon. Sie könnten doch etwas bemerkt haben."
„Sie haben eine Wette abgeschlossen, Paulsen und der Siebenschein, der Wortführer bei denen. Ich hab's gehört, als ich ihnen die letzte Runde Bier brachte."
„Gut, Herr Braun", sagt Kielstein, „das ist vielleicht von Interesse für uns. Paulsen und Siebenschein also. Worum ging's bei der Wette?"
„Da muß ich passen. Keine Ahnung. Jedenfalls brachen sie so schnell auf wie nie zuvor. Haben sie ... ich meine, sind sie in was verwickelt?"
„Das wollen wir ja gerade herausfinden." Kielstein ärgert sich, daß der Kellner im entscheidenden Moment einen Rückzieher macht. Denn um einen Rückzieher handelt es sich, der Mann weiß bestimmt mehr über diese Wette.

„Leider kann ich Ihnen nicht weiterhelfen."
„Wirklich nicht? Vielleicht hat einer von ihnen einen Namen erwähnt. Bitte, versuchen Sie sich genau zu erinnern."
Der Ober schüttelt den Kopf. Einen Namen hat er nicht gehört. Doch dann, mit ein wenig verschwörerischer Miene: „Aber dort an dem runden Tisch, der Mann mit der Zigarre, wenn Sie den fragen ... Ist auch ein Stammgast, er saß gestern Rücken an Rücken mit den jungen Leuten. Den ganzen Abend."
Langsam, Schritt für Schritt, tastet sich der Leutnant vor. Er hat es weiß Gott nicht leicht, denn der Zigarrenraucher, ein Endvierziger mit Bierbauch und einer Säufernase, wie sie im Buche steht, erweist sich anfangs als äußerst mißtrauisch. Zumal er sich offensichtlich in einem Tête-à-tête mit einer vollbusigen, strammschenkligen Dame reiferen Alters gestört fühlt.
Doch darauf kann Kielstein keine Rücksicht nehmen. „Zehn Minuten müssen Sie schon für mich übrig haben, Herr..."
„Mehlhauer", knurrt der andere.
„Herr Mehlhauer, Sie können sich denken, daß ich nicht aus bloßer Neugier frage. Schließlich saßen Sie auf Tuchfühlung mit der Gruppe."
Mehlhauer gibt widerwillig Auskunft. Da er während der Arbeitszeit ständig auf Trab sei, sagt er, wolle er wenigstens nach Feierabend seine Ruhe haben. Er sei im Fleischkombinat der Stadt beschäftigt, und da verlange man den ganzen Mann. „Ich kloppe hier meinen Skat und will nicht in irgendwelche mulmigen Geschichten hineingezogen werden. Und solche Kommunen ... dafür hab ich nichts übrig. Die stellen sonst was an, diese Kerle, um den Weibern zu imponieren. Mich soll man damit in Ruhe lassen."
Dieser Mann ist nicht so dumm, wie er sich gibt, und auch er weiß mehr, als er sagt. Daß sich der Ober und er so zugeknöpft geben, kann durchaus den gleichen Grund haben. Vielleicht haben die beiden mitbekommen, daß

Paulsen und seine Freunde ein krummes Ding vorhatten, aber nichts dagegen unternommen. Nun haben sie ein schlechtes Gewissen und befürchten Schwierigkeiten.
„Ich wiederhole, Herr Mehlhauer, die Angelegenheit, in der ich ermittle, ist sehr ernst. Wenn Sie uns nicht sagen, was Sie wissen, kann das unangenehme Folgen für Sie haben. Sie behindern uns bei der Aufklärung eines Verbrechens."
Dieser Schreckschuß macht den Dicken gesprächiger. „Also, besorgen wollten sie was", er macht eine Geste, als würde er eine Flasche ansetzen, „darum ging's bei der Wette. Weil Ausschankschluß war. Der Paulsen wollte den Weibern imponieren, vor allem der Roten. Aber ein Verbrechen..."
„Wo wollten sie die Sachen besorgen?"
„Ich glaube ..., ich weiß nicht."
„Wollten sie irgendwo einsteigen?"
„Ich weiß es wirklich nicht, Herr, ich schwöre es Ihnen. Als ich mit Passak, das ist 'n Skatkumpel, gestern abend die Gaststätte verließ, trieben sie sich bei der Post rum. Das hab ich bemerkt. Der Paulsen zog dann alleine los. Aber auch der Krenz trennte sich kurz danach von den andern."
Kielstein notiert die Angaben. Die Gruppe lief demnach auseinander. Die Post liegt auf dem Weg zu Zierau. Die Details passen exakt ins Bild. „Haben Sie beobachten können, in welche Richtung Paulsen ging?" fragt er.
„Stadtauswärts, glaube ich. Das hat mich sogar verwundert. Die anderen müssen entgegengesetzt gegangen sein, denn eine Stunde später sahen wir, Passak und ich, sie am Enzianweg rumknutschen. Dort wohnt Passak. Wir hatten uns noch unterhalten."
Kielstein horcht auf. Eine Beobachtung, die möglicherweise Gewicht bekommen kann. „Die andern, wer genau?" fragt er.
„Na, der Schöne da, der Müller", erwidert Mehlhauer, „dann die beiden Weiber. Die eine, die Blonde, war ganz schön in Fahrt. Ein Biest, das kann ich Ihnen flüstern", in

seinen Augen blitzt Bewunderung auf. „Ein oder zwei Kerle außerdem. Genau kann ich das beim besten Willen nicht sagen."
„Drei Männer und zwei Mädchen?"
„Ich sag doch, Kommune. Bei denen ist alles drin."
Kielstein übergeht die letzte Bemerkung. „Wann, sagten Sie, war das?"
„Ich habe nicht auf die Uhr gesehen. Um zwölf sind wir los, es war 'ne Stunde später. Oder fünfzig Minuten. Vielleicht erinnert sich Passak noch."
Kielstein bittet Mehlhauer, seine Aussagen am Montag im VP-Amt zu Protokoll zu geben, dann verabschiedet er sich. Er schreibt sich die Adresse dieses Passak und der übrigen Stammgäste vom vergangenen Abend auf. Mehr ist im Augenblick nicht zu ermitteln. Er geht zur Theke zurück, wo ihn die Schwarze mit gespielter Gleichgültigkeit empfängt.
„Erfolg gehabt?" fragt sie.
„Wie man's nimmt. Wo kann ich bei Ihnen telefonieren?"
„Hier", sie weist auf den grauen Apparat, der etwas versteckt neben der Kuchenvitrine steht.
Kielstein ruft die Dienststelle an, läßt sich mit Felsch verbinden, erkundigt sich nach Neuigkeiten.
„Die Fingerabdrücke stimmen überein", sagt Felsch sofort.
Der Leutnant hat es nicht anders erwartet. Alles läuft auf einen Punkt hin. „Also Fahndung nach Paulsen", sagt er. „Er darf uns nicht durch die Lappen gehen. Hoffentlich hält er sich noch in der Stadt auf."
„Vor einer Minute hat der Nachbar Zieraus angerufen", fährt Felsch fort, „der Paulsen heute morgen beobachtet haben will. Er behauptet, daß er ihn soeben in der ‚Aue', einem Lokal am Fischerring, gesehen hat. Seine Frau könnte es bestätigen."
Kielstein stößt einen Pfiff aus. „Ein eifriger Mann. Hattest du ihn gebeten, die Augen offenzuhalten?"
„Er sollte uns Bescheid geben, falls Paulsen nochmals in der

Nähe von Zieraus Garten auftaucht."
„Du hast die Genossen schon informiert?"
„Die Beschreibung ist an alle Funk- und Streifenwagen durchgegeben worden. Er kann noch nicht weit sein."
„Gut", sagt Kielstein. „Hier habe ich auch einiges in Erfahrung gebracht, doch alles Weitere mündlich. Ich bin in zehn Minuten in der Dienststelle."

•

13 Ich komm nicht raus aus dem Schlamassel, ich komm nicht raus. Noch bin ich frei, nehm mir was vor, plane das, tu jenes, aber damit kann's im nächsten Augenblick Sense sein. Weiß Gott, ich hab das Pech gepachtet; was ich anfange, läuft schief. Wenn ich mir schon mal einbilde, zeigen zu können, wer ich bin, wird ein kreuzverkorkster Dreck draus. Verfluchtes Elend das!
Ich steh vor diesem Lokal und laß meine grauen Zellen arbeiten, ich müßte was unternehmen, doch ich komme zu keinem Entschluß. Karo müßt ich um Hilfe angehn, meinen Freund Karo, mit all seinen Beziehungen und Bekanntschaften, den feinen Herren und Damen, für die er die Autos repariert: Ärzte, Schlagersänger, Rechtsanwälte, ja, ein Rechtsanwalt wär jetzt das Richtige für mich. Aber was heißt Freund, hab ich jemals einen gehabt, den ich so bezeichnen konnte? Schlägt mir vor, im August mit ihm nach Polen zu fahren, großzügig wie er ist, mit dem klapprigen VW, den er sich von Schmiergeldern und seinem Verdienst für Schwarzarbeiten gekauft hat, schlägt mir das vor, die Nina will er zu Haus lassen, hat sie schon über, die Süße, schlägt mir das noch am Nachmittag vor und pennt die Nacht drauf mit Anne! Wo er weiß, daß ich mir die Punkte bei ihr holen will, daß ich scharf auf sie bin. Ein schöner Freund, den um Hilfe angehn — nie! Ihn zur Rede stellen, ja, ihm ins Gesicht schrein, was ich von ihm halte, aber niemals um Hilfe bei ihm betteln. Soll er doch mit der Anne nach Polen rüber, soll er doch abziehn mit ihr, verdammt

noch mal, ich hab die ganze Heuchelei satt.
Ich besitze ein Foto von ihr, ein Paßbild, das hab ich ihr aus der Handtasche genommen, als wir mal in der Badeanstalt waren, die ganze Truppe, sie waren im Wasser, ich aber tat so, als hätt ich keine Lust, schwimmen zu gehen. Anne hat nichts gemerkt, und ich hab natürlich nichts gepfiffen. Ich bin doch nicht verrückt, mach mich lächerlich vor ihr, vor der Truppe, wo bei denen bloß das eine zählt, bei Karo wie beim Intelligenzler und bei Müller, ran an die Puppen und ins Körbchen mit ihnen, und bei den Weibern ist's dasselbe, das sieht man ja. Und ich mit meiner Gefühlsduselei, Nostalgie für traurige Herzen, das Foto immer bei mir, aber sonst nichts, feige war ich und dämlich, hätt gleich richtig rangehn sollen, aber bei der nicht, dachte ich, die ist anders. Und jetzt das mit Karo, schöner Freund!
Ich hol das Paßbild aus der Brieftasche, schau es an, als gäbe es für mich jetzt nichts Wichtigeres, das schmale Gesicht mit dem schulterlangen, glatten Haar, mit den leicht schräg stehenden Augen, der kleinen Nase, dem spöttischen, etwas zu breiten Mund. Ich schau das Gesicht an und sage laut: „So ein Dreck." Dann zerreiß ich das Foto langsam, fast mit Genuß, in winzige Stücke. So, das wäre geschafft. Und nun vorwärts, zu Klette.
Ich geh zur Bushaltestelle, wir haben uns am Südtor verabredet, wo Klette wohnt, vor seinem Haus, deshalb warte ich auf den 12er Bus, doch er kommt nicht. Wieder muß ich an den alten Knacker von vorhin denken, wie der mich angestarrt hat, alle belauern sie mich, und ich bin allein, allein, allein. Der einzige, auf den ich noch zählen kann, ist Klette, das Baby, wie wir ihn manchmal nennen, ein Spinner zwar, kommt immer mit neuen Schnapsideen an, prahlt, was er alles machen wird, wenn er volljährig ist und ihm seine Alten nichts mehr befehlen können, was er für Geld verdienen und wo er überall hinfahren wird, ein verdrehter Kerl manchmal, hat mich ganz schön verrückt gemacht mit seiner Geschichte von dem Besoffenen und der erschlagnen Katze, aber der einzige, der zu mir hält. Die andern können mir

gestohlen bleiben, die sollen weitermachen wie bisher, aber ihm werd ich das nicht vergessen. Ein bißchen närrisch ist er mitunter, na gut, verstiegen, doch auf ihn ist wenigstens Verlaß. Kommt zu mir in die Bude, weil er Angst hat, daß mir was passiert sein könnte. Die andern pennen, scheren sich 'nen Dreck um mich.

Endlich taucht der Bus auf, in einer Entfernung von vielleicht fünfzig Metern biegt er um die Ecke, und ich greife nach dem Kleingeld in meiner Jackentasche. In ebendiesem Augenblick jedoch, grade will ich einen Schritt nach vorn zur Gehsteigkante tun, treten von hinten zwei Männer auf mich zu. „Herr Paulsen", sagt der eine und faßt mich beim Arm. Schon beim ersten Ton aber, bei der ersten Silbe, die er von sich gibt, begreif ich, daß ich's mit der Polizei zu tun habe.

Ich war früher mal gut im Sprint, damals, bevor das mit dem Bein passierte, und was dazu gehört — ich war und bin reaktionsschnell. Beim Start ist das wichtig, beim Start muß man losschießen, explodieren, ich war stets schon meine zwei Meter weg, wenn die andern grade mal aus der Hocke kamen. Diesmal ist es ähnlich. Zwar bin ich nicht mehr so durchtrainiert, nicht mehr so fit, und daß die Polizei bereits jetzt auftaucht, schockiert mich, aber der Schock geht nicht tief. Innerlich war ich seit 'ner ganzen Weile gespannt und auf der Hut. Außerdem kommen mir zwei Dinge zugute: daß der Bus heranfährt und daß ich Kleingeld in der Hand hab.

Der Polizist, der mich am linken Arm festhält, kriegt, kaum daß er sein „Herr Paulsen" ausgespuckt hat, eine Handvoll Münzen ins Gesicht, so daß er leise aufschreit und mich losläßt. Sein Kollege will zupacken, kommt jedoch zu spät. Vor dem heranbrausenden Bus, dessen Bremsen aufkreischen, stürz ich auf die Straße. Der Bus streift mich, aber er faßt mich nicht, um Haaresbreite entgeh ich seiner platten, bösartigen Schnauze, er schnappt mich nicht, der Bus sichert mir im Gegenteil einen Vorsprung. Er hindert die Polizisten, mir hinterherzurennen, ein Lastwagen, ein fluchender Motorradfahrer, die aus der entgegengesetzten Richtung kommen, sperren die Straße um weitere Sekunden für sie.

Ich aber renne, als ging's um mein Leben. Ich dreh mich nicht um, als ich über die Straße weg bin, ich höre Brüllen, Schimpfen und Pfeifen, aber ich dreh mich nicht um. Ich kann nur hoffen, daß es keinen Unfall gegeben hat.

Rechts geht eine schmale Gasse ab, sie macht gleich darauf eine Biege, das ist ein Vorteil, man kann sie nicht in ihrer ganzen Länge einsehn. Ich stürze sofort wieder rechts in eine Toreinfahrt, über einen menschenleeren Hof, über eine Mauer, die ich mit Ach und Krach bewältige. Auf der anderen Seite sind Holzstapel, irgendwelches Gerümpel, beim Vorüberhasten stoß ich mich an der Hüfte, der Schmerz fährt mir ins Bein, elektrisiert mich förmlich. Aber da ist zum Glück eine Garage, hinter der ich mich erst mal niederhocke, um nach Luft zu schnappen.

Draußen, auf der Straße, ist jetzt der Teufel los, ich hör, wenn auch schwach, weil durch zwei Höfe von dem Trubel getrennt, Pfiffe und Rufe. Wenn es wirklich einen Unfall gegeben hat, wird das meine Lage nicht verbessern. Wer weiß, wie viele Leute die Polizei aufgeboten hat, um mich einzufangen! Lange werden die mich hier nicht in Ruhe lassen.

Ich taste meine Hüfte ab, der Schmerz läßt langsam nach, verletzt hab ich mich anscheinend nicht. Dennoch, meine Lage ist finster, beinahe hoffnungslos. Zurück kann ich nicht, das ist klar, vor der Garage aber befindet sich wieder ein Hof, und auf dem stehen schwatzend zwei alte Frauen. Außerdem hängen mehrere Leute aus den Fenstern, sicherlich, weil sie irgendwas mitgekriegt haben. Und wohin soll ich, wenn ich wirklich aus dem Viertel rauskomme? Aber bleiben geht auch nicht, geht auf keinen Fall.

Jenseits der Mauer werden Stimmen laut, jetzt gibt's kein Zögern mehr. Ich werf einen Blick nach links, dort lassen zwei Bretterstapel einen schmalen Durchgang frei, und zehn Meter dahinter öffnet sich ein Hausflur. Ich renne los.

Geduckt hetze ich über den Platz, zunächst beiderseitig durch die Bretter gedeckt, dann ungeschützt, aber es sind ja nur ein paar Schritte. Da ist dunkel gähnend der Hintereingang, dem ich entgegenfliege, da ist die Tür, und ich tauche im Schatten unter. Aber gerade als ich verschwinde, gerade als ich mich hineinwerfe in die tarnende Finsternis, kreischt eine Frauenstimme, laut, spitz: „Dort, dort ist er!" Die Verfolger sind bereits im Hof, doch nicht sie haben mich bemerkt, sondern irgend jemand aus den Häusern ringsum, jemand, den die Sache nichts angeht, irgendein Weibsstück, das die Nase besser über den Suppentopf halten sollte als aus dem Fenster.

Kein Glück, ich hab kein Glück. Ich bin im Haus, im Dunkeln, aber das nützt mir nichts. Vor mir 'ne Treppe, 'ne schmale Holzstiege, die ich hinaufstürze. Eine Tür öffnet sich, ein Gesicht taucht auf, verblüfft, 'ne Brille, die auf spitzer Nase tanzt, weißes Haar, bleiche Stirn, ein Bürogesicht, ein Hinterhausgesicht, ein alter Mann. Ich vorbei, der andre bringt ein „Was?" über die Lippen, nichts weiter als ein „Was?", doch ich beachte ihn nicht, ich hab keine Zeit, ihn zu beachten, ich nehm mit einem Sprung zwei, drei Stufen auf einmal, denn unten im Haus wird es laut. Schritte, Rufe: „Die Treppe hier muß er hoch sein, die Treppe" — klar, daß ich die Treppe hoch bin, wohin hätt ich sonst rennen sollen?

Die andern Türen bleiben geschlossen, braunlackiert, glatt, hölzern grinsen sie mich an. Wenn ich auf den Boden gelangen könnte und von da aufs Dach, das wär vielleicht noch 'ne Chance, obwohl ich an meine Chancen nicht mehr glaube; ich hätte gleich aus der Stadt verschwinden sollen, heute morgen schon, sofort nachdem das mit Zierau passiert war, irgendwohin in die Landschaft, es gibt da 'n paar Schrebergärten, gar nicht so weit weg, fürs erste wär das gegangen, aber jetzt ist's zu spät... Scheiße.

Ich hab kein Glück; natürlich ist die Bodentür abgeschlossen, ich wende mich zurück, doch da kommen sie mir schon entgegen. Vorneweg der Polizist von vorhin und hinter ihm

’ne ganze Meute. Ein Treppenabsatz nur liegt zwischen uns, ich bin geliefert, gleich haben sie mich.
„Stehenbleiben!“ schreit der Polizist, „bleiben Sie stehen!“, doch da geht neben mir die Tür auf. Vorsichtig, einen Spalt bloß, die Tür einer Dachwohnung, und ich mit der Schulter dagegen wie ein Rammbock. Ich stolpre in den Raum, flieg hinein, knalle lang hin und mit dem Kopf gegen einen Sessel — die Tür hinter mir zuzudrücken, das schaff ich nicht mehr. Ich hör nur den Schrei einer Frau — ich hab sie beim Aufstoßen der Tür ins Zimmer geschleudert —, einen schwachen, eher überraschten als angstvollen Schrei, und dann sind sie auch schon über mir.
Zwei Mann sind’s, die beiden von vorhin, sie packen mich, drehn mir die Arme nach hinten, reißen mich hoch, halten mich fest wie mit Schraubenzwingen. Sie kugeln mir fast die Arme aus, ich stöhne auf und denk nichts mehr, seh nichts mehr. Nein, das stimmt nicht, ich seh doch noch was, so komisch und abwegig das klingen mag, ich seh das erstaunte, erschrockene, schockierte Gesicht der jungen Frau, des jungen Mädchens, das ich da ungewollt überfallen hab. Sie steht da, verblüfft, sie reibt sich den Arm, sie hat sich wehgetan, sie muß grad gebadet oder sich gewaschen haben, denn sie hat kaum was an. Einen Unterrock und nur ’ne Winzigkeit drunter, ja, das seh ich noch, sie schützt sich mit den Armen, sie nimmt den Arm, an dem sie sich weh getan hat, vor die Brust. Ich seh’s, und es ist das letzte Bild, das sich mir einprägt, denn im gleichen Augenblick drehn mich die beiden Polizisten mit einem Ruck herum, und wir marschieren ab.

ZWEITER TEIL

1 Mit Beginn der neuen Woche kommt die Sonne. Keine trübe, verwaschene Milchglasscheibe, die sich nur gelegentlich hinter dichten Wolkenschwaden vorschiebt, sondern eine strahlende, sprühende Kugel, ein sattgelber oder auch rotgoldener Ball, wie er zum richtigen Sommer paßt, ein gleißender, schwelender Rundkörper, geschaffen, die zurückliegenden regnerisch kühlen Tage im Nu auszulöschen. Die Sonne kommt, und es kommt die Wärme; morgens schimpfen die Leute, die mit Bussen und Bahnen zur Arbeit fahren, noch über das verpatzte Wochenende, über den Strichregen und die Kälte, die nur den Mutigsten ein Badengehn erlaubte, aber am Mittag schon ist diese Erinnerung verblaßt. Jacken und Mäntel werden abgelegt, man nimmt über den Arm, was man früh noch, in Unkenntnis der sich verändernden Großwetterlage, als Überbekleidung für unabdingbar gehalten hatte; optimistischere Naturen, Leute auch, die erst später aus dem Haus mußten, präsentieren sich in leichten und luftigen Gewändern. Die Sonne strahlt, der Himmel ist blau, die Frauen tragen dünne, durchsichtige Blusen und Kleider, die Männer kurzärmlige Hemden. Die Bäume sind grüner als vorher, verrußte Fabrikgebäude nicht mehr ganz so grau, Neubauten oder kürzlich renovierte Häuser um einen deutlichen Schein heller. Der Sommer, der bisher nur dem Namen nach da war, ist plötzlich in jeder Fensterscheibe, in jedem Lindenblatt, in jeder trockenen Handvoll Staub gegenwärtig. Er hat sich nicht, wie zu befürchten war, in

südlichere Breiten zurückgezogen, nein, man kann noch auf ihn zählen.
Auch in die Räume des VP-Gebäudes dringt die Sonne ein, wenngleich sie es zunächst schwer hat, die Kühle zu verdrängen. Die dicken Außenwände setzen ihr erheblichen Widerstand entgegen, und nur weil Bothe vom frühen Morgen an die Doppelfenster seines Zimmers weit geöffnet hält, gelang es ihr, die Luft ein wenig anzuwärmen. Immerhin aber ist sie da. Im Augenblick streichelt sie die Grünpflanzen, die der Hauptmann in mehreren Töpfen auf einem niedrigen Rollschrank, schräg gegenüber der Tür, stehen hat. Sie unterteilt den nußfarbenen Schreibtisch in eine hellere und eine dunklere Hälfte, blendet Kielstein, der mit leicht gekrümmtem Rücken, die Beine lax von sich gestreckt, auf einem Stuhl mit Stahlrohrbeinen sitzt, und zwingt ihn, die Augen zusammenzukneifen. Sie wärmt Andreesens Rücken und Felschs Brust, nur den Hauptmann läßt sie aus, denn sie fällt schräg ins Zimmer, spart den Teil des Raumes aus, in dem er sich an der Stirnfront eines niedrigen rechteckigen Tisches plaziert hat.
„So wie ich den Fall sehe", sagt Andreesen und hebt ein wenig die Schultern, ein Zeichen dafür, daß er seine Ansicht für sehr begründet hält, „liegt Paulsens Schuld auf der Hand. Er war zum Zeitpunkt der Tat in Zieraus Haus, und er hatte ein Motiv dafür. Daß es vorsätzliche Tötung war, will ich nicht behaupten, im Gegenteil, ich halte das für sehr unwahrscheinlich. Paulsen ist in das Haus eingedrungen, um sich den Wein zu verschaffen. Ein Dummerjungenstreich, wenn man so will, aber einer mit gräßlichen Folgen. Er ist überrascht worden und hat zugeschlagen. Möglicherweise, weil der andere ihn bedrohte, doch das steht noch nicht einmal fest. Er war angetrunken. Zierau hatte ihn früher nicht gerade mit Samthandschuhen angefaßt — alles gut. Aber Paulsen hat zugeschlagen, und zwar so, daß sein Opfer nicht mehr aufstand. Die Obduktion hat ergeben, daß dieser Schlag den Tod herbeiführte. Paulsen hat das auch sofort nach der Tat begriffen, denn er machte sich aus dem

Staub, versuchte die Spuren zu verwischen. Als wir ihn verhaften wollten, ist er geflohen. Er hat Widerstand geleistet, er hat seine Freunde beredet, ihn zu decken. Bei der ersten Vernehmung hat er alles abgeleugnet, und wir mußten ihm sein Eindringen bei Zierau Stück für Stück nachweisen. Die Übereinstimmung der Finger- und Fußabdrücke, die Staubpartikel an seiner Kleidung, die Zigarettenschachtel mit dem Namen des Mädchens — ich brauche das nicht alles aufzuzählen. Ich gebe zu, da sind ein paar ungeklärte Punkte, das Tatwerkzeug ist noch nicht gefunden, unlogisch erscheint auch, daß Paulsen relativ lange im Haus des Erschlagenen blieb. Dennoch halte ich sein weiteres Leugnen für die verzweifelte Starrsinnigkeit eines ... nun ja, eines Überführten. Paulsen verwickelt sich in immer neue Widersprüche. Ich glaube, daß wir ihn gerade bei diesen Widersprüchen packen und den Fall damit abschließen könnten."

Unterleutnant Andreesen räuspert sich, die lange Rede hat ihm die Kehle trocken gemacht. Er ist der Logiker in der Gruppe, ein Mann, der systematisch Fakt an Fakt reiht, um dann mit scharfem Verstand seine Schlüsse zu ziehen. Er ist nicht vorschnell in seinen Urteilen, durchaus nicht, aber wenn die Tatsachen so offen zutage liegen wie hier, hält er mit seiner Meinung nicht hinterm Berg. Und schließlich ist er um diese Meinung gebeten worden. Bothe hat alle Anwesenden gebeten, sich zum Fall Zierau zu äußern, denn daß mit Paulsen der Täter gefunden scheint, mag zutreffen, daß der junge Mann seine Schuld jedoch nach wie vor hartnäckig leugnet, ist gleichfalls Tatsache.

„Bei den Widersprüchen packen", brummt Felsch und kraust unzufrieden die Stirn, „das tun wir ja die ganze Zeit. An das Tatwerkzeug müßten wir herankommen, dann hätten wir ihn."

Sie sitzen und erörtern das Problem seit einer guten Stunde. Bothe ist am Vormittag aus Prag zurückgekehrt und hat den Fall übernommen, der so gut wie gelöst scheint. Eine ausgezeichnete Arbeit haben seine Männer geleistet, vor allem

Kielstein und Felsch. Und wenn der Rest auch nur Routine sein mag — alles spricht dafür, daß Andreesen recht hat —, so gilt es doch, mit diesem Rest zu Rande zu kommen. Wenn Paulsen der Täter ist, muß er zu einem Geständnis zu bewegen sein. Die Kette der Beweise muß so lückenlos geknüpft werden, daß er nicht mehr ausweichen kann. Bothe möchte den Fall ohne Fragezeichen ans Gericht geben. Jeden Fall versucht er zu diesem Punkt zu bringen, doch wenn ein Mensch getötet wurde, scheint ihm das besonders wichtig.
„Wir haben Paulsens Wohnung um und um gestülpt", sagt Kielstein, „wir haben das Haus Zieraus, den Garten und die nächste Umgebung sehr sorgfältig abgesucht. Nach Meinung unserer Mediziner muß das Tatwerkzeug ein harter, scharfkantiger Gegenstand gewesen sein, ein Briefbeschwerer, Aschenbecher, Schlagring, was weiß ich. Wir haben nichts gefunden, nicht den geringsten Anhaltspunkt. Vielleicht liegt das Tatwerkzeug in irgendeinem Tümpel der Umgebung, in einer Jauchegrube. Da wir nicht genau wissen, was wir suchen, sehe ich nicht, wie wir auf diesem Weg weiterkommen sollen."
Kielsteins Antwort galt Felsch, doch beim Sprechen schaute er Bothe an. So gut er das mit der Sonne im Gesicht vermochte. Nun strafft er sich, um seinen Worten Nachdruck zu verleihen. Und der Hauptmann versteht. Er kennt Kielstein lange genug, um zu wissen: Diese Entgegnung ist nicht nur an Andreesen und Felsch gerichtet, sie zielt auf etwas anderes. Schon am Vormittag, als Bothe den Genossen seine Anerkennung für das gute und schnelle Zupacken ausgesprochen hat, war Kielstein merkwürdig zurückhaltend. Es sind da noch ein paar Punkte, sagte er und wies auf das fehlende Geständnis hin. Bothe ließ es zunächst dabei bewenden. Jetzt freilich stößt er nach: „Auf welchem Weg kommen wir dann weiter?"
„Man müßte noch mal bei Zierau anfangen. Vielleicht ist doch etwas gestohlen worden."
„Aber die Ermittlungen sind erfolglos verlaufen", schaltet

sich Andreesen ein.
„Vielleicht haben wir was übersehen."
„Wozu sollen wir unbedingt ein zweites Mal an dieser Ecke anfangen?" sagt Andreesen. „Ich begreife das nicht."
Kielstein schweigt. Wie soll er begründen, was er sich selbst nicht erklären kann! Zunächst schien alles einfach und folgerichtig, der Eindringling in Zieraus Haus war gefaßt, sein Versuch, den Aufenthalt am Tatort zu leugnen, kläglich. Paulsen machte den Eindruck eines gehetzten Wildes; dieser große, breitschultrige Kerl mit dem Durchschnittsgesicht und der etwas verwahrlosten dunkelblonden Mähne verlegte sich erst auf stures Leugnen, dann auf hartnäckiges Schweigen. Als ihm der Leutnant, unterstützt von Felsch und Andreesen, den Einbruch nachwies, die Tat auf den Kopf zusagte, begann er zu stöhnen und seine Unschuld zu beteuern. „Ich war's nicht, und wenn ihr mich noch so in die Mangel nehmt, ich war's nicht!" Dann fing er plötzlich wie ein Wasserfall zu reden an, erklärte, daß er schon immer ein Pechvogel gewesen sei und stets alle gegen sich gehabt habe. Die Mutter, die Lehrer, die Leute in dem Betrieb, wo er gelernt habe, Zierau. Auch jetzt hätten ihn alle im Stich gelassen. Andreesen konnte er mit solchen Worten nicht rühren, der sah in dem Mißtrauen des Burschen gegen alles und jeden nur einen Grund mehr für dessen Schuld. Vor einem Jahr etwa hatte der Unterleutnant einen jungen Mann gestellt, der ein sechzehnjähriges Mädchen vergewaltigt hatte. Der war ihnen mit einer ähnlichen Litanei gekommen und war doch mit fast sadistischer Brutalität vorgegangen. Nur daß Paulsen seine Geschichte nicht weinerlich, sondern mit einem dumpfen Groll in der Stimme vorbrachte. Und daß er mit einer Art bitterer Verzweiflung bei seinem *„Ich war's nicht"* blieb.
Aber gerade der Groll, die Verzweiflung in der Stimme des Achtzehnjährigen berührten Kielstein, und wenn er auch versuchte, jegliches Gefühl auszuklammern — irgend etwas hielt ihn davon ab, endgültige Schlüsse zu ziehen. Er bemühte sich, die Gründe dafür zu finden. Ich muß mir erst

über die Ungereimtheiten in dieser Affäre klarwerden, redete er sich ein. Bin ich nicht von Paulsens Schuld überzeugt? Er schiebt diese Frage vorläufig von sich. Doch ganz schwach meldet sich der Gedanke: Wenn es Paulsen nicht war — wer war es dann?
„Es kann nur einen Grund für solche Ermittlungen geben“, sagt Bothe in diesem Augenblick, „die Annahme, daß der Täter nicht den Wein, sondern etwas anderes wollte. Die Vermutung, daß es vielleicht doch einen anderen Täter gibt.“
Diese Vermutung habe ich nicht ausgesprochen, will Kielstein erwidern, aber Andreesen drängt sich dazwischen. „Ich schenke der Behauptung Paulsens, daß ihn jemand eingeschlossen und den Keller später wieder geöffnet hat, einfach keinen Glauben. Ich habe den Eindruck, daß er von dieser Version selber nicht überzeugt ist.“
Kielstein muß ihm innerlich recht geben. Nicht nur, daß Paulsen märchenhafte Geschichten erzählt, er trägt sie auch unglaubwürdig und unsicher vor.
„Es gibt nicht den geringsten Beweis für die Anwesenheit einer anderen Person im Haus Zieraus“, ergänzt Felsch nüchtern.
Kielstein nickt. „Ich weiß.“ Dann fügt er hinzu: „Trotzdem ...“
Bothe wirft ihm einen kurzen Blick zu und steht unvermutet auf. Er macht's uns weiß Gott wieder mal nicht leicht, der liebe Rudolf, denkt er. Er geht zum Fenster, wirft einen Blick auf den Vorplatz, als erwarte er von dort Unterstützung. Dann wendet er sich in den Raum zurück. „Wir brauchen Klarheit in allen Belangen“, sagt er, „es hilft nichts, wir müssen Paulsen nochmals in die Zange nehmen.“

2 Andreesen und Felsch haben den Raum verlassen, Rudolf Kielstein aber wird von Bothe zurückgehalten. „Also heraus mit der Sprache“, sagt der Hauptmann, „wir

haben genug Zeit verplempert. Wenn wir zum Ziel kommen wollen, mußt du mir schon erklären, weshalb du zweifelst."

„Zweifeln? Es ist so ein Gefühl ... Ich will auf keinen Fall behaupten, daß Paulsen mir nicht den Eindruck eines Burschen macht, der in der Panik ... Da täuscht man sich leicht ... obwohl er noch sehr jung ist, sehr unausgereift trotz seiner achtzehn Jahre."

„Fakten", erwidert Bothe, „bring mir Fakten. Dir brauche ich nicht zu erzählen, daß Gewalttäter immer irgendwie unausgereift sind. Und was Paulsens Jugend angeht, so hast du oft genug mit solchen Kerlen zu tun gehabt, öfter vielleicht als ich. Einer aufs Tausend, der nicht begreift, daß sich der Mensch an bestimmte Normen halten muß. Einer aufs Tausend, der zuschlägt, weil er mehr säuft, als er vertragen kann, weil er falsche Vorbilder hat oder gar keine, weil er seinen Kumpeln imponieren will, weil er nicht weiß, wohin mit seiner Kraft. Einer aufs Tausend, aber eben einer!"

„Warum war Paulsen so lange im Haus?" sagt Kielstein mehr zu sich selbst. „Er behauptet, weil er im Keller eingeschlossen war und geschlafen hat. Ein Märchen, denkt Andreesen, und es klingt ja auch so. Wir haben aber festgestellt, er war tatsächlich im Keller."

„Das könnte gewesen sein, bevor er von Zierau überrascht wurde."

„Zierau ist zwischen null Uhr dreißig und ein Uhr getötet worden. Das hat die Obduktion klar ergeben. Paulsen verließ das Haus gegen fünf. Hat er vier Stunden gebraucht, um seine Spuren zu verwischen? Weshalb hat er das dann so dilettantisch getan?"

Bothe steht vor seinem Rollschrank und beschäftigt sich mit den Grünpflanzen. Mit einem nicht ganz sauberen Taschentuch wischt er den Staub von den Blättern. Von hinten hat er Ähnlichkeit mit Kriminalmeister Felsch. Ebenso untersetzt, ebenso breit im Kreuz. Allerdings ist er etwas größer als Felsch, und sein dunkles Haar ist von grauen

Strähnen durchsetzt. Er geht auf die Fünfzig und hat ein Leben hinter sich, in dem ihm nur selten Ruhe vergönnt war. Erfolge und Mißerfolge. Sein Stolz: zwei Söhne, von denen einer Gerichtsmedizin studiert, der andere als Meister in einer Elektrowerkstatt arbeitet. Sein Steckenpferd: ein Garten in Töpfen und Flaschen — Pflanzen und Blumen aller Art. Er hat eine Frau, mit der er und die mit ihm durch dick und dünn gegangen ist, weshalb ihn die vielen Scheidungen um ihn herum verwundern. Nicht direkt beunruhigen, warum sollten sie, aber verwundern. Selbst Kielstein und Marianne...

„Weshalb?" wiederholt der Leutnant.

„Ich weiß nicht", gibt Bothe zu, „sprich weiter."

„Paulsen behauptet, eine Weinflasche ausgetrunken und sie morgens mit aus dem Keller genommen zu haben, um die Spuren zu verwischen. Er hat sie in das Kornfeld geworfen, das sich hinter dem Haus befindet; wir haben sie dort tatsächlich gefunden. Diese Flasche ist nicht zerbrochen, und er kann den Schlag nicht mit ihr ausgeführt haben, denn die tödliche Wunde rührt von einem kantigen Gegenstand her. Ich frage mich nun, warum er nicht mit der Flasche zuschlug, als er von Zierau überrascht wurde."

„Vielleicht kam er zunächst ohne die Flasche aus dem Keller", erwidert Bothe und dreht sich endlich um. „Oder der Streit zwischen den beiden begann im Keller, die tätliche Auseinandersetzung aber fand erst oben, im Wohnzimmer, statt."

„Sonderbar, das alles."

„Was hast du noch für Paulsen ins Feld zu führen?" Kielstein setzt sich in einer angespannten Haltung auf die Schreibtischkante, als wolle er im nächsten Augenblick pfeilartig losschnellen. „Du irrst, wenn du glaubst, daß ich Paulsen um jeden Preis entlasten möchte."

„Dazu fehlen dir bis jetzt auch die Argumente."

„Und wenn ihm jemand gefolgt ist?" sagt Kielstein. „Anscheinend wußte das halbe Lokal, wo er hinwollte."

Sie schweigen einen Augenblick. Der Hauptmann legt sorg-

fältig sein Taschentuch zusammen. Die Sache paßt ihm nicht. Er hat Lust, Kielstein zu packen und durchzuschütteln. Was der vor ihm ausbreitet, zieht einen solchen Wust von Fragen nach sich, daß einem schlecht werden könnte.
„Du weißt, was du da sagst", beginnt er beinahe lauernd.
„Wir glaubten, die Arbeit wäre getan, doch wir müßten sie neu beginnen!"
„Nein", sagt Bothe, „nein. Wir können nicht wegen dieser paar Unstimmigkeiten, dieser scheinbaren Unstimmigkeiten, die sich über kurz oder lang vielleicht ganz einfach klären, einfacher, als wir jetzt denken, die ganze Chose neu beginnen. Auf ein dummes Gefühl von dir hin. Und an welchem Zipfel sollen wir überhaupt ziehen?"
„Was also schlägst du vor?" fragt der Leutnant.
„Das, was ich eben sagte, als Felsch und Andreesen noch hier waren."
„Wenn wir das Geständnis erzwingen wollen, werden wir es bald haben", knurrt Kielstein, „das sagt mir auch mein Gefühl. Meiner Ansicht nach ist der Bursche fertig."
„Hör mal", regt sich Bothe auf, „du willst doch hier nicht den barmherzigen Samariter spielen! In einem Mordfall!"
„Nein", erklärt Kielstein. „Du hast recht, das wäre zuviel. Entschuldige."
Sie sind beide nicht mit sich zufrieden. Aber auch nicht mit dem anderen. Kielstein erhebt sich von seinem Notsitz und stelzt mißgestimmt durch den Raum. Bothe beobachtet ihn mechanisch. Wir verlieren Zeit, denkt er und ist gewillt, das Gespräch abzubrechen. Im Grunde ist alles gesagt. Alles Wesentliche. Dennoch zögert er, zögert. Und da, mit einemmal, kommt ihm die Idee. „Quatsch", sagt er, „spar dir deine Entschuldigungen für andere Fälle. Wir werden kein Geständnis erzwingen, wie du dich auszudrücken beliebst. Wir werden es ganz einfach einmal andersherum versuchen."
„Wie andersherum? Was soll das nun wieder? Sprich dich deutlicher aus."
„Ihr seid bisher davon ausgegangen, daß Paulsen mehr oder

weniger schuldig ist, und habt die Gespräche mit ihm dementsprechend angelegt, stimmt's?"
„Glaubst du, daß wir es an Objektivität haben fehlen lassen?"
„Ach, Unsinn, darum geht es nicht. Nur, wie wäre es, wenn wir einmal das Umgekehrte praktizierten! Wenn wir grundsätzlich voraussetzten, daß es nicht Paulsen, sondern ein anderer war. Wenn wir das Gespräch in dieser Richtung führten."
„Hm", brummt Kielstein zweifelnd, „mir scheint, daß jetzt du in Gefahr gerätst, den Samariter zu spielen."
„Nein", sagt Bothe, „ich glaube nicht. Mir geht's um etwas anderes. Soll Paulsen spüren, daß wir ihm eine Chance geben, sich zu entlasten. Soll er seine Scheuklappen, seine Komplexe abwerfen. Verzichten wir darauf, ihn weiter in die Enge zu treiben. Wenigstens vorläufig. Sollte er Argumente vorzubringen haben, die deine Zweifel bestätigen, kriegst du für die nötigen Nachforschungen freie Hand. Sollte er aber selbst dann nichts zu seiner Entlastung beisteuern können, so gibt es kein Hätte und kein Wäre mehr. Und wehe, wenn mir danach noch einer kommt und davon redet, daß wir sein Geständnis — denn du kannst sicher sein, daß wir es erhalten werden — erzwungen haben."

3 Das Furchtbare ist, daß ich nicht weiß, woran ich bin. Woran ich mit der Kripo bin, woran ich mit denen bin, die noch vor drei Tagen meine Freunde waren, woran ich mit mir bin. Seit ich hier festsitze, rollt ein Film in meinem Kopf ab, immer und immer wieder. Bilder, Bilder, Worte, sie dringen in mich ein, sie füllen mich aus, ich versteh sie und begreif doch den Zusammenhang nicht. Als ich noch draußen war, an diesem scheußlichen Sonnabend, dachte ich mal in meiner Verzweiflung: Wenn du im Knast sitzt, kannst du dich wenigstens ausruhn, kannst schlafen. Ich hatte die Hetze satt, die Quälerei, die Gemeinheit der

andern, und ich dachte, damit wär dann endlich Schluß. Aber seit ich hier drin bin, in diesem Keller — wußt ich's doch, daß sie mich in 'ne Kellerzelle stecken —, seit ich auf diesem jämmerlichen Bett liege, seh ich meinen Irrtum ein. Es stimmt: Ich brauch niemandem mehr gute Worte zu geben; es stimmt: Ich brauch keine Angst mehr zu haben, daß mich die Polizei schnappt — das ist ausgestanden, die haben mich gefaßt und mir nachgewiesen, wo ich an jenem Abend gewesen bin, kein Problem war das für sie, ich Esel, ein feiner Einbrecher bin ich, so dämlich wie ich mich angestellt hab, kein Vierzehnjähriger hätte sich so angestellt, nicht an den Scheißschuppen zu denken, an den Schlüssel und das alles, ich Idiot...

Nein, das ist ausgestanden, die wissen Bescheid, schnell wie der Telegrammdienst haben sie gearbeitet, aber was nicht ausgestanden ist, was mir viel mehr zu schaffen macht, was auf mir liegt mit 'nem bleiernen, zentnerschweren Gewicht, was mich reinstößt in die Unsicherheit, in die Finsternis, in die Verzweiflung — das ist dieser Mord. Das ist dieser Totschlag, immer wieder *bei* den *Vernehmungen* und *zwischen* den *Vernehmungen*, ob ich in der Zelle hin- und herlaufe wie ein gefangener Wolf, ob ich auf meinem Bett lieg und an die Decke starre, ja, selbst wenn ich eindämmre, in einem Halb- oder Dreiviertelschlaf vor mich hin döse, läuft der verdammte Film aus dieser finsteren, dreimal verdammten Nacht, ein Film, der stets an einem bestimmten Punkt abreißt. Ich seh die Bilder, ein Durcheinander von Bildern, die verschlossene Hintertür, die verriegelte Kellertür, und dann erst wieder das bleiche, starre, tote Gesicht Zieraus. Ich seh Zieraus Hand, Zieraus Augen, aber nichts vorher, und ich weiß nicht, woran ich bin. Ich weiß nicht, woran ich mit der Polente bin, ich weiß nicht, woran ich mit mir bin. Jetzt, nach dem letzten Gespräch mit ihnen, schon gar nicht.

Denn ich war ja fast bereit, ein Geständnis abzulegen. Die hatten mir vielleicht zugesetzt, Junge, hatten die mir zugesetzt, und was sie nicht schafften, das taten die Bilder.

Im Grunde war alles klar. Einer dringt in ein Haus ein, einer, der betrunken ist und der, kaum daß er drinnen ist, weitertrinkt. Eingeriegelt oder nicht eingeriegelt, wer will das schon noch so genau sagen, überrascht oder nicht überrascht, wer weiß da Bescheid nach so viel Schnaps und Bier und Wein! Klettes Geschichte von dem Kerl, der seine Katze erschlug, die Geschichte meiner Mutter, die fast nackt, im Nachthemd, Vergißmeinnicht pflücken ging — je mehr ich nachdachte, desto mehr solcher Geschichten fielen mir ein. Von Bekannten und von mir selber. War ich nicht am Anfang Zierau gegenüber blind gewesen, war ich nicht Anne und Karo gegenüber blind gewesen, hatte ich mich nicht in Müller getäuscht und völlig den Film vergessen, über den wir an diesem Abend lang und breit gequatscht hatten, diesen Film, na — jetzt fällt mir der Titel tatsächlich wieder nicht ein.

Und dann kam diese Sache mit der Zigarettenschachtel, die sie mir als Beweisstück präsentierten und die ich im Schuppen verloren haben soll, eine Schachtel mit meinen Fingerabdrücken, auf die der Name Anne mit Bleistift gekritzelt war. Sie zeigten sie mir, und es stimmte: Das war meine, den Namen hatte ich draufgeschrieben, als ich mich langweilte, in meiner Zerstreutheit, was weiß ich, ich glaubte noch an Anne, die Frau, die ich mir immer gewünscht hab, die Frau fürs Leben, daß ich nicht lache, soll mir nur noch mal einer kommen mit solchem Gesäusel, mit edlen Gefühlen, Liebe und so, mit Freundschaft, alles Schwindel das, aber den Namen hatt ich geschrieben, dunkel erinner ich mich, vage, und so gab ich's zu, jawohl, meine Schachtel, ein Beweis mehr, daß ich bei Zierau war, denn ich bin ja da gewesen, was sollte es!

Aber nach der Vernehmung lief der Film wieder, lief in meinem Kopf, bevor er dann riß, und da sah ich mich in dem Schuppen, in der Finsternis, ein Streichholz ab und zu, aber keine Zigaretten. Ja, ich wollte rauchen, ich hätte geraucht, so sicher fühlte ich mich im Schuppen, so dämlich ging ich vor, und ich suchte nach Zigaretten, mehrmals, hatte aber keine. Nein, ich hatte keine Glimmstengel, nichts, nicht mal 'ne leere Schachtel. Der Film lief und lief, und ich sah mich die Taschen abstasten und nichts finden. Denn die Schachtel hatt ich schon eher leergemacht und weggeworfen, am Abend bereits, am Tisch, wo wir saßen, ich hatt sie weggelegt, beiseite getan, in den Aschenbecher vielleicht, irgendwohin, ich mußte sie weggetan haben, ich hatt ja zuletzt die Stäbchen der andern mitgepafft, wenigstens glaubte ich mich daran zu erinnern.

Das überlegte ich mir, als ich nach der Vernehmung wieder allein mit meinen Gedanken war, mit meinem Film. Ich stutzte, ich wunderte mich, denn da schien was nicht zu stimmen. Aber dann kamen mir erneut die Katzengeschichte in den Sinn, die Nachthemdgeschichte, und ich geriet vollends in Panik. Ich drehte ganz und gar durch, denn ich begriff, daß meinem Gedächtnis absolut nicht zu trauen war. In keinerlei Hinsicht. Wenn die Schachtel an der Schuppentür gelegen hatte, dann hieß das doch, ich hatte sie nicht in der Kneipe weggeworfen, sondern viel später, dann hieß das, ich hatte alles vergessen und verdreht, dann hieß das, es gab weiße Flecken in meinem Bewußtsein, die alles, sogar das Schlimmste, als möglich erscheinen ließen.

Deshalb also war ich fast bereit gewesen, ein Geständnis abzulegen, zu sagen: Ja, ich war's, ich hab zugeschlagen, ich hatte sowieso 'ne Wut auf Zierau, von damals noch, Sie wissen schon, Sie haben das ja alles ausgekundschaftet, und überhaupt weil er ein falscher Fünfziger war, ein Angeber und Heuchler, ich hab einen Aschenbecher genommen, einen Stein, der im Keller lag, ein Stück Eisenschiene und hab ihm damit über den Schädel gehaun, so und nicht anders ist's gewesen, das Eisen hab ich dann später weggeworfen, von der Brücke aus in den Fluß, dort, wo er am tiefsten ist. Ich war bereit, das zu sagen, sie hatten mich soweit, und ich glaubte schon selber dran, aber dann kam alles anders, und ich weiß wieder nicht, woran ich bin.

Wie soll ich diesen Kriminalen da einschätzen, diesen Leut-

nant, Kahl- oder Kielstein, diesen langen Kerl mit seinem unschuldigen Blick, in dem aber die Hinterlist sitzt? Zwei Tage lang hat er mir übel mitgespielt, er vor allen Dingen: Was hast du da gemacht und was hast du dort getrieben? Du bist gegen vierundzwanzig Uhr nach Hause gegangen, sagst du, aber wie kommt es dann, daß deine Fußspur in Zieraus Garten war? Wie kommen deine Fingerabdrücke an das Regal im Keller, und weshalb bist du vor uns weggelaufen, wenn du so unschuldig bist? Für dich sieht's trübe aus, mein Lieber, sehr trübe, sag endlich die Wahrheit, rück endlich heraus mit ihr, Schluß mit der Schwindelei, dann gibt's vielleicht mildernde Umstände.
Dieser Kielstein hat mich geholt, rausgeschickt, wieder geholt, und zwischendurch knieten mir die anderen auf der Seele rum. Seine Genossen, wie sie sich untereinander nennen. Alles lief auf den einen Punkt hinaus: Sie wollten mich kleinkriegen, wollten mir zeigen, wer sie sind und wer ich bin, daß ich ein Nichts bin, eine winzige, schäbige Laus in ihren Händen, ein Tunichtgut und Rumtreiber, ein Arbeitsscheuer, der von zu Hause weggelaufen ist, ohne die Lehre zu beenden, der es nirgendwo richtig ausgehalten hat und aushält, der Gott und aller Welt mißtraut, ein Egoist und Saufbruder, der seine Wochenenden in der Kneipe verbringt, andre Leute beklaut und sie über den Kopf schlägt, wenn er von ihnen erwischt wird.
Wie soll ich diesen Leutnant anders einschätzen, der keinen guten Faden an mir gelassen hat, der mir nachweisen will, daß ich schon immer 'ne trübe Tasse und 'n finsterer Geselle war, daß bei mir so was wie mit dem Zierau beileibe keine Überraschung ist. „So, Pech hast du gehabt, nichts als Pech in deinem Leben! Mir kommt's freilich eher so vor, als wärst du immer bloß ausgerückt, als hättst du gekniffen, vor den anderen und vor dir selber, als es um den Sport ging und um die Lehre, als es um Zierau damals ging und bei mancher Gelegenheit sonst, aber das nur nebenbei, das nur, weil du dauernd von deinem Unglück redest und weil du jetzt wieder kneifen willst, statt auszupacken. Nun mal zur Sache:

Was hast du wirklich getrieben in dieser Nacht?"
Er nahm mich in die Mangel, und ich begriff, der gibt kein Pardon, der läßt dich nicht los, der hat ganz andre kleingehackt, aber vorhin, plötzlich, als ich das Geständnis schon auf der Zunge hatte, da kam er mir mit Flötentönen.
Oder nein, nicht mit Flötentönen, das stimmt nicht, mit 'ner neuen Masche bloß, mit einer, von der ich nicht genau weiß, was sie bedeuten soll, nicht weiß, wo der Haken steckt, bei der mir's aber so scheint, als ob sie ein paar Lichtblicke läßt, mich nicht ganz so schwarz macht, 'ne Masche, die sich objektiv gibt.
Vielleicht lag's an dem Neuen, der dabeisaß und mich anglotzte, einer, den ich bisher noch nicht gesehen hab, ein älterer, stämmiger Graukopf mit 'nem Onkelblick, mit Augen, die du für freundlich hältst, die dich aber trotzdem festnageln. Vielleicht lag's an dem, der kaum was fragte, aber dasaß, als wüßte er Bescheid. Jedenfalls war's 'ne andre Atmosphäre, ein anderer Stil, wenn ich so sagen darf. Es hieß nicht, rück endlich raus mit der Wahrheit — es hieß, überleg mal. Es hieß nicht, gib zu, daß du das und das gemacht hast — es hieß, nun erzähl mal ganz genau, ganz der Reihe nach, wie alles vor sich ging, wie das war mit der Wette und mit den Kumpels am Tisch. Und weil sie diesmal anders fragten und weil sie mir Zeit ließen, überlegte ich mir das mit dem Geständnis und ging auf ihre Tour ein, überlegte und bemühte mich, die Sache Punkt für Punkt zusammenzukriegen. Solange der Film nicht abriß, klar, solange die Bilder kamen: aus dem Lokal, von dem Weg zu Zierau, von dem Fenster, das verschlossen war, weil der Alte offenbar keine Katze mehr besaß oder aus sonst 'nem Grund, von der Hintertür und von dem Schuppen.
Und als ich bei dem Schuppen war, klickte es wieder, ich sah mich nach den Zigaretten tasten, die ich aber nicht fand, nach der Schachtel suchen, die nicht da war, ich sah mich vergeblich nach ihr suchen, und da sagte ich ihnen, weshalb es bei mir geklickt hatte.
Die wollten sich nichts anmerken lassen, klar. Der Neue hob

den Kopf, blieb aber ruhig sitzen, und Kielstein, also der Leutnant, bekam so was Helles in die Augen, so was Glitzerndes, jedenfalls bilde ich mir das ein, denn ich kenne ihn nun schon; immer wenn er mir was nachweisen kann, hat er was Glitzerndes in den Pupillen. Anmerken lassen wollten sie sich nichts, sie stellten noch 'n paar Fragen, der Lange vor allem, zum Beispiel, ob jemand bezeugen könnte, daß ich die Schachtel schon in der Kneipe weggeworfen hätte, und dann schoben sie mich plötzlich ab. Sie hatten's eilig, das merkte ich, auch wenn sie so taten, als wär alles wie sonst.

Die Sache mit der Zigarettenschachtel — ich sitze da und überlege, ich sitze auf meinem Bett und zermartere mir den Schädel, mir fällt nichts ein, verdammt noch mal, mir will einfach nicht einfallen, wie das genau gewesen ist. Ich weiß auch nicht, was die beiden Polizisten davon halten, eilig hatten sie's plötzlich, das ist klar, trotzdem weiß ich nicht, woran ich mit ihnen bin, woran ich mit mir und meinen sogenannten Kumpels bin, und je länger ich grüble, desto verrückter wird das Ganze. Wenn nämlich ich's nicht war, der die Schachtel an der Schuppentür weggeworfen hat — wer, zum Teufel, war's dann? Und warum hat er's getan, warum?

4 Der erste Schritt muß vor dem zweiten getan werden, das ist eine alte Weisheit, und für Kielstein trifft sie besonders zu, denn er hat von Bothe zwar grünes Licht erhalten, aber zunächst nur für diesen ersten Schritt; was auch in Ordnung ist — sollte sich Paulsens Angabe über die leere Packung F 6 als Finte erweisen, hätte man bloß einen kleinen Umweg gemacht, jedoch nicht alle Pferde scheu. Die große Maschinerie kann immer noch in Gang gesetzt werden, dann nämlich, wenn sich herausstellt, daß was dran ist an den Worten des Burschen. Wenn sich jemand findet, der bestätigt, klipp und klar zu Protokoll gibt: Ja, Jörg Paulsen

hat gegen Ende des Abends von den Zigaretten der andern mitgeraucht; ich hab gesehen, wie er seine leere Schachtel wegwarf.

Ein Zeuge, wenigstens einer, müßte unter denen zu finden sein, die mit am Tisch saßen, an den beiden Tischen, die sie zusammengerückt hatten. Sechs Personen kommen dafür in Frage, zwei Mädchen und vier Burschen. Außerdem vielleicht noch der Kellner oder einer vom Nachbartisch, aber das wäre ein Zufall, da hat Kielstein wenig Hoffnung. Doch sechs Personen — das ist für die Klärung eines solchen Details eine vielversprechende Anzahl, selbst wenn sie ein wenig angetrunken waren. Jedenfalls rechnet der Leutnant damit, Gewißheit zu erhalten.

Natürlich wird er die sechs nicht alle selbst befragen. Andreesen kümmert sich um Müller und den Intelligenzler, Felsch ist zu Hinrich und Nina Pflug unterwegs, er selbst hat sich Günther Siebenschein, genannt Karo, und Paulsens Flamme, die Annekathrin Amelang, vorbehalten. Mit diesen beiden beschäftigt sich der Verdächtige in seinen Erklärungen und Antworten am meisten. Flüchtig sind alle sechs schon einmal befragt worden, das war, als Paulsen der Einbruch nachgewiesen werden mußte. Kielstein hat sich die Protokolle der Vernehmungen angesehen. Einen Hinweis auf die Zigarettenschachtel gibt es selbstverständlich nicht.

Und wenn es stimmt, was Paulsen ausgesagt hat, wenn sich tatsächlich ein Zeuge findet, der seine Angabe bestätigt? Kielstein stöhnt auf bei diesem Gedanken, denn dann ginge alles noch mal von vorn los. Dann erschiene der Fall in einem völlig neuen Licht, die Verhaftung Paulsens wäre ein Schlag ins Wasser gewesen. Dann müßte man die Alibis von wenigstens zehn Leuten überprüfen — von all jenen, deren Fingerabdrücke auf der Packung sind, aber auch von anderen, die am betreffenden Abend in der „Hopfenstube" waren, denn die Schachtel ist offensichtlich durch viele Hände gegangen, und gerade der Täter kann sich vorgesehen haben. Dann müßte man sich mehr mit Zierau beschäf-

tigen, mit seinen Bekanntschaften, dann müßte man...
Eins nach dem andern — Kielstein schiebt seine Überlegungen energisch beiseite. Er steht auf einem langgestreckten Hof zwischen reparaturbedürftigen Autos sowjetischen Fabrikats: Shigulis, Moskwitschs. Arbeitslärm aus einer Halle rechts, ein Mann im Schlosseranzug, der mit einem aufgeregten Kunden debattiert, eine junge Frau im weißen Kittel, mit einem Packen von Papieren durch die Gegend rennend. Der Leutnant hält sie am Arm fest. „Wo kann ich den Kollegen Siebenschein finden?"
„Siebenschein? Dort drüben bei dem roten Saporoshez, er hat eben die Probefahrt gemacht. — He, Günther, dein Typ wird verlangt", schreit sie über den Hof.
Siebenschein steigt aus dem Wagen, den er gerade gefahren hat, und kommt Kielstein entgegen. Volle schwarze Mähne, schwarzer Bart, der das eckige Gesicht umrahmt, dunkle Augen unter buschigen Brauen. Er ist ebenso groß wie Paulsen und gleichfalls kräftig — die jungen Leute schießen heutzutage in die Höhe, denkt der Leutnant, das muß an der Zeit liegen, an den besseren Lebensbedingungen, ich damals war so was wie 'ne Ausnahme nach dem Krieg, dabei war ich bei meiner Länge ziemlich schmächtig, hat eine Weile gedauert, bis ich ein bißchen was draufkriegte. Wenn Mutter nicht gewesen wäre mit ihrer Arbeitswut und ihrem Organisationstalent ... Er schiebt die Erinnerungen beiseite.
„Kielstein", stellt er sich vor, „Kriminalpolizei."
„Ach ja, ich hätt's mir denken können." Der andere ist nicht sonderlich überrascht. „Die Geschichte läuft doch nicht so glatt, wie Sie dachten, stimmt's? Wollen Sie noch was über Paulchen wissen? Sitzt verdammt in der Klemme, der verrückte Kerl, aber wenn Sie mich fragen: Ich trau ihm das nicht zu. Hab ich übrigens schon Ihrem Kollegen gesagt."
Kielstein ärgert sich über die Nonchalance, mit der Siebenschein spricht. An Selbstbewußtsein fehlt es dem da nicht. Dabei ist er nicht schuldlos an der „Klemme", in die Paulsen geraten ist. „Herr Siebenschein", entgegnet er trokken, „ich an Ihrer Stelle wäre nicht so selbstsicher, ich hätte

wenigstens ein schlechtes Gewissen. Schließlich haben Sie die Wette mit Ihrem Freund abgeschlossen, ihn zum Einbruch aufgestachelt."
Der Schwarzbärtige scheint für einen Moment verlegen. Er greift in die Jackentasche seiner blauen Arbeitskluft, die ein Stück der braungebrannten Brust und darauf das tätowierte Abbild eines nackten Mädchens freigibt, holt seine Zigaretten heraus. Die er freilich gleich wieder zurücksteckt. Man ist zwar ein Stück weg von den Autos, doch das Schild „Rauchen verboten" an der gegenüberliegenden Wand ist unübersehbar. „Stimmt", erwidert er, „ich hab's auch schon bereut. Zehnmal. Aber wer konnte denn wissen, daß Jörg wirklich da rein geht? Ich dachte, er gibt bloß an. Ich dachte, spätestens, wenn er vor dem Haus des Alten steht, kehrt er um. Sie können die Mädchen fragen, die haben auch nicht geglaubt, daß Paulchen da einsteigt."
Hinterher sind alle unschuldig, denkt der Leutnant, vor allem solche wie du. Doch er beschließt, das Gespräch über diesen Punkt abzubrechen. Nicht deswegen ist er gekommen. Er schaut auf die Jackentasche, in der die Packung Zigaretten steckt. Marke Karo.
„Sie sind für die starken Sorten, was?" fragt er.
Siebenschein versteht den Blick. „Stark und preiswert", sagt er und ist schon wieder obenauf. Mit einem spöttischen Lächeln fügt er hinzu: „Ein Prolet wie ich kann sich die teuren Stäbchen nur an Festtagen leisten, wissen Sie."
Die im weißen Kittel saust wieder über den Hof und wirft einen argwöhnischen Blick herüber. „Wird das Gespräch länger dauern?" fragt Siebenschein.
„Nein, es geht mir nur um eine Kleinigkeit. Die auch mit dem Rauchen zusammenhängt. Versuchen Sie sich genau zu erinnern. Es hängt viel ab davon für Ihren Freund."
„Ich werd mein Möglichstes tun."
„Gut, dann erzählen Sie mir, was Jörg Paulsen an dem bewußten Abend für Zigaretten rauchte, welche Sorte."
Der andere scheint erstaunt. „Na, F 6, wie immer."
„Seine eigenen?"

„Seine. Klar. Wessen sonst?"
„Herr Siebenschein", sagt der Leutnant ernst, „diese Einzelheit ist wichtig. Versuchen Sie sich vor allem an die letzte halbe Stunde im Restaurant zu erinnern. Hat Ihr Freund da vielleicht von Ihren Zigaretten mitgeraucht?"
Siebenschein überlegt. Man sieht ihm die Denkanstrengungen förmlich an. Er kratzt sich am Kopf, zieht die Stirn in Falten. „Von mir nicht", erwidert er schließlich, „meine Marke mag Paulchen nicht. Und von den anderen? Das kann ich nicht sagen. Vielleicht, wenn seine Schachtel alle war. Der Intelligenzler raucht ja manchmal F 6, genau wie Müller. Obwohl sich Paulchen schließlich hätte 'ne neue Packung kaufen können, nicht wahr?"
„Sie haben jedenfalls nicht gesehen, daß er seine leere Schachtel im Lokal in den Aschenbecher getan oder vielleicht draußen weggeworfen hat?"
„Beim besten Willen, nein", sagt Siebenschein und zuckt bedauernd die Schultern, „darauf, wissen Sie, hab ich wirklich nicht geachtet!"

5 Eine Fehlanzeige — doch Günther Siebenschein ist ja nur eine von den zu befragenden Personen. Eine halbe Stunde später sitzt der Leutnant im Lagerraum eines Geschäftes für Haushaltwaren einem jungen Mädchen gegenüber. Sie ist rotblond, zierlich, von blasser Gesichtsfarbe, hat ein paar Sommersprossen auf Nase und Wangen. Eines solchen Gesichtchens wegen steigt also ein Bursche wie Paulsen um Mitternacht in ein fremdes Haus ein — der Leutnant ist überrascht. Sieht aus, die Kleine, als könnte sie kein Wässerchen trüben. Aber soll man sich darauf verlassen?
Annekathrin Amelang war mit Auspacken beschäftigt, als Kielstein kam; sie lernt Verkäuferin, steht kurz vor dem Abschluß ihrer Ausbildung. Der Leutnant stellte sich vor, und sie nickte nur. „Sagen Sie, was Sie wissen wollen, diese

schlimme Sache läßt mir sowieso keine Ruhe. Daß so ein Verbrechen überhaupt passieren kann! Der Jörg hatte ja ziemlich getrunken an dem Abend, aber so was, das kann ich nicht glauben..."

Die zweite heute, die ihm das nicht zutraut: Man würde sehen.

Sie hatte ihm einen von zwei wackligen Stühlen angeboten, die zwischen Kartons mit Waschpulver und Bohnerwachs standen. Sie setzte sich ihm gegenüber hin, die miniberockten Beine brav aneinandergelegt. Der hellblaue Dederonkittel sitzt knapp und betont ihre Figur. Mit den Händen zupft sie am Rocksaum.

Dieses Mädchen verbringt nun einen großen Teil ihrer Freizeit in einem Vorstadtlokal, denkt Kielstein. Mit Burschen wie Siebenschein, Müller und ... ja, und Paulsen. Ob sie wirklich nichts Besseres zu tun hat? Da gibt es Klubhäuser, Kulturveranstaltungen, die FDJ, die sich um die jungen Leute kümmern soll. Die sich vielleicht auch kümmert, nur anscheinend nicht in dieser Verkaufsstelle.

Es ist kühl in dem Lagerraum, eine wohltuende Kühle nach der Hitze draußen. Kielstein ist versucht, wie üblich die Beine von sich zu strecken, aber er nimmt sich zusammen. Schließlich ist er im Dienst. „Fräulein Amelang", beginnt er, „bei dem Gespräch, das mein Kollege am Sonntag mit Ihnen führte, wurde eine wichtige Frage nicht oder nur am Rande berührt. Sie hatten zunächst eine falsche Aussage gemacht, als Sie angaben, Jörg Paulsen sei zusammen mit Ihnen und Ihren Freunden zu Müller gegangen, später mußten Sie diese Aussage zurücknehmen..."

„Ich dachte, ich könnte ihm helfen", flüstert sie schuldbewußt, „wir hatten es so abgemacht. Es war dumm von mir."

Immerhin wußtet ihr, daß ein Mensch ums Leben gekommen war, denkt der Leutnant, sagt aber: „Wir konnten Ihnen beweisen, daß Paulsen zur angegebenen Zeit im Haus Zieraus gewesen sein muß. Unter anderem, weil wir dort eine Zigarettenschachtel gefunden haben, auf der mit

Bleistift Ihr Name stand."
„Ja", sagt Annekathrin, „ich glaube, das hat Ihr Kollege erwähnt."
„Um diese Schachtel geht es, Fräulein Amelang, bitte versuchen Sie sich genau zu erinnern! Wie war das an dem Abend? Hat Jörg Paulsen wie üblich F 6 geraucht?"
„Natürlich. Er hat mir ein paarmal davon angeboten. Erst wollte ich nicht, ich rauche lieber was Weiches, Carmen oder so. Aber dann hab ich ihm zuliebe mal eine genommen."
„Aus seiner Schachtel, ich meine, aus der Schachtel, auf der Ihr Name stand?"
„Ob mein Name draufstand, weiß ich nicht. Aber es kann schon sein. Klette besitzt so einen vornehmen tschechischen Drehbleistift, und mit dem hat Jörg wohl rumgekritzelt."
„Wann war das? Wann haben Sie die Zigarette genommen, zu Beginn oder mehr gegen Ende des Abends?"
Sie schaut den Leutnant erstaunt an. „Ist das so wichtig? An so was erinnert man sich doch nicht. Am Anfang war das sicherlich nicht, ich sagte ja, ich hab erst ein paarmal abgelehnt. Aber ob um zehn, um elf oder halb zwölf? Nur eins weiß ich noch — daß es die letzte, nein, die vorletzte Zigarette war. Gleich danach hat er die leere Packung weggetan."
„Weggetan?" fragt Kielstein elektrisiert. „Wohin?"
„Na, auf den Tisch gelegt, in den Aschenbecher oder daneben."
„Wissen Sie das genau? Sind Sie ganz sicher, daß er die leere Schachtel F 6 im Restaurant auf den Tisch gelegt hat?"
„Aber wenn ich's Ihnen doch sage", entgegnet Annekathrin, verblüfft über den Nachdruck, mit dem er diese Worte vorbringt. „Ich war ganz froh, daß er mir nicht mehr kommen konnte mit seinen F 6. Die in der ‚Hopfenstube' hatten nämlich an dem Abend keine. Jörg mußte sich dann selber durchschlauchen."
Kielstein, einen Augenblick lang höchst erregt, hat sich wieder in der Gewalt. Also doch, denkt er und weiß nicht, ob er befriedigt sein soll, weil ihn sein Gefühl nicht betrogen

hat, oder ob er stöhnen soll über die Lawine, die er nun ins Rollen bringt. „Haben Sie gesehen, was mit der Schachtel weiter geschah?“

Sie schaut ihn an, als hätte sie seine Frage nicht gehört. Ihre Hände zupfen nicht mehr am Rock herum, sie hat sie zusammengenommen, sie krallt die Finger mit den lachsfarben lackierten Nägeln ineinander. „Sagten Sie nicht, die Schachtel sei dort im Haus gefunden worden?“

„Darum geht es, Fräulein Amelang. Deshalb ist Ihre Aussage so wichtig. Denken Sie genau nach: Was ist aus der Schachtel geworden?“

„Ich ... ich müßte lügen. Der Ober wird sie mitgenommen haben, als er den Aschenbecher leerte.“

„Haben Sie das beobachtet?“

„Ich weiß nicht ... nein ...“

Kielstein merkt, daß er etwas suggerieren würde, wenn er hier weiterfragt. Das Mädchen ist jetzt zu aufgeregt, zu sehr durcheinander. Was er von ihr erfahren hat, ist viel, ist wesentlich für den Fall. Mehr hat sie wohl nicht zu berichten. Er erhebt sich, bittet sie, das Gespräch vertraulich zu behandeln. Obwohl er sich im klaren darüber ist, daß dies nicht viel nützt. Wenn sechs Personen über den Verbleib einer Zigarettenschachtel befragt werden, muß einfach etwas durchsickern. Auch zu dem, der ein Interesse an dieser leeren Schachtel hatte. Fragt sich nur, wann er es erfährt und durch wen. Hoffentlich haben wir nicht schon zuviel Zeit verloren, denkt der Leutnant.

Als Kielstein sich verabschiedet hat und den Lagerraum verlassen will, hält ihn Anne noch einmal zurück. „Einen Augenblick bitte“, sagt sie, „ich möchte Sie was fragen.“

„Ja?“

„Kann ich Jörg Paulsen ... kann ich ihn mal besuchen?“

Er schaut auf das zierliche Persönchen herunter. „Nun ja“, sagt er, „ich schätze, Sie brauchen sich da nicht mehr zu uns zu bemühen. Rufen Sie morgen vormittag die 21 71 an und verlangen Sie mich. Falls ich nicht da bin, wird Ihnen jemand anders Bescheid geben.“

6 Ich sitze und strenge meinen Grips an, ich lauf hin und her in meiner Zelle, auf und ab, und versuche aus meinem Gedächtnis rauszuholen, was offenbar einfach nicht mehr drin ist. Ich hab Zeit, viel Zeit zum Überlegen, und wenn der Film in meinem Kopf zunächst gewissermaßen von selber lief, jetzt spul ich ihn bewußt immer wieder ab und halt ihn an, wenn mir irgendwas verdächtig vorkommt oder auch bloß auffällt.
Sie haben mich eine Weile in Ruhe gelassen, die von der Kripo, und mich dann über die Sache mit der Schachtel befragt. Ob ich mich erinnern könnte, was aus ihr geworden ist, nachdem ich sie weggeschmissen oder auf den Tisch gelegt hatte. Nein, ich konnt mich nicht erinnern, mein Gedächtnis ist ein Sieb, bei den entscheidenden Dingen läßt es mich im Stich. Dann sollte ich ihnen noch mal ganz genau, in allen Einzelheiten, den Weg vom Lokal zu Zieraus Haus schildern, ob ich nicht ein verdächtiges Geräusch gehört oder jemanden hinter mir bemerkt hätte, ob mir im Garten, im Haus nicht doch was aufgefallen wäre.
Aber soviel Mühe ich mir auch gab — schließlich geht's um meine Haut, und wenn ich den Alten auch nicht ausstehen konnte, sein glasiger Blick, der erschreckt mich noch jetzt —, ich konnte denen von der Kripo nicht weiterhelfen. Ihnen nicht, mir nicht. Daß ich noch 'ne Frau getroffen hatte in der Poststraße, fiel mir ein, daß die anderen anfangs mitwollten zu Zierau, es aber sein ließen, weil ich kategorisch dagegen war — sonst nichts. Nichts, nichts, nichts. Allenfalls Dinge, die ich schon hundertmal erwähnt hatte.
Immerhin, der Ton des Gesprächs war anders geworden, 'ne Spur freundlicher noch als beim letztenmal, wo mir die Idee mit der Schachtel überhaupt erst gekommen war, 'ne Winzigkeit freundlicher, wenn man von Freundlichkeit bei denen reden kann — na, Grund, auf mich sauer zu sein, haben sie ja.
Der Ton des Gesprächs war anders, und die machten auch kein Hehl draus, weshalb: sie hatten das mit der Packung F 6 überprüft. Ich weiß nicht, wie sie's angestellt haben, ich

weiß auch nicht, wer bestätigt hat, daß ich die Schachtel im Schuppen Zieraus schon längst nicht mehr bei mir trug, aber bestätigt worden ist's, sie haben es gesagt. Der Lange hat's gesagt, mit 'ner Miene, als wär er eigentlich wütend darüber, aber in seiner Stimme war trotzdem ein wärmerer Ton, und dann hat er sich halb auf den Schreibtisch gefläzt, richtiggehend gefläzt, was er sonst nie gemacht hat, war mir direkt sympathisch. Und der Graukopf, der wieder dabei war, hat ihn schräg von der Seite angeschaut, dem paßte die Fläzerei nicht, das sah man.

Danach kamen sie mir dann mit den Einzelheiten, an die ich mich erinnern sollte, der Graukopf hing sich jetzt selber rein, sie versuchten mich auszuquetschen, 'ne Zitrone ist nichts dagegen. Bloß, daß aus 'ner Zitrone mehr rauskommt. Nicht sehr schmeichelhaft für mich, so was zu sagen, aber es stimmt, ich strampel mich ab, und es kommt nichts heraus dabei, zum Verrücktwerden die Geschichte.

Und ich weiß nach wie vor nicht, woran ich bin, sie lassen mich nicht frei, glauben also vielleicht doch noch, daß ich mit drinhänge. Die Schachtel F 6 hat mich entlastet, keine Frage, war ein Glück, daß mir das eingefallen ist, obwohl ich mir meiner Sache gar nicht so sicher war, ein Glück, daß ich ihnen trotzdem damit gekommen bin. Endlich auch mal Glück — so tief, wie ich drinsaß ... Aber raus bin ich noch nicht.

Ich sitz und zermartre mir das Hirn, ich grüble und spul meinen Film ab. Je länger ich aber nachdenke, desto unruhiger werd ich, denn wenn ich mir die ganze Chose recht überlege, dann sieht das so aus, als hätte mich einer reinlegen wollen, ganz gemein reinlegen. Wenn er sich die Schachtel vorher gesichert und sie dann im Schuppen hingeschmissen hat, wollte der mich reinlegen. Ein unheimliches Gefühl ist das, einer muß mich belauert haben die ganze Zeit, im Dunkeln, einer, der wahrscheinlich den Alten auf dem Gewissen hat, der ihm eins übergezogen hat, ganz kalt und brutal, während ich besoffen im Keller lag und pennte wie ein Murmeltier.

Das ist gemein und hinterlistig, wirklich, ganz unheimlich wird mir bei dem Gedanken, daß da einer lauerte, ein Kerl, der mir wohl auch eins übergebraten hätte, wenn's drauf angekommen wäre — bloß warum, was wollte der bei Zierau?
Sie haben mich nach Zierau gefragt, der Graukopf vor allem, doch Kielstein auch — weshalb ich damals den Streit mit ihm gehabt hätte und ob er auch mit andern zusammengerasselt wäre, was er für Bekannte, für Lebensgewohnheiten gehabt hätte. Nun, ich war vorsichtig, ich wollte mich nicht noch mal reinreiten und andere genausowenig, schließlich bin ich ein gebranntes Kind, außerdem hab ich mich ein Jahr lang nicht mehr um seinen Dreck gekümmert. Aber das eine und andere hab ich ihnen schon gesteckt, wie der mich ausgenutzt hat zum Beispiel und was der so nebenbei für Geschäftchen getätigt hat. Man soll ja über Tote nichts Schlechtes reden, zumal über jemanden, der wie Zierau gestorben ist, auf so gräßliche, hinterhältige Art, und in seinem Betrieb mag er meinetwegen auch 'ne gute Figur abgegeben haben, von seiner Arbeit hat er sicherlich was verstanden, so ohne weiteres wird man ja nicht Abteilungsleiter, obwohl... Ich darf da nicht an die Berichte denken, die er mir manchmal zu lesen gab, eingebildet wie er war! Man soll über Tote nichts Schlechtes reden, und in seiner Arbeit, da mag er was gebracht haben, einverstanden, aber sonst war seine Weste gar nicht so weiß; der tat nach außen hin wunder wie uneigennützig, sah jedoch ganz schön zu, daß er auf seine Kosten kam.
Vor allem mit den Münzen hat er Musche-Musche gemacht, ein Vermögen muß er sich damit zusammengegaunert haben, ich versteh ja nicht viel davon, aber das hab ich doch mitgekriegt. Damals, als er das erstemal bei uns aufkreuzte, bei Susannchen, weil der schöne Robert gleichfalls zu der Sammlertruppe gehörte, hat er schon mit seinem Geschick und seinem Wissen über diese Dinge geprahlt. Ganz legal, sagte er, aber hat sich was mit legal, einen Riecher hatte der, das stimmt, und den hat er weidlich ausgenutzt.

Ich erinnre mich nicht mehr an alles, aber zum Beispiel sagte er, die Münzen stiegen zur Zeit enorm im Wert, zur Zeit, und in den nächsten Jahren würden sie noch mehr steigen, besonders die Goldmünzen. Freilich müsse man die richtigen kennen, die seltenen, die was Besonderes haben und in kleiner Stückzahl geprägt seien, er beschäftige sich schon seit Jahren mit diesen Dingen.
Später, als ich bei ihm wohnte, schmiß er mir manchmal ein paar Brocken von seinem Wissen hin, er nannte ein paar Regeln, an die er sich hielt, und eine hab ich mir gemerkt, sie lautete: Von drei Münzen, die du kaufst, tauschst oder ersteigerst, muß eine in zwei Jahren den doppelten Preis bringen. Das klingt nicht viel, der doppelte Preis, aber er investierte ganz schön, Zierau, es handelte sich um hübsche Summen, die dann eben einen noch hübscheren Gewinn abwarfen. Der wußte, wie man's macht, er war gerissen. Beim Steigern auf der Auktion hielt er sich zurück, weil ihn da alle beobachten konnten, wenn aber privat was zu machen war, einer alten Frau was abzuluchsen, einem Sammler, der dringend Geld brauchte, dann stieg er groß ein. Einmal hab ich erlebt, daß ihm ein Mann auf die Bude rückte, dem er am Tag zuvor ein seltenes Stück abgekauft hatte. Der wollte das zurück, der hatte gemerkt, was es wirklich wert war oder ein Jahr später wert sein würde, was weiß ich. Der beschimpfte Zierau, drohte ihm mit der Polizei, doch da biß er bei dem Alten auf Granit. Na, wahrscheinlich dachte der andre auch gar nicht im Ernst dran, zur Polizei zu gehen, der drehte sicherlich ähnliche Dinger.
Aber dann gab's welche, die konnten einem leid tun. Einmal heulte ihm so ein vermurkelter kleiner Kerl was vor, bestimmt ein armer Schlucker, ein Anfänger vielleicht, der flennte und sagte, Zierau hätte ihn übers Ohr gehaun, die Stücke, die er dem Alten abgetreten hätte, seien dreimal soviel wert wie die dafür eingetauschten, es sei eine Gemeinheit, er hätte es bloß zu spät erfahren, und ob Zierau, ein bekannter Numismatiker, denn kein Herz hätte. Herz hin,

Herz her, mein Wirt blieb ruhig und gab nichts zurück. Er trumpfte im Gegenteil noch auf, erklärte, getauscht sei getauscht und jeder müsse selber wissen, wo sein Risiko liege. Ja, so war er, Zierau.
Das hab ich denen von der Kripo erzählt, und Kielstein saß da wie 'n Fragezeichen und lauschte, während der andre, sein Chef, glaub ich, sich sein Interesse nicht anmerken ließ. Sie wollten noch mehr über diese Tauschpartner wissen, ob welche dabei wären, mit denen er oft zusammengetroffen sei, aber da mußte ich passen, liegt ja alles schon 'ne Weile zurück, und ich hab mich nie besonders drum gekümmert.
Dann faßte ich mir ein Herz und fragte, ob sie mich jetzt freilassen würden, aber der Chef meinte, das müßten sie sich noch mal überlegen, meine Sache stünde ja etwas besser, trotzdem — ich hätte mir einiges zuschulden kommen lassen und ein Nachspiel gäbe das auf jeden Fall. Weshalb ich nach wie vor hier sitze und den Film in meinem Kopf abspule! Raus aus der Sache bin ich noch nicht, das weiß ich, aber was mich mehr beunruhigt, was in mir sitzt und mich verdammt fest gepackt hält, das ist der Gedanke an die Schachtel. Wer hat meine Zigarettenschachtel genommen und in den Schuppen geschmissen? Das war keiner von Zieraus Münzbrüdern, wie die Polizisten vielleicht denken, das war nicht irgend jemand von irgendwo aus der Ferne. Wer an die Schachtel ran konnte, der war in meiner Nähe, möglicherweise den ganzen Abend über, und hat die Situation ausgenutzt. Und das ist das Allerschlimmste an der Geschichte, das Allergemeinste, der kalte Schweiß bricht mir aus, wenn ich dran denke: Jemand, der wußte, daß ich zu Zierau wollte, muß das gemacht haben, jemand, der Bescheid wußte und eine üble Chance witterte, jemand, den ich kenne.

7 Ein weiterer Zeuge hat es bestätigt, Siegbert Müller. Paulchen, so drückte er sich im Gespräch mit Andreesen aus, habe ihn gegen zwölf ständig um Zigaretten angehaun. Weil er noch 'ne volle Schachtel F 6 gehabt habe, Jörgs Glimmstengel aber alle gewesen seien. Die Schachtel mit der Bleistiftkritzelei habe er auf dem Tisch liegen sehen, er habe erst gedacht, es sei seine. Auch Müller vermutet, daß der Ober die leere Packung zusammen mit den Ascheresten mitgenommen hat. Er will es nicht beschwören, glaubt sich aber genau zu erinnern.
Dieser Müller ist ein eigenartiger Mensch, frisiert wie eine Schaufensterpuppe und ängstlich wie ein Kaninchen. Der Grund seiner Furchtsamkeit: Er hat 1969 zwei Monate gesessen, hatte damals auf raffinierte Weise Lottoscheine gefälscht.
„Ständig hat er sich rückversichert", sagt Andreesen, „ständig beteuert, er habe mit Paulsen und der ganzen Wette nichts zu tun. Nicht das geringste. Es sei ihm sehr peinlich, in diese Sache hineingeraten zu sein. Wohl habe er an dem Abend verlangt, daß die andern was zu trinken beisteuerten, wenn sie schon unbedingt mit in seine Wohnung wollten, aber das mit der Wette sei ausschließlich die Sache von Paulsen und Siebenschein gewesen. Er selbst habe das gar nicht so richtig mitgekriegt." Und Andreesen, der sorgfältig rasiert ist wie immer, dessen Schlips wie stets in der Farbe exakt zum Anzug paßt — braun und hellgrau, Pfeffer und Salz, die traditionelle Zusammenstellung —, fügt sarkastisch hinzu: „Im Ausreden-Erfinden sind die Kerle groß!"
Kielstein kann den Unterleutnant verstehen. Leute, die sich aus allem raushalten wollen, die nicht bereit sind, auf sich zu nehmen, was sie mitverschuldet haben, sind auch ihm zuwider. Dazu kommt, daß Andreesen im Fall Zierau etwas schnell in seinen Schlußfolgerungen war und sich revidieren mußte. Er hat es getan, er ist noch dabei, es zu tun, aber er grollt den Burschen, die ihn in diese Lage gebracht haben. Und die nun zu kneifen versuchen, wo sie nur können.

Immerhin, die Aussage ist da und zu Protokoll genommen, Paulsen ist entlastet, die Suche nach dem Täter neu in Gang gebracht. Der Ober soll die Schachtel weggeräumt haben, nun ja, Kielstein nimmt es zur Kenntnis, aber er ist skeptisch. Zum einen kann diese Beobachtung der Einbildung entspringen — schließlich ist man es gewohnt, daß die Aschenbecher vom Personal geleert werden —, zum anderen mahnt sich der Leutnant hier zu doppelter Vorsicht. Er erinnert sich vage an die adrette Schwarze hinter der Theke, an seine Antipathie gegenüber dem Kellner, und er ist nicht gewillt, sich voreilig auf diese neue Spur zu stürzen. Freilich muß das Notwendige getan, der Mann befragt, sein Alibi überprüft werden. Wie das der anderen Verdächtigen im Fall Zierau. Und verdächtig ist — so sieht es Kielstein jedenfalls im Augenblick — jeder, der von der Wette Paulsen—Siebenschein gewußt hat.

Denn hier scheint der Angelpunkt dieses Falles zu sein: Wer kannte Paulsens Vorhaben und stellte sich darauf ein? Wer schlich dem Burschen nach oder drang möglicherweise kurz vor ihm bei Zierau ein, wissend, daß der andere folgen würde? Paulsen behauptet, den Gedanken an den Einbruch erstmals an diesem Abend gehabt und geäußert zu haben. An diesem Abend, nicht vorher! Wer also kam auf die Idee, das sofort auszunutzen, wem kam das gelegen?

Bothe und Kielstein gehen die Fragen Punkt für Punkt durch, versuchen, zum Kern des Problems vorzudringen. Da ist zum Beispiel Müllers Aussage über den Heimweg der Freunde. „Nachdem Jörg weg war", hatte er bei der Befragung erklärt, „gingen wir, bis auf Klaus-Dieter, der lieber nach Hause wollte, in meine Wohnung. Na ja, wir hatten ein bißchen getrunken, und die Mädchen waren nicht — nicht unzugänglich. Wir blieben hier und da mal stehen, hielten uns eine Weile auf. Wir knutschten bißchen rum, deshalb waren wir erst nach eins bei mir. Aber alle zusammen, das kann jeder nachprüfen."

„Alle zusammen, das heißt..."

„Na ja, Nina Pflug und ich, Annekathrin Amelang und

Günther, dann noch Klette."
„Wenn ich recht verstehe", fragte Andreesen, „bildeten Sie und Fräulein Pflug sowie Siebenschein und Fräulein Amelang je ein Pärchen. Herr Hinrich dagegen war allein."
„Ja, der lief so nebenher."
„Bis Sie in Ihrer Wohnung waren?"
„Ich sagte doch, daß wir alle zusammen ankamen."
Diese Aussage wird mehr oder weniger von den anderen bestätigt. Von der rothaarigen Annekathrin, die ein wenig verlegen scheint, als Kielstein sie ein zweites Mal aufsucht und über die Stunde nach Mitternacht befragt. Von Nina Pflug, die eher patzig reagiert, von Karo, selbstsicher wie immer, von Klette schließlich, der behauptet, er habe sich zwischen den andern nicht sehr wohl gefühlt, sei aber mitgegangen. Er weiß auch noch ziemlich genau, wo man sich „ewig herumgedrückt" und wo man „nicht so gebummelt" hat. Er hat aufgepaßt, die andern waren ja die ganze Zeit hindurch beschäftigt.
Zwei weitere Zeugen, Mehlhauer und Passak, Stammkunden der „Hopfenstube", geben Ähnliches zu Protokoll. Sie haben die jungen Leute ebenfalls gesehen und sagen aus, Karo, Müller, Klette und die beiden Mädchen seien kurz vor oder nach ein Uhr am Enzianweg gewesen. Das heißt, nicht weit von Müllers Wohnung entfernt. Sie hätten dort „rumpoussiert". Die Männer sind übrigens von Klette, der seine Augen wohl überall hatte, auch entdeckt worden. Was wichtig für Passak und Mehlhauer ist, denn sie hatten das mit der Wette ja gleichfalls mitbekommen, gehören also zum Kreis der Verdächtigen.
„Ein Uhr", sagt Bothe und malt mit einem Steppke, einem dicken schwarzen Filzstift der Marke Markant, komplizierte Muster auf ein Blatt Papier, „ein Uhr, das entlastet sie nicht unbedingt. Die Tat kann um Null Uhr dreißig begangen worden sein, und von Zieraus Grundstück bis zum Enzianweg schafft man's unter Umständen in einer halben Stunde."

„Im Dauerlauf", erwidert Kielstein, „wenn man auf Langstrecke trainiert. Außerdem müßte dann einer von den beiden den anderen decken."
„Na gut, akzeptiert! Die beiden also nicht. Dieser Passak zumindest scheint ja einen soliden und zuverlässigen Eindruck zu machen. Was aber ist mit den drei anderen, die am Stammtisch saßen?"
„Die haben das Lokal Null Uhr zwanzig verlassen und sind Null Uhr vierzig in der ‚Tanne' aufgekreuzt, um noch 'ne Molle zu zischen. Das ist eine Kneipe in der Innenstadt, der Wirt erinnert sich an die drei Männer, er hat ihre Angaben bestätigt. Der Weg von Zieraus Haus dorthin wäre in den zehn Minuten, die ihnen verbleiben, höchstens mit 'nem Hubschrauber zu schaffen."
„Bliebe der Kellner Braun", konstatiert Bothe, „und dieser — wie nennen ihn seine Freunde gleich — dieser Intelligenzler."
„Ja, Krenz hat kein Alibi, er will in der entsprechenden Zeit und auch später durch die Stadt gebummelt sein. Die Aussage des Kellners steht noch aus. Felsch ist unterwegs zu ihm."

8 Ich bin frei und fühle mich doch angebunden. Sie haben mich rausgelassen, aber ich zapple im Netz. Ein Irrgarten, in dem ich ziellos umhertappe, ein Haus aus Spiegelglas, dessen Ausgang ich nicht finden kann, gegen dessen Wände ich ständig renne. Ich bin frei, ja, ich bin frei, aber nur dem Schein nach.
Nicht, weil sie mich etwa noch verdächtigen würden oder weil ich den Eindruck hätte, sie mißtrauten mir. Nicht deshalb — sie hielten mich für den Schurken, der den Alten umgelegt hat, und hatten ihre Gründe, wie ich zugebe, ich wußte ja zuletzt selber nicht mehr, ob ich unschuldig war.
Aber jetzt sehen sie, zuwenig paßt da zueinander. So wie

ich es nun auch sehe. Nur, daß ich trotzdem kaum erleichtert sein kann.
Nun gut, in einer Art fühl ich mich natürlich besser. Schließlich ist's ein Unterschied, ob man als Verbrecher, als Totschläger angesehn wird oder als einigermaßen normaler Mensch. Bevor sie mich rausließen, hat mir Kielstein die Leviten gelesen. Obwohl er was andres zu tun hätte, erklärte er, nähme er sich die Zeit dazu, denn so unschuldig, daß man sagen könnte: Zurück ins Leben und fertig! wär ich wirklich nicht. Ich hätte mich und sie ganz schön reingerissen mit dieser Geschichte, und er könne nur hoffen, daß ich mir das eine Lehre sein ließe. Ob mein Fall vor Gericht käme, wüßte er nicht, das hinge von dem ab, was die Ermittlungen zutage brächten, und auch von meinem weiteren Verhalten. Die im Betrieb jedenfalls würden noch mal auf die Angelegenheit zurückkommen, das sei klar wie Kloßbrühe. Und so weiter und so fort, geredet hat er wie ein Vater mit seinem Sohn. Na, ich bin nicht sonderlich begeistert von dem, was mir da vielleicht blüht, aber ehrlich, es hätt schlimmer kommen können.
Er las mir die Leviten, Kielstein, er rieb mir wieder unter die Nase, daß ich in meinem Leben immer gekniffen hätte, wenn's drauf angekommen wäre; mit meinem Elternhaus, gut, das wär *eine* Sache, keine erfreuliche für mich, das gäbe er zu, aber noch lange kein Grund, dauernd von Pech zu faseln, schließlich hätte ich, seit ich in der Stadt wohnte, 'ne Menge Chancen gehabt, meine Ausbildung abzuschließen, hätte sie auch jetzt noch. Und dieses Mädchen, auf das ich so schimpfen würde, die Rothaarige, wäre gar nicht so schlecht, die würde mir die Stange halten, ich begriffe das nur nicht. Daß sie an diesem Abend mit 'nem andern abgezischt wäre, sollte ich mir selber ankreuzen, nicht ihr. Kurz, er gab mir noch mal Saures zum Abschluß, Kielstein, aber ich hatte den Eindruck, er meint's ehrlich, und das ist immerhin was. Obwohl alles ein bißchen komplizierter ist, als er das sieht, und ich das mit der Anne anders auffasse als er — wenn's einen nicht betrifft, hat man gut reden.

Doch nun bin ich frei und fühl mich etwas wohler, das ja, ich bin nicht mehr der finstere, ganz fiese Kerl, für den ich mich selber schon hielt, aber trotzdem grüble und grüble ich, beweg mich im Irrgarten meiner Gedanken. Ich zermartre mir das Hirn, ich frag mich ständig dasselbe: Wer aus meiner Nähe, wer an jenem Abend hat mich beobachtet, belauert, verfolgt? Wer, zum Henker, war das? Einer aus der Kneipe, der Ober etwa, einer aus unsrer Runde? Der letzte Gedanke ist so ungeheuerlich, daß ich mir an den Kopf fasse. Das ist doch nicht drin, das darf nicht drin sein, selbst Müller, diesem oberfaulen Ei, trau ich das nicht zu. Außerdem — haben nicht Klette und er davon geredet, daß sie in Müllers Wohnung stundenlang auf mich gewartet hätten? Klar, und damit haben sie ein unumstößliches Alibi. *Müller hat uns rausgeschmissen, sie meinten, du hättest uns versetzt, Karo war mächtig sauer*, diese Sätze von Klette hab ich noch im Ohr.

Ich bin wieder zu Hause in meiner Bude, ich hab die Blumenthal, die's gut meint, mir aber im Augenblick auf die Nerven geht, nach einigem Hin und Her abgeschüttelt, ich bin endlich aus diesen Klamotten gestiegen, die ich im Knast anhatte und schon nicht mehr riechen konnte, ich sitz in der Badewanne und merke, wie wunderbar klares, kühles Wasser sein kann. Sonst reiß ich mich nicht gerade ums Baden, wenigstens nicht um das in der Wanne, aber jetzt, nach diesen Tagen, möcht ich am liebsten die ganze Haut runterschrubben. Außerdem kommt noch die Hitze draußen dazu, fast dreißig Grad müssen das sein, der Asphalt kocht ja förmlich.

Ich bin wieder in meiner Bude, das Wasser umplätschert und erfrischt mich, und nachdem ich den Dreck runtergeschrubbt hab, den Schweiß, weiß ich auf einmal auch, an wen ich mich halten muß. Daß mir das nicht eher in den Kopf gekommen ist! An den hochnäsigen Kellner muß ich mich halten, diesen Heini, den ich sowieso nicht riechen kann. Hat der sich nicht an dem Abend dauernd in unserer Nähe rumgedrückt, hat der's nicht brandeilig gehabt zum

Feierabend hin, so als hätt er noch was ganz Exquisites vor? Hat er nicht ständig zu uns rübergeglotzt, vor allem gegen zwölf, als wir zum Aufbruch rüsteten, hat er da nicht zu mir rübergeschielt? Aufregung erfaßt mich, ich spüre, wie mein Herz zu hämmern anfängt. Trotz des kühlen Wassers in der Wanne. Doch ich zwinge mich zur Ruhe, ich dreh die Dusche auf und halte das Gesicht unter das eiskalte Naß. Nichts überstürzen, denk ich, hast schon genug Blödsinn verzapft. Wenn mir was einfällt, hat Kielstein gesagt, soll ich ihn anrufen, aber ich weiß nicht, ob ich das 'nen Einfall nennen kann, das mit dem Ober. Ich müßte mich mit jemandem beraten, der an dem Abend dabei war. Mit Karo, mit Anne ... alles in mir sträubt sich dagegen. Mit Klette könnte ich sprechen, der wird sich freun, wenn er erfährt, daß ich wieder frei bin. Ich beschließe, erst mal kräftig zu essen und dann den Kleinen aufzusuchen, aber als ich später am Tisch sitze — Mama Blumenthal hat mir ein Menü hingezaubert: herrlich weiches Weißbrot mit Butter, dazu Honig, halbe gekochte Eier, zarten rohen Schinken, selbstgemachtes Schmalz, ich hab lange nicht so geschwelgt —, überleg ich es mir doch anders. Dieser Pinkel von Ober geht mir nicht aus dem Kopf, und jemand, der mir über ihn vielleicht was flüstern könnte, ist Nina, unser Wasserstoffblondchen. Die Biene hat mit dem mal was gehabt, so zwischendurch, nichts Tiefergehendes — was geht bei der schon tiefer —, aber ein bißchen was wird sie mir erzählen können. Ganz allgemein wenigstens, vielleicht hatte sie auch an dem Abend ein Auge auf ihn. Obwohl die Schwarze hinter der Theke auf Leo aufpaßt wie ein Schießhund. Besonders seit dem Techtelmechtel, das er mit Nina hatte. Eigenartig, die Frauen, die Schwarze könnte doch ganz andre kriegen, mit der Figur und resolut wie sie ist, trotz der beiden Gören aus ihrer verkrachten Ehe.
An die Schwarze komm ich nicht ran, das hat keinen Zweck, die würde auch nichts verraten, aber mit Nina, das ist 'ne Idee. Ich hab ja heute ohnehin nichts mehr vor, und um diese Zeit müßte ich sie zu Hause antreffen. Nina ist Fri-

seuse, arbeitet in irgend'ner PGH und hat um vier Uhr Schluß. Es kann natürlich sein, daß sie noch was einkaufen geht, aber eh ich bei ihr bin, ist's sowieso nach fünf.
Eine Dreiviertelstunde später, ich mußte mit der Straßenbahn quer durch die ganze Stadt klunkern, steh ich in einem peinlich sauberen Hausflur vor einer gelblackierten Wohnungstür. Die Häuser in dieser Straße sind offensichtlich erst kürzlich renoviert worden, sie machen von außen wie von innen einen frisch hergerichteten, farbenfrohen Eindruck, und an manchen befinden sich noch die Gerüste. Ich bin schnell die Treppe zum zweiten Stock hochgestiegen, jetzt hol ich erst mal Luft und drück dann auf den Klingelknopf. Ein einziges Mal war ich hier, etwa vor einem Jahr, zusammen mit Karo. Ich hoffe, daß er heute nicht zufällig auch da ist.
Ein paar Sekunden Stille, dann nähert sich Sandalengeklapper. „Wer ist da?" fragt eine mir gut bekannte Stimme.
„Jörg, Jörg Paulsen."
Nina ist einen Augenblick lang baff, das spür ich durchs Holz hindurch, dann sagt sie: „Mensch, Paulchen, bist du's wirklich? Das ist 'ne echte Überraschung! Eine ganz kleine Sekunde, ich muß bloß was drüberziehn, ich laß dich sofort rein."
Das Sandalengeklapper entfernt sich, diesmal eiliger, von der Tür, und die ganz kleine Sekunde dehnt sich hin. Aber dann ist Nina plötzlich wieder da, öffnet und zieht mich am Arm in den Flur ihrer Wohnung. „Laß dich mal anschaun", sagt sie und tut das auch so ausführlich, als wär ich wenigstens fünf Jahre im Kongo gewesen. Sie strahlt, sie ist offenbar ehrlich erfreut, mich zu sehn. „Na ja", stellt sie nach vollzogener Prüfung fest, „'nen toll erholten Eindruck machst du nicht, aber es ist noch auszuhalten. Haben sie dich durch die Mangel gedreht? Ich hab's doch gewußt, daß sie dich bald wieder rauslassen. Komm rein und erzähle."
Ninas Wohnung ist nicht groß, sie besteht aus 'nem einigermaßen geräumigen Zimmer, 'ner Küche, in die sie sich hat 'ne Duschkabine einbauen lassen, und einem Stück

Korridor. „Klein, aber mein", sagt sie, wenn sie von ihrer Bude redet, und ich muß zugeben, sie hat was draus gemacht. Schon bei meinem ersten Besuch war mir das aufgefallen, jetzt stell ich es erneut fest. Eine schmiedeeiserne Garderobenablage im Flur, ein gleichfalls in Eisen gerahmter runder Spiegel, eine freundliche Tapete mit rötlichem Unterton. Das Zimmer ist modern und, wie mir scheint, auch praktisch eingerichtet. Ein niedriger, heller Tisch, Stuhlsessel, 'ne Wandlampe und 'ne Stehlampe in der Ecke neben dem Fernsehapparat. Ein Kleiderschrank, beigefarben, und ein kleinerer Schrank daneben, auf dem es von Fläschchen, Tuben und Dosen, von Cremes und irgendwelchen Duftwassern nur so wimmelt. Ein wunderbar breites und weiches Sofa an der Wand gegenüber der Tür, auf dem 'ne sattgrüne flauschige Decke liegt. Ein paar Blumentöpfe, ein kleiner Kachelofen, den sie jetzt freilich nicht zu heizen braucht; die Tapete, silbrig, ein Muster von Blumen und Riedgräsern.
Aufgeräumt ist das Zimmer nicht gerade, Klamotten liegen rum, Modezeitschriften, 'ne schwarze Perücke. Es riecht nach Parfüm, als hätte sie eben 'nen Topf Kölnischwasser umgekippt. Während ich mich, fast ein wenig verlegen über den herzlichen Empfang, in einen der Sessel packe, steckt sie schnell noch ein paar Wäschestücke weg, stopft die Perücke in einen Kasten, streicht die Tischdecke glatt. „Ich hab nicht mit Besuch gerechnet, bin selbst grade erst rein", sagt sie.
Sie trägt dunkelblaue, knappsitzende Jeans, einen kurzen, ärmellosen, tief ausgeschnittenen weißen Pulli und dicksohlige Silbersandalen. Zwischen Pulli und Hose kommt ein breiter Streifen sonnengebräunter Haut zum Vorschein. Das Haar hat sie heute im Unterschied zu sonst hochgesteckt, was ihr ein solideres Aussehen verleiht. Es ist, als würde sie in dieser Wohnung, in einer Umgebung, die sie sich selbst zurechtgebastelt hat, an Format gewinnen.
Ich sitze da, ihre Figur, der Fummel von Pulli, den sie anhat, ihre Bewegungen beim Aufräumen bringen mich auf Ge-

danken, mit denen ich eigentlich nicht hergekommen bin. Ich muß sie wohl ziemlich anstarren, denn sie merkt es, guckt mißtrauisch an sich herunter und fragt: „Ist was? Du musterst mich ja so." Und im gleichen, selbstverständlichen Ton: „Genau darfst du mich heut nicht anschaun. Wenn man bei der Hitze seine achteinhalb Stunden abgeschrubbt hat, ist man froh, in den eignen vier Wänden zu sein. Klamotten runter, damit Luft an den Körper kommt! Da läuft man mehr oder weniger nackt rum. Als du vorhin plötzlich vor der Tür standest, hab ich angezogen, was mir grad unter die Finger kam. Geht doch einigermaßen, oder?"

„Du siehst sehr sexy aus", sage ich unbeholfen. Ich hab kein Geschick, Komplimente zu machen.

Nina wirft mir einen amüsierten Blick zu, hört aber endlich auf mit dem Räumen.

„Wie du das sagst, ulkig. Willst du was trinken? Ein Bier?"

„Wenn's schön kalt ist."

Sie läuft in die Küche, holt Bier aus dem Kühlschrank und für sich Cola. Sie stellt zwei Gläser auf den Tisch und schenkt uns ein. Dann setzt sie sich mir gegenüber hin, schaut mich erwartungsvoll an. „Na, schieß schon los. Wie war denn das nun wirklich in der Nacht und später bei der Polente? Haben sie den Kerl endlich geschnappt, ich meine den, der Zierau ..."

Diese Art, das Ganze wie ein flottes Abenteuer zu behandeln, ärgert mich. Aber aus Ninas Worten geht andererseits hervor, daß sie wohl nie auf die Idee gekommen wäre, mich mit dem Verbrechen an Zierau in Verbindung zu bringen. Und das wiederum rechne ich ihr hoch an. Also erzähl ich das Notwendigste, allerdings ohne dabei mein Ziel aus den Augen zu verlieren. Als ich bei der leeren Zigarettenschachtel angelangt bin, frag ich, ob ihr da was Besonderes aufgefallen ist.

„Die Polizei wollte das auch schon wissen", erwidert sie, „aber ich hab darauf überhaupt nicht geachtet. Anne und Müller meinen, Leo hätte sie weggeräumt."

Das trifft mich wie ein Schlag, und sie sieht's mir wohl auch

an. „Eh", ruft sie, „was ist los? Du wirst ja auf einmal so blaß."
„Kunststück", murmle ich, „ich möchte mal den sehn, der nicht blaß wird, wenn er so was erfährt. Schließlich lag die verdammte Schachtel später in Zieraus Schuppen. Jemand muß sie dort hingeschmissen haben."
„Du denkst doch nicht, er ..."
„Dein Leo hatte es an diesem Abend verdammt eilig, die Schotten dicht zu machen."
„Was heißt: mein Leo", erwidert sie ärgerlich.
„Entschuldige", sage ich, „war nicht so gemeint. Diese verrückte Geschichte macht mich ganz fertig. Ich weiß natürlich nicht, ob der Kellner was damit zu tun hat, aber einer von uns kann's ja wohl nicht gewesen sein. Das mit der leeren F 6-Packung ist jedenfalls verdächtig. Und ich bin grade zu dir gekommen, weil ich was über Leo erfahren möchte."
Die letzten Worte schmeicheln ihr nicht, ich seh's an ihren Augen, die einen Schein dunkler werden. Ich blöder Klotz! Wie ein Elefant im Porzellanladen stolpre ich rum.
„Überlaß die Detektivspielerei lieber der Polizei", sagt sie kühl.
Ich versuche meinen Fehler wiedergutzumachen. „Mensch, Nina, sei doch nicht gleich eingeschnappt. Für mich ist das 'ne Frage auf Leben und Tod. Die Kripo ist noch nicht völlig von meiner Unschuld überzeugt."
„Hast du schon mit den andern darüber gesprochen?" fragt sie. „Mit Karo, mit Anne?"
Ich winke ab. „Laß mich bloß mit den beiden in Ruhe."
Sie ist etwas milder gestimmt, sie weiß Bescheid. „Eifersüchtig, was? Dabei hätt ich mehr Grund als du. Dieser Scheißkerl ... na, Schwamm drüber."
„Also, was ist mit Leo?" bohre ich.
Sie nimmt ihr Glas Cola in die Hand und schüttelt es leicht, so daß die Bläschen steigen. Auch 'ne Art, nachzudenken.
„Der feine Leo", murrt sie, „wenn ihr Kerle nur ein bißchen zuverlässiger wärt, hätte der nie bei mir landen können.

Aber so ..." Sie macht eine wegwerfende Geste. „Zum Glück ist das vorbei, weg mit Schaden."
„Würdest du ihm so 'ne Schweinerei zutrauen?"
„Gerissen ist er, und brutal kann er auch sein. Trotzdem, um auf die Frage zu antworten ... da bin ich lieber vorsichtig."
„Leo kann das mit der Wette mitgekriegt haben."
Sie trinkt einen Schluck Cola. „Er ist in der Klemme, er braucht dringend Geld", sagt sie dann. „Ich weiß es von seiner Schwägerin, die sich die Haare bei uns machen läßt. Er hat seinen Shiguli in Klump gefahren, und der war erst zur Hälfte bezahlt. Kaskoversichert ist er nicht."
„Vielleicht wollte er was klauen", sag ich aufgeregt, „bei Zierau war doch immer was zu holen."
„Das ist lediglich 'ne Vermutung. Da müßte man mehr wissen."
„Ich rücke ihm auf die Bude", ruf ich und springe auf. „Der feine Herr soll mir sagen, was er in der Nacht vom Sonnabend zum Sonntag getrieben hat. Dann werden wir ja sehn."
Sie schaut mich mit dem gleichen amüsierten Blick an wie vorhin. Ein bißchen überlegen und irgendwie gutmütig. „Eh", sagt sie, „aber doch nicht gleich. Jetzt ist Leo in der ‚Hopfenstube' und hat bestimmt alle Hände voll zu tun." Und sie fügt hinzu: „Eins nach dem andern, meinst du nicht? Setz dich mal ruhig wieder hin."
Ich tu ihr den Gefallen, weiß aber plötzlich nicht mehr, wie ich fortfahren soll. Ich möchte sie gern fragen, wie das in der Nacht war mit ihr und Anne und Karo, doch ich trau mich nicht. Wir sitzen da und schweigen uns aus. Ich stelle fest, daß sie sich wirklich gut macht mit dem Pulli und den Jeans, die noch zwei Zentimeter weiter auf die Hüften runtergerutscht sind. Wirklich sexy. Daß sie drei Jahre älter ist als ich, sieht man ihr überhaupt nicht an.
„Glaubst du nicht doch, daß du das besser der Polente überlassen solltest?" fängt sie noch mal an, „daß du dir nach der Aufregung ein bißchen Ruhe verdient hast?"

„Ja, aber ... ich will klarsehn."
„Sollst du ja." Nina erhebt sich und holt von einem Wandregal Zigaretten und Aschenbecher. „Aber erst rauchen wir mal eine. Oder hast du's so eilig, mich allein zu lassen."
„Nein ...", sag ich zögernd.
„Eine Wärme ist in der Bude."
„Vielleicht, wenn wir die Tür aufmachen ..."
Plötzlich fängt Nina an zu lachen, leise, aber heftig, es rüttelt sie richtig durch, sie zittert und bebt. „Mein Gott, Paulchen", sagt sie mit glucksender Stimme, „bist du schwer von Begriff. Bist du kompliziert und umständlich. Ein Held, der Verbrechern nachjagt, aber 'ne einmalig lange Leitung. Die Tür aufmachen ... die Tür ... Nein, so was."
Und um mir zu beweisen, wie schwer von Begriff ich bin, um mir zu zeigen, daß durchaus nicht alles so umständlich und kompliziert gemacht zu werden braucht, zieht sie plötzlich den Reißverschluß an ihren Jeans auf und steigt mit einer schnellen Bewegung aus den Hosen. Unter denen sie nichts trägt — sie sagte ja, daß sie vorhin mehr oder weniger nackt rumlief, bevor sie meinetwegen das anzog, was ihr grade unter die Finger kam.
Sie steht da, nur mit dem kurzen Pulli bekleidet, und sieht einmalig gut aus. Schlank, braun, richtig was fürs Magazin. Wenn mich was verblüfft, dann die Tatsache, daß sie unten, wo Schenkel und Bauch ein Ypsilon bilden, dunkles Haar hat. Ich hätte das nie gedacht. Ich bin so an ihren hellblonden Schopf gewöhnt.
Sie nimmt sich ohne jede Befangenheit und mit großer Ruhe 'ne Zigarette und fragt, jetzt freilich nicht mehr lachend: „Gibst du mir mal Feuer?"
Ich such nach Streichhölzern in meiner Tasche, finde auch welche, laß sie aber stecken. Ich steh langsam auf, geh die zwei Schritte auf sie zu, die uns trennen, nehm ihr die Zigarette aus der Hand, leg sie in den Aschenbecher. Nina ist 'nen halben Kopf kleiner als ich, und als ich so vor ihr stehe, verliert sich bei mir das letzte bißchen Verlegenheit.
„Ich stell mich dämlich an, was?" sage ich.

„Ach, Quatsch."
Ich fasse sie um die Hüften, heb sie ohne Schwierigkeiten hoch. „Wo?" frage ich.
„Möglichst nicht auf dem Teppich, die Dielen knarren."
Es gibt in ihrem Zimmer dieses wunderbar breite und weiche Sofa, auf das ich sie behutsam niederlege, es gibt das Sofa und die grüne Decke drauf. Ich streife meine Kleider ab, sie ihren Pulli, und natürlich trägt sie keinen BH. Die flauschige grüne Decke wölbt sich links und rechts neben uns wie junges, von der Sonne erwärmtes Gras.

9 Kielstein sitzt Klaus-Dieter Krenz gegenüber, dem Intelligenzler, wie er von seinen Freunden genannt wird, und fragt sich, ob dieser Bursche einen Grund gehabt haben könnte, hinter Paulsen herzuschleichen und bei Zierau einzusteigen. Ein Alibi besitzt er nicht, denn er hat sich — das ist bewiesen — kurz nach zwölf von der Gruppe getrennt und ist erst gegen drei Uhr morgens zu Hause gewesen. Er kann den Weg, den er in dieser Nacht zurückgelegt haben will, einigermaßen beschreiben, doch es gibt keinen Menschen, der ihn bei diesem Spaziergang gesehen hat und seine Angaben bestätigen könnte. „Künstlerpech", sagt er achselzuckend und schlägt die Beine übereinander, „aber ich hab das wirklich nicht getan. Warum sollte ich? Jörg ist ein Kumpel, und was den Alten angeht, ich kenne seinen Namen gerade so aus Paulsens Berichten."
„Vielleicht brauchten Sie Geld. Ihre Freunde behaupten, Sie hätten nie welches."
„Das stimmt schon. Als Student, selbst wenn einem die Alten ab und zu unter die Arme greifen, kann man keine großen Sprünge machen. Und als moderner Mensch hat man so seine Bedürfnisse. Sie wissen ja: die ständig wachsenden Bedürfnisse, die befriedigt werden müssen. Die andern haben gut reden, die verdienen alle. Es stimmt schon, Geld ist nicht das Alleinseligmachende, aber man freut sich, wenn

man's hat. Nur, deswegen so was anstellen ..."
Er wirkt ganz echt, Krenz, wenn er so redet, und Kielstein sieht vorläufig keinen Grund, ihm nicht zu glauben. Der Leutnant ist noch dabei, sich einen Eindruck von dem Burschen zu verschaffen. Ein schmales Gesicht mit hellumrandeter großer Brille, gepflegtes lockiges Haar, ein Bärtchen, eine hohe Stirn — unklug schaut der nicht in die Welt. Kein sehr sportlicher Typ — der Oberkörper, der in einem rot und grün gestreiften kurzärmligen Hemd steckt, ist eher schmächtig, die Beine — Krenz trägt braune, ein wenig zu weite Shorts — sind lang, krumm und nicht gerade muskulös. Er hat schlanke, beinahe zarte Hände, denen man nicht zutraut, daß sie kräftig zuschlagen. Aber das kann täuschen. Zu schnellen Aktionen, die dennoch gut durchdacht sind, ist Krenz sicherlich fähig.
„Wie kommt es eigentlich, daß Sie gerade mit Siebenschein, Müller, Paulsen und den anderen Freundschaft geschlossen haben?"
„Die Verbindung zum Proletariat. Sie haben doch hoffentlich nichts dagegen."
„Unter Verbindung zum Proletariat stelle ich mir etwas anderes vor."
„Ich hab eines Tages im Stadtpark ein Mädchen angesprochen, das war die Amelang. Ich konnte nicht wissen, daß ein ganzer Rattenschwanz von Kerlen dranhing. Anfangs hatte ich wenig Lust, bei denen mitzumachen, zumal die Anne doch nicht so mein Typ ist. Aber ein paar Gemeinsamkeiten gab es schon. Autos und Motorräder, Karten ... Nicht, daß ich wild aufs Skaten wäre, aber ich spiele ein bißchen besser als sie."
„Sie spielen um Geld?"
„Worum sollte man sonst spielen?"
Kielstein sieht klarer über die Beziehungen zwischen Krenz und den anderen. Wahrscheinlich waren die Einsätze höher als üblich, und der Bursche konnte sein Taschengeld regelmäßig aufbessern. Überhaupt scheint der renommiersüchtige Karo großzügig zu sein.

„Im übrigen gelte ich als Outsider bei denen“, fährt der Intelligenzler fort, „hab zuviel andere Interessen. Meine Kunstwissenschaft läßt sie kalt ... Ja, wenn's Physik wäre, Motoren, elektrischer Kram! 'ne Ausnahme stellt höchstens der Kleine dar, Klette. Der hat 'nen weiteren Horizont.“

Kunstwissenschaft studiert er, denkt Kielstein, und eine Assoziation zu Antiquitäten, zu Münzen stellt sich bei ihm ein. Nein, die Gruppe um Paulsen, das sind keine Rowdys, keine Burschen und Mädchen, die aus Kraftmeierei, falsch verstandenem Mut und Boshaftigkeit Telefonzellen und Parkanlagen zerstören, Spiegel an Autos abbrechen, Passanten belästigen und verprügeln, Kioske knacken. Es sind keine Bummelanten und Krakeeler; die jungen Leute gehen einer geregelten Tätigkeit nach, verdienen, bis auf Krenz, mehr oder weniger gut, und wenn sie auffallen, dann, weil sie einen über den Durst getrunken haben. Und doch — wieviel Leere und Sinnlosigkeit in dem, was sie tun! Sie verbringen ihre Abende in Kneipen, schließen Wetten ab, deren Folgen sie nicht überschauen können, sie nennen sich Freunde, halten auch kumpelhaft zusammen, doch wenn man nach tieferen Bindungen sucht: nichts. Karo hat die meisten Moneten und deshalb das größte Mundwerk, Krenz kommt sich als Studierter wunder wie überlegen vor, weil er die andern beim Kartenspiel über den Löffel balbiert, Paulsen, in dem ein brauchbarer Kern steckt, läßt sich ausnutzen und zu jeder Dummheit provozieren, und was die beiden Mädchen angeht, so halten sie sich anscheinend mal an den, mal an jenen, wie's gerade kommt.

„Kunstwissenschaft studieren Sie?“ fragt Kielstein.

„Ja, und privat interessiere ich mich für afrikanische Stempeldrucke“, der Intelligenzler weist auf die Wände seines Zimmers, die mit Abbildungen von exotischen Tieren und Pflanzen reich bestückt sind.

„Nicht für Silber- oder Goldmünzen?“

„Nein“, erwidert Krenz, „für Münzen überhaupt nicht. Obwohl ich weiß, daß man damit ganz schön Mäuse machen kann.“

10 Als ich Nina verlasse, geht es auf elf. Ich hätte nicht gedacht, daß sie so ein prima Kerl ist, dabei kenn ich sie schon 'ne ganze Weile, aber ich glaube, ich hab sie bisher falsch eingeschätzt. So wie ich Müller falsch eingeschätzt hab, Karo, Anne und wer weiß wen noch, bloß auf 'ne andre Art.

Sie ist ein prima Kerl, wirklich, allerdings schnell eingeschnappt, was man ihr gar nicht zutraut, zum Schluß hätten wir uns bald gekracht, obwohl ich's nicht so gemeint hatte. Mich beschäftigt die Geschichte eben, und da wollte ich wissen, wie das genau war in der Nacht, mit den beiden Mädchen vor allem, ich hab mich ganz vorsichtig erkundigt, aber sie ging gleich in die Luft. So wären wir Kerle alle — noch bei der einen im Bett, fingen wir schon wieder von der andern an. Wenn ich unbedingt erfahren wollte, ob Karo und Anne miteinander gepennt hätten, müßt ich sie schon selber fragen. Sie jedenfalls, Nina, hätte nicht mit Müller geschlafen und mit Karo in der letzten Zeit auch nicht, das sollte ich mir hinter die Ohren schreiben, und wenn ich mir etwa Schwachheiten einbildete, weil sie mit mir ... das sei ein reines Geschenk von ihr, nichts weiter, ein reines Geschenk.

Na, meinetwegen. Geschenk oder nicht Geschenk, ich muß zugeben, daß sie schwer in Ordnung war heute, ganz natürlich und so, schau gewissermaßen, ich kann mich da schlecht ausdrücken, eben ein richtiger Kumpel. Das hab ich ihr dann auch erklärt, und sie meinte, das Schöne an mir sei, daß ich so naiv wäre, und das hat mich wieder geärgert, weil ich's nicht gern hab, wenn die Leute von oben herab reden, aber ich wollte nicht noch mal Öl aufs Feuer gießen und hab bloß gelacht. Sie ist dann aus dem Bett gesprungen und hat uns was zu essen geholt. Klasse sah sie aus mit ihrer FKK-Figur in dem schwachen Lampenlicht, das vom Flur hereindrang — draußen war es inzwischen schon dunkel geworden.

Aber Nina und das Sofa sind Dinge, die den toten Zierau und alles, was damit zusammenhängt, nicht verdrängen konnten, wenigstens nicht auf Dauer. Während sie noch in der Küche hantierte, ein paar Schnitten zurechtmachte, dachte ich schon wieder an die Zigarettenschachtel und den Kellner aus der „Hopfenstube“. Wirklich, was Nina mir da erzählt hatte, paßte wie die Faust aufs Auge. Ich merkte, wie mir's in den Fingern zu kribbeln anfing, ich wär am liebsten sofort aufgesprungen, hätte diesen Leo aufgesucht und ihm alles auf den Kopf zugesagt. Freilich wollte ich mir von dem Mädchen nicht noch mal vorbeten lassen, daß ich naiv sei, und es stimmte ja auch: Um den Kellner packen zu können, brauchte ich Gewißheit, das hieß, Beweise. Doch woher nehmen — es war eine verfahrene Kutsche. Nina hatte recht, ich mußte mit Kielstein reden. Gleich morgen früh, das nahm ich mir vor — heute war's zu spät.

Doch obwohl mir klar war, daß ich an diesem Abend kaum noch was machen konnte, hielt ich's bei Nina nicht mehr aus. Sie merkte es auch, wohl weil ich schon beim Essen einsilbig und abwesend war. Zuerst sagte sie nichts, aber dann: „Dich hält's nicht mehr, was? Dir geht Leo nicht aus 'm Kopf.“

„Irgendwie hängt er mit drin.“

„Ich sag's allen Ernstes, überlaß das der Polizei.“

„Will ich ja, gleich morgen ruf ich an, muß mir die Sache nur noch mal in Ruhe durch den Kopf gehn lassen.“

Sie schaute mich prüfend an, möglicherweise traute sie mir nicht, aber sie war müde und wollte selber ihre Ruhe haben. „Überlegen kannst du auch hier“, sagte sie noch.

„Nein, nicht so gut. Ich muß weg.“

„Na, wenn du unbedingt meinst. Nur, stell keinen Blödsinn an!“

Ich versprach es ihr erneut, ich glaube, sie war ganz froh, daß sie ihr Sofa wieder für sich allein hatte. Trotzdem, ich wiederhol es, sie ist 'n prima Kerl. Schwer zu verstehn, daß solche wie sie und die Schwarze von der Theke auf diesen Leo reinfallen. Hängt offenbar nicht immer mit Logik zusammen.

Jedenfalls ist es elf, ich sitze abermals in der Straßenbahn, in der Nase hab ich noch den Geruch von Ninas Parfüm, im Kopf jedoch wieder den Film vom Sonnabendabend. Ich seh den Kellner förmlich vor mir, wie er sich die Zigarettenschachtel greift, wie er sie einsteckt, wie er mich belauert, wie er darauf giert, die Schotten dicht zu machen und mir nachschleichen zu können. Der Kerl war mir noch nie sympathisch, dem trau ich diese Gemeinheit zu. Der wollte sich bei dieser Gelegenheit gesundstoßen, hat es vielleicht auch getan. Raffiniert eingefädelt, die Sache, verdammt raffiniert — mich hätt's beinahe den Hals gekostet. Aber der soll sich geschnitten haben, darauf kann er Gift nehmen.

Ich fahre durch die Stadt, die mal tiefste Finsternis und mal blinkendes Neonlicht ist, und ich fahre natürlich nicht zu mir nach Hause. Was ich genau will, weiß ich noch nicht, eine innere Unruhe treibt mich voran, ein dumpfer Zorn, der sich in dem Maße steigert, wie ich über Leos Verhalten nachdenke. Plötzlich kommt es mir so vor, als habe er sich gegen Ausschankschluß besonders oft und ziemlich nervös an unserem Tisch herumgedrückt, als habe er mich und die andern ständig beobachtet, vor allem jedoch mich. Hätte ich bloß nicht soviel getrunken an jenem Abend, dann könnt ich mich besser an alles erinnern!

Als ich bei der „Hopfenstube" anlange, ist noch geöffnet, und ich überleg, ob ich reingehen, mich vor aller Augen hinsetzen, bei ihm ein Bier bestellen soll. Ich möchte die Gesichter sehn, die sie machen, wenn ich plötzlich wieder auftauche, nachdem sie sicherlich schon sonst was über mich erzählt haben: Der Paulsen, der mit der Mähne und dem Silberkettchen um den Hals, habt ihr's gehört, der soll im Knast sitzen, weil er einen umgebracht hat. Er soll bei ihm eingestiegen sein und kurzen Prozeß gemacht haben. Ja, ihre Gesichter möchte ich sehn, wenn ich unvermutet aufkreuze, und vor allem eins. Ob er's wohl fertigbringt, mir das Bier hinzustellen, als sei nichts gewesen, ob er wohl einen Gruß mit mir wechselt? Ich steh am Eingang zum Lokal und überlege, ich steh und greife schon nach dem

Türknauf, aber dann laß ich's doch. Was würde ich damit wirklich erreichen, was herauskriegen? Selbst wenn er erschrocken reagieren sollte, was bei 'nem so abgebrühten Kerl noch gar nicht gesagt ist, wär ich nicht weiter. Und wenn ich ihn direkt nach jener Nacht frage, gewissermaßen 'nen Schreckschuß abgebe, warne ich ihn nur. Wirklich, es ist besser, das Ganze der Polizei zu überlassen.
Ich bin unschlüssig, ich geh zum Fenster und versuche nach innen zu spähen. Zunächst hab ich keinen Erfolg, durch das dicke, bunte Glas hindurch kann man kaum was erkennen, aber dann steht da ein Flügel einen Spaltbreit offen, gewiß weil drinnen die Luft zum Schneiden ist, und während ich mich vorsichtig so postiere, daß ich von innen nicht entdeckt werden kann, hab ich schon im Visier, was mich interessiert. Die Theke, die Schwarze, den Kellner. Die beiden stehn einander gegenüber, sie packt ihm wie üblich Bier aufs Tablett, wahrscheinlich das letzte vor Feierabend, denn die machen lieber zehn Minuten eher Schluß als später, aber irgendwas stimmt nicht, ich seh's deutlich, sie streitet leise, aber energisch mit ihm. Dann geht Leo weg, und ich kann nur noch sie beobachten; sie tut, als wäre nichts, ist aber nervös. Da wäre ihr beinahe ein Glas aus der Hand gefallen! Ihre Finger waren auch schon mal sicherer, sie dreht durch, darauf möchte ich meinen Kopf wetten. Freilich, ich hab die beiden im Verdacht, und da spinn ich mir möglicherweise was zusammen. Ich muß auf mich aufpassen, muß sachlich bleiben. Dennoch, das laß ich mir nicht ausreden, die Schwarze ist anders als sonst. Nur, was nützt mir diese Feststellung? Gleich ist drin Schluß, und dann pilgert sowieso alles nach Hause.
Trotzdem bleibe ich noch, und als die Gäste einer nach dem andern das Lokal verlassen, verdrück ich mich hinter einen Baum. Ich beobachte den Eingang, ich warte. Worauf — ich kann es nicht sagen. Auf den Zufall vielleicht, der mir in die Hände spielen soll. Auf Leo, auf die Schwarze. Endlich kommt der letzte Gast durch die weit geöffnete Tür, die Schwarze sperrt hinter ihm ab, das Licht in der „Hop-

fenstube" geht aus. Gerade denk ich, daß die beiden jetzt in den hinteren Räumen ihre Abrechnung machen werden, da stehn sie auch schon im Haupteingang des Hauses, der sich direkt neben der Tür zur Gaststätte befindet. Sie in ihrer Kluft von vorhin, er bereits umgezogen. Und wieder streiten sie — leise, aber heftig. Er will schnell weg, das ist klar, sie hält ihn am Arm fest und redet auf ihn ein. Was sie sagt, krieg ich nicht mit, doch sie ist sauer, das merkt man. Schließlich reißt er sich los und geht eilig davon. Sie steht einen Augenblick lang unschlüssig in der Tür, richtig geschafft sieht sie aus. Dann kehrt sie ins Haus zurück.
Diese Szene braucht nichts Besonderes zu bedeuten: Krach um 'ne andre Frau, ums Geld, was weiß ich, jedenfalls zögre ich keinen Augenblick und renne dem Ober hinterher. In einigem Abstand und so vorsichtig ich nur kann — er soll mich auf keinen Fall bemerken. Aber die Vorsicht ist gar nicht nötig, Leo geht hastigen Schritts und ohne sich umzuschaun in Richtung Zentrum. Ob er nach Hause will? Dann wäre ich so klug wie vorher. Wir passieren die Fischerstraße, die gut erleuchtet ist, und ich beobachte, wie er mehrfach prüfend auf seine Uhr schaut. Nein, der will nicht nach Hause, der hat noch was vor.
Plötzlich biegt er rechts ab, in einen winzigen Park, und ich muß einen Sprint einschieben, um ihn nicht aus den Augen zu verlieren. Jenseits der Büsche und Bäume steht ein Auto, ein kleiner Lieferwagen mit offenem Kasten. Ich komm eben zurecht, um mitzukriegen, wie Leo einsteigt. Er klettert ins Führerhaus, setzt sich vorn neben den Fahrer, den ich nicht erkennen kann. Dann leuchten die Scheinwerfer auf, und ein dumpfes Rumpeln erschüttert die Karre, der Fahrer hat den Motor angelassen. Ich habe gerade noch Zeit, im Schutz der Bäume heranzuhasten und mich, bevor der Lieferwagen abfährt, hinten an der Holzwand hochzuziehn und in den leeren Laderaum fallen zu lassen.
Sie haben nichts gemerkt, die beiden, sonst würden sie anhalten. Während wir durch dunkle Nebenstraßen rattern, in Richtung Norden, während ich mich recht und schlecht

auf der holpernden Karre einzurichten suche, denk ich darüber nach, in was für 'ne Geschichte ich da geraten bin. Meine letzten Handlungen waren instinktiv, ich hatte keine Zeit zum Überlegen, jetzt muß ich sie mir wohl oder übel nehmen. Koscher sieht diese Fuhre nicht aus, so mitten in der Nacht, mit 'nem Kellner als Fahrgast, aber ob sie was mit meiner Angelegenheit zu tun hat? Ich bin mir da gar nicht sicher, sage mir jedoch: abwarten.

Vorn im Führerhaus unterhalten sie sich, ich hätt gern gewußt, worüber, doch ich befürchte, entdeckt zu werden, wenn ich zu nahe rankrieche. Es rüttelt mich ganz schön durch, wir haben die Stadt bereits verlassen, die Straßen sind jetzt schlechter, der Wagen aber fährt mit 'nem höllischen Tempo. Bis der Fahrer plötzlich abbremst und in einen Feldweg einbiegt. Dabei sackt der Wagen nach links ab, eine Wendung, auf die ich nicht vorbereitet war. Hart pralle ich gegen die Seitenwand des Kastens, stoß mich heftig am Ellbogen. Doch ich unterdrücke den Schmerzenslaut, reib mir nur die lädierte Stelle. Dann heb ich den Kopf, versuch mich zu orientieren: rechts Wald, links Felder, manchmal auch 'n Stück Brachland, nein, diese Gegend kenne ich nicht. Aber weit können wir nicht mehr vom Ziel entfernt sein, wozu sonst die Schleichwege?

Mit einemmal tauchen aus dem Dunkel die Umrisse irgendwelcher Bauten auf, halbfertige Bauten, offenbar keine Wohnhäuser, sondern Hallen, ein Komplex von Lagerräumen oder so was, Betonpfeiler seh ich, Gerüste, eiserne Gestelle. Der Wagen fährt sehr langsam, und erst jetzt merke ich, daß der Fahrer das Licht weggenommen hat. Leise tuckernd pirscht sich die Karre vorwärts, gespenstisch, rollt über einen Schotterweg direkt auf den Bauplatz zu.

Ich überlege, ob ich abspringen soll und weglaufen, denn gleich werden sie halten und mich entdecken. Aber abgesehen davon, daß ich dann nach Hause marschieren müßte, durch Nacht und Nebel, durch eine unwirtliche Gegend, möcht ich nicht auf halbem Weg umkehren. Nein, ich will wissen, was hier gespielt wird. Langsam reimt sich mir das eine und andere zusammen, und wenn ich auch immer weniger glaube, daß mich das im Fall Zierau voranbringt, in meinem Fall, so will ich doch klarsehn. Will rauskriegen, wohin die Spur führt.

Also stell ich mich innerlich auf eine Prügelei ein, ducke mich noch weiter runter, tu alles, mich nach außen hin unsichtbar zu machen. Immer näher kommen wir dem Baugelände, ein hoher Maschendrahtzaun taucht auf, und an dem tastet sich das Auto entlang. Bis es schließlich im Schatten eines Schuppens anhält, der sich jenseits des Zaunes erhebt.

Eine gute Deckung, das muß man sagen — nur wenn jemand ganz nahe am Wagen vorbeigeht, kann er ihn sehn. Doch im Augenblick ist niemand in der Nähe, alles ist still. Mit leisem Quietschen öffnen sich die Türen des Fahrerhauses, und die beiden Männer klettern heraus. Während ich am Boden des Laderaums klebe, kann ich sie durch 'nen Spalt in der Wand beobachten. Leo hat jetzt einen Mantel mit Kapuze an, der andere, ein vierschrötiger Kerl, trägt eine Dachmütze. In der Finsternis vermag ich sein Gesicht nicht auszumachen, doch die Gestalt kommt mir bekannt vor. Ein Gast aus der „Hopfenstube", dessen Namen ich freilich nicht weiß. Zwei-, dreimal hab ich ihn gesehn, ein Kraftfahrer, der für ein Unternehmen in der Stadt arbeitet. Wahrscheinlich stammt der Wagen auch aus diesem Betrieb.

Es geht alles gut, sie kommen gar nicht auf den Gedanken, sich am Laderaum zu schaffen zu machen, sie schaun nur kurz prüfend nach rechts und links und widmen sich dann dem Zaun. Das hier ist vorbereitet, das merkt man, ohne große Schwierigkeiten lösen sie den Maschendraht in einer Höhe von etwa einem Meter von einem Pfahl ab und kriechen durch die so entstandene Lücke auf das Baugelände. Materialmarder — irgendwas gibt's hier zu holen, das sich gut verkaufen läßt. Dieser Leo ist nicht wählerisch in seinen Mitteln, immer geschniegelt und gebügelt — aber ein Dieb, die Schwarze weiß offenbar davon und hat ihn von seinem

Fischzug abzubringen versucht. Geld braucht er, der feine Herr, sitzt in der Klemme, im Schmand bis über beide Ohren, und hofft, so wieder rauszufinden. Sicherlich waren sie am Sonnabend auch schon hier draußen, der Fahrer wird das ausgekundschaftet haben, kann das Ding vielleicht nicht allein drehn, komisch nur, daß hier keiner was davon zu merken scheint.

Eigentlich 'ne tolle Sache, den Kerlen so auf die Spur zu kommen, trotzdem bin ich enttäuscht. Ich hatte mir eingebildet, auf was anderes zu stoßen. Mehr der Form halber, um einigermaßen zu Ende zu bringen, was ich angefangen hab, klettre ich aus dem Wagen und trete an den Zaun. Ein Gedanke kommt mir, der mich beinahe laut auflachen läßt. Wenn ich mich jetzt hinters Steuer setzte und lospreschte, in Richtung Stadt, bis zur nächsten Telefonzelle, das wär ein Spaß. Ich würde die Kripo anrufen und erklären, was los ist. Die Gesichter der beiden Ganoven möcht ich sehn, wenn sie mit ihrem geklauten Kram anrücken und der Wagen weg ist. Ein Mordsgaudi, nur — es geht nicht. Jammerschade, doch nicht zu ändern, ich kann nämlich nicht fahren.

Die beiden sind längst im Dunkeln verschwunden, ich will hier nicht anwachsen, ich bücke mich, heb den Maschendraht an der gleichen Stelle an, wo sie es getan haben, krieche durch. Sand, der trocken ist, ausgedörrt von der Sonne am heutigen Tag, ein paar Grasbüschel. Ich taste mich zum Schuppen vor — wo sind die Kerle bloß abgeblieben, ich hab's nicht mitgekriegt. Steine liegen auf diesem Gelände rum, Bohlen, einer, der nicht Bescheid weiß, kann sich alle Knochen brechen. Weiterzugehn hat wohl doch keinen Zweck, die beiden können sonstwo stekken, ich versuche, das Halbdunkel mit Blicken zu durchdringen. Nichts zu machen, ich muß hier auf sie warten. Ich hocke mich nieder, plötzlich merk ich, wie hundemüde ich bin, am liebsten würd ich mich auf dem Boden ausstrecken und wegschlafen. Doch grade, als mir das durch den Kopf geht, hör ich ein Geräusch. Rechts von mir oder links — ich hab's nicht genau mitgekriegt. Ich richte mich hastig auf, dreh mich um, ich will in den Schutz des Schuppens zurück. Mit zwei Schritten, doch die kann ich nicht mehr ausführen, denn in diesem Augenblick verspür ich einen betäubenden Schmerz im Hinterkopf. Einen dumpfen und zugleich dröhnenden Schmerz, der mein Denken lähmt, mir die Beine weich macht und den Boden unter den Füßen wegzieht. Ein Schlag, ein mächtiger Hieb, von wem? — Ich komm nicht dazu, mir auch nur den Schimmer eines Gedankens zu machen. Ich taumle, ich sacke weg, ich stürze. Ich tauch hinab in eine zähe, undurchdringliche Finsternis.

11. Bothe hat recht, es geht um das Tatmotiv oder wenigstens um das Motiv für den Einbruch; bei Paulsen ist das klar, doch bei der dritten Person, die zur fraglichen Zeit im Haus gewesen sein muß, fehlt dafür jeder Anhaltspunkt. Aber erst, wenn ein solcher gefunden ist, wird man weiterkommen. Mit Krenz, dem Kellner Braun oder wem auch immer. Zu dieser Überzeugung gelangt Kielstein mehr und mehr.
Wo jedoch ansetzen, wenn alles schon mehrfach untersucht, beredet, überdacht scheint? Der Leutnant sieht nicht allzu viele Möglichkeiten — eine freilich bleibt: Zierau selbst. Eine Menge Material haben die Kriminalisten in den letzten Tagen über ihn zusammengetragen, und diese Arbeit darf einfach nicht vergebens gewesen sein. Kielstein, seit Stunden wie verwachsen mit seinem Schreibtisch, liest Protokolle, Aussagen, Berichte über Zierau und seine Lebensgewohnheiten. Durchdenkt die eigenen Gespräche mit Paulsen, Erika Zierau und ihrem Mann, mit Kollegen des Toten. Ein höchst widersprüchliches Bild ergibt sich. Ein Mensch, organisationsbegabt, dynamisch, redegewandt, mit gutem Fachwissen ausgestattet und Kenntnissen auch auf anderen Gebieten, aber zugleich selbstherrlich, geltungsbedürftig, egoistisch. Paulsen, der, wie's aussieht, eine Zeitlang tatsächlich von ihm ausgenutzt wurde, hat ihn in den schwärzesten

Farben gemalt — schwärzer wohl, als der andere wirklich war —, doch die Aussagen der übrigen Bekannten Zieraus sind gleichfalls nicht so ganz günstig. Freilich, wenn's nach dem ersten Eindruck ginge, würde der Tote blendend abschneiden. In seinem Betrieb zum Beispiel, wo Felsch mit Kollegen des ehemaligen Abteilungsleiters sprach, schien es zunächst, als sei er sehr angesehen. „Er verstand sein Fach", erklärte ein Meister aus Zieraus Bereich; „bei ihm klappte die Materialbeschaffung", berichtete ein Brigadier; „seine Abteilung erfüllt den Plan regelmäßig, wir haben ihn zweimal als Aktivist ausgezeichnet", sagte der BGL-Vorsitzende.

Doch wenn man tiefer grub, traten Widersprüche zutage. Sein Verhalten zu den Mitarbeitern trug nicht eben demokratische Züge. „Bei ihm wurde nur getan, was er für richtig hielt; eine Meinung, die von seiner abwich, kam nicht aufs Tapet", erklärte nach einigem Zögern derselbe Brigadier, „Hahn, das war ein Schleifer, ist deswegen gegangen. Auch wegen einer Schweißerin gab's Krach. Sie fehlte öfter mal, wegen ihres kranken Kindes, und das wollte Zierau nicht einsehn. Er hatte sie auf dem Kieker, behauptete, durch sie würde der Plan gefährdet. Er hat's dann geschafft, daß sie in eine andere Abteilung versetzt wurde."

Es gibt noch ähnliche Äußerungen, und Kielstein gewinnt den Eindruck, daß Zierau zu jenen Leuten gehörte, die sich mit starken Ellenbogen einen Platz in der Gesellschaft schaffen, um ihn dann als Schirm zu benutzen, als Schutzwand, hinter der sie eine eigene Politik machen, Geschäfte zum eigenen Vorteil betreiben können. Ein schwieriges Problem für die Gesellschaft, denn solche Menschen stellen oftmals Aktivposten in der Produktion und im öffentlichen Leben dar, sie sind meist starke Charaktere und zu bestimmten Leistungen für die Allgemeinheit bereit. Zu guten Leistungen. Aber sie ersticken auch die Initiative der Mitarbeiter, schaffen eine Atmosphäre der Unaufrichtigkeit, verhindern echte Kollektivität. Sie geraten in Gefahr, die eigenen Gedanken für unfehlbar und das eigene Interesse für das

Wichtigste zu halten. Ist dieser Punkt erreicht, wird ihnen jede Kritik an ihrer Person zur Beleidigung von Ansehen und Würde. Sie wehren den kleinsten Tadel so scharf ab, als handele es sich um einen tödlichen Giftpfeil.
Und Zierau — war er so ein Mensch, hatte er jenen Punkt erreicht? Kielstein kann keine klare Antwort darauf geben, aber ihm scheint, daß der Tote nicht die integre Persönlichkeit war, die er zu sein vorgab. Seine Rolle im Betrieb — die Vorgesetzten haben die Augen davor verschlossen —, sein Verhalten gegenüber Jörg Paulsen, seine undurchsichtigen Münzgeschäfte sprechen gegen ihn. Muß man hier, bei dem letzten Punkt vor allem, ansetzen, um das Tatmotiv zu finden? Der Leutnant nimmt an, daß es Verbindungen gibt, die aber kompliziert und deshalb außerordentlich schwer aufzuspüren sind.
Die Schwiegertochter und Zieraus Sohn geben das freundlichste Urteil über den Verstorbenen ab, nun ja, das verwundert nicht. Sie waren seine nächsten Verwandten, sie wohnen und arbeiten in einem anderen Ort, sie sahen Zierau in den letzten Jahren nur von Zeit zu Zeit, und wenn sie ihn besuchten, stand ihnen das Haus zur Verfügung. Vor allem Thomas, dem Jungen, erfüllte er jeden Wunsch.
Dennoch klingt auch bei den beiden durch, daß der Alte Flecken auf der Weste hatte, die nicht in die übliche Kategorie *Fehler hat jeder* einzuordnen sind.
„Mitunter gab es eine Kluft zwischen dem, was er tat, und dem, was er sagte", meinte die Schwiegertochter vorsichtig, als sie von Andreesen befragt wurde. „Er schimpfte auf die jungen Leute, die sich nach seiner Ansicht heutzutage jeden Handgriff honorieren ließen, aber er selbst sah auch zu, wo er blieb."
„Können Sie mir das ein bißchen genauer erzählen?"
„Na ja ...", Andreesen merkte, daß Erika Zierau nur ungern darüber sprach, „da wäre einmal die Angelegenheit mit Paulsen, und zum anderen hat Vater bisweilen Sachen gemacht ...", sie zögerte, „wie erklär ich das ..."
„Sie meinen Geschäfte?"

„Ja, Geschäfte. Wir haben ihm da nicht reingeredet, denn er hatte das gar nicht gern, es bot sich auch kaum eine Gelegenheit. Aber einmal wollte eine Bekannte von uns ein paar Medaillen verkaufen, alte, wertvolle Stücke, die ihr verstorbener Mann hinterlassen hatte, und wir schickten sie zu Vater. Zunächst schien alles in Ordnung, er hat die Medaillen gekauft, ihr einige hundert Mark dafür gegeben, sie hatte gar nicht so viel erwartet. Doch dann muß ihr jemand geflüstert haben, daß sie sich hat übertölpeln lassen. Die Medaillen sollen mehr wert gewesen sein. Erheblich mehr, wie sie behauptet. Und das schlimmste ist, Vater gab das indirekt zu. Erst stritt er es ab, als wir ihn fragten, sagte, er habe der Frau genug gezahlt, aber später meinte er dann, wir sollten uns doch freuen, wenn er ab und zu einen günstigen Schnitt mache. Das käme mal alles Thomas zugute. Die Angelegenheit war uns ziemlich peinlich."

Kielstein sitzt über den Protokollen und grübelt. Das Gespräch, das Unterleutnant Andreesen mit den jungen Zieraus führte, verstärkt den nicht eben günstigen Eindruck, den er mittlerweile von dem Toten hat, aber da ist noch etwas anderes. Plötzlich springt der Leutnant wie von der Tarantel gestochen hoch. Wirft die Sitzgelegenheit um, ohne sich daran zu stören. Diese Medaillen, zum Donnerwetter, was ist mit diesen Medaillen! Mit Hilfe eines Fachmannes ist geprüft worden, ob der Einbrecher etwas von Zieraus Münzsammlung gestohlen haben könnte. Sie schien komplett, obwohl das nur bedingt zu ermitteln war — der Alte hatte sich von niemandem in die Karten gucken lassen. Jedenfalls ergab sich kein konkreter Verdacht. Aber irrt sich Kielstein nun, oder hat er tatsächlich eine Entdeckung gemacht? Wenn ihn nicht alles täuscht, ist in den Listen, in denen Zieraus Wertgegenstände aufgeführt sind, zwar von Münzen, aber nie von *Medaillen* die Rede gewesen.

Kielstein muß Gewißheit haben, er nimmt sich die betreffenden Listen nochmals vor, nein, kein Wort von irgendwelchen Medaillen. Auch Felsch, der bei der Durchsuchung des Hauses anwesend war und mit dem er sich sofort berät, kann sich nicht daran erinnern. Eine Spur? Der Leutnant zwingt sich zur Ruhe, vorläufig gibt es keinen Anlaß zu übertriebener Hoffnung. Dennoch ist er sonderbar erregt. Aus dem Protokoll ersieht er, daß der Handel vor etwa einem halben Jahr stattfand. Name und Adresse der alten Dame, die jene kleine Sammlung an Zierau verkaufte, sind von dem gewissenhaften Andreesen notiert worden.

Eine knappe Stunde später betritt Kielstein die Wohnung von Frau Dornhoff, einer zierlichen Person Ende der Sechzig. Die angestaubte Eleganz, mit der sich die alte Dame umgibt, erinnert ihn lebhaft an seine ehemalige Schwiegermutter. Die gleiche Einrichtung, die gleiche Kleidung, Plüsch und Tüll beherrschen den Vorsaal und das Zimmer, in das er geführt wird, Samt und Spitze umhüllen den mageren Körper der Rentnerin. Marianne, seine Frau, hat sich stets mokiert über ihr Elternhaus, und manchmal hatte Kielstein sie im Verdacht, seiner Werbung nur aus diesem Grund nachgegeben zu haben: aus Protest gegen alles, was ihr bisheriges Leben eng und muffig gemacht hatte. In ihm, dem Arbeiterjungen, der damals bewußt kernig-proletarisch auftrat, sah sie die Verkörperung des Antibourgeoisen. Er war für sie der Draufgänger, ein Rebell, der mit dem Alten und Verkommenen abrechnete. Ein schönes Mädchen, Marianne, ein begeisterungsfähiges Mädchen und seine große Liebe. Die noch immer in ihm steckt, verdrängt und abgeschwächt seit der Scheidung, aber bisweilen doch gegenwärtig. In Wirklichkeit, das weiß Kielstein, war Marianne von den Sitten in ihrem Elternhaus, vom verblichenen bürgerlichen Glanz, vom Wohlstand mehr geprägt, als sie es sich selbst eingestand. Und er, der das nicht begriff, der seinen Pflichten lebte und schon häusliche Behaglichkeit für überflüssig hielt, hatte nur grob und kantig zu reagieren gewußt, als ein anderer Mann in ihr Leben trat, jener Architekt mit den Manieren eines übriggebliebenen Adligen, der ihr ein bißchen von dem zurückbrachte, was sie jahrelang so vehement abgelehnt und offenbar doch vermißt hatte. Ob sie wohl glücklich war

mit ihm? Gescheit war er, dieser Kemp, das mußte ihm der Neid lassen, und Marianne vorzuwerfen, daß sie nach Äußerlichkeiten ging, wäre ungerecht gewesen. Dennoch hätte Kielstein gern gewußt, ob sie nun, nachdem der erste Rausch verflogen war, den Partnerwechsel nicht wenigstens ein bißchen bereute. Hätte es gern in Erfahrung gebracht, war aber zu stolz, sie aufzusuchen, sich von der Wahrheit zu überzeugen. Hatte auch Angst davor — was hätte er schließlich als Grund für einen Besuch angeben sollen?
Kielstein reißt sich von seinen Gedanken los, alles Unsinn, sentimentales Zeug, denkt er. Die alte Dame, der er noch nicht erklärt hat, weshalb er gekommen ist, schaut ihn fragend an.
„Es geht mir um einige Auskünfte, Frau Dornhoff. Soviel wir wissen, haben Sie vor ungefähr einem halben Jahr an Herrn Ludwig Zierau, er wohnt Erlenstraße 27, eine Sammlung von Medaillen verkauft. Wertvolle Stücke, wie wir gehört haben. Uns interessiert sehr, was das für Medaillen waren, ihre Größe, ihr Aussehen, ihre Anzahl. Uns interessiert alles, was mit diesem Handel zusammenhängt."
Die alte Dame lebt sofort auf. „Ah, deshalb suchen Sie mich auf", einladend deutet sie auf einen der braungolden bespannten Sessel, was sie bestimmt nicht bei jedem Besucher tut. „Sind Sie ihm also auf die Schliche gekommen! Mehrmals wollte ich selbst zur Polizei, aber immer wieder hab ich's sein lassen. Es ist ja ein entscheidender Schritt, nicht wahr! Und dann sind da seine Kinder, die ich sehr schätze und die bestimmt nichts dafür können. Sie dürfen mir glauben, daß es mir gar nicht so sehr ums Geld geht, ich bin eine alte Frau und brauche nur noch wenig. Aber daß Herr Zierau vorgegeben hat, mir einen Gefallen zu erweisen, und in Wirklichkeit nur darauf aus war, mich zu übervorteilen, das kränkt mich. Wirklich, das kränkt mich ungemein."
„Natürlich, Frau Dornhoff", sagt Kielstein, der schnell aufs Ziel losmöchte, aber begreift, daß er sich hier Zeit lassen muß, „ich verstehe Ihre Entrüstung. Herr Zierau hat sich

bei seinen Geschäften offensichtlich nicht nur einmal unkorrekt verhalten, und weil wir klären wollen..."
„Unkorrekt, Herr Leutnant", fällt ihm die Frau ins Wort, „entschuldigen Sie, wenn ich Sie unterbreche, aber unkorrekt ist bestimmt nicht der rechte Ausdruck. Ich klage niemanden gern an, doch der Mann ist ein Betrüger. Achthundertzwanzig Mark hat er mir gegeben und noch getan, als würde er zuzahlen. Achthundert, das klingt zunächst ganz schön, nur war schon die eine Medaille, die von Nürnberg, zur Vierhundertjahrfeier des reinen Evangeliums, über sechshundert Mark wert. So gut, wie die erhalten war. Dazu kamen dann all die anderen. Ein Betrüger ist das, und wenn er das öfter macht..."
„Herr Zierau ist tot", sagt Kielstein, um den Redefluß der Frau zu stoppen.
„Tot?" Die Erregung der alten Dame fällt in sich zusammen. „Ja, wenn er gestorben ist..."
„Nein, nicht gestorben. Ein Verbrechen. Deshalb messen wir Ihrer Aussage besondere Bedeutung bei."
Sie schweigt einen Augenblick, dann murmelt sie: „Gott vergebe ihm seine Sünden."
Kielstein läßt einige Sekunden verstreichen, bevor er den Faden wiederaufnimmt. „Mehr als sechshundert Mark war die Medaille wert, sagen Sie? Woher wissen Sie das? Als Sie die Stücke anboten, hatten Sie doch offenbar noch keinerlei Vorstellungen über den Preis."
„Das ist es ja eben. Ich hatte keine Ahnung, und das nutzte Zierau schamlos aus. Erst ein paar Wochen danach erfuhr ich es, und ganz zufällig. Ein Freund meines Mannes besuchte mich, die Rede kam auch auf die Medaillen. Damals dachte ich noch, ich hätte ein gutes Geschäft gemacht, mein Mann hatte über diese Dinge nie mit mir geredet. Doch unser Bekannter lachte mich aus. Er kannte die Stücke und erklärte mir, daß die Preise dafür in der letzten Zeit gestiegen sind. Einige Medaillen waren zwar nur zehn oder zwanzig Mark wert, andere aber zweihundert und mehr. Das erwähnte Stück über sechshundert, über *sechshundert*,

verstehen Sie!“

„Wieviel Medaillen waren es denn?“ fragt Kielstein verblüfft.

„Genau zweiundvierzig“, sagt die Frau, „ich hab sie gezählt.“

„So viele?“ Kielstein ist ehrlich erstaunt.

„Ja. Aber sie nahmen kaum Platz weg. Es waren meist kleine Stücke.“

„Können Sie mir einige davon beschreiben?“

„Natürlich, ich hatte sie oft in der Hand. Ich konnte mich lange nicht zum Verkauf entschließen.“

Sie erzählt, und Kielstein notiert, was ihm wichtig erscheint. Den Ort, den Zeitpunkt, den Anlaß der jeweiligen Prägung, die Abbildungen auf den Medaillen, das Material, aus dem sie bestanden. Da sie meist zu irgendwelchen Jubiläen herausgegeben wurden, zu kirchlichen Gedenktagen, Hochzeiten von Herrscherpaaren, Taufen herzöglicher Sprößlinge, hat sich die Frau allerhand Einzelheiten gemerkt. Ungefähr an die Hälfte aller Stücke erinnert sie sich. Außerdem gibt sie noch Namen und Wohnort ihres sachkundigen Bekannten an.

„Wo war die Sammlung untergebracht?“ fragt der Leutnant am Ende. „Sie war doch gewiß gut verpackt.“

„Gut, daß Sie mich daran erinnern, ich wollte ohnehin drauf zu sprechen kommen. Mein Mann bewahrte sie in einem Stahlkästchen auf, die einzelnen Stücke waren in Seidenpapier gewickelt. Die Schatulle war nicht groß, so etwa“, sie bildet mit Daumen und Zeigefinger ein Rechteck, „man konnte sie bequem in eine Hand nehmen. Übrigens auch eine wertvolle Arbeit!“

„Und Herr Zierau hat dieses Kästchen mitgekauft?“

„Ich habe es ihm selbstverständlich überlassen. Die Medaillen waren immer drin gewesen, es gehörte gewissermaßen dazu. Deshalb hat er mir die Summe überhaupt nur auf achthundert erhöht. Das war wieder so ein Schwindel.“

„Bitte, beschreiben Sie mir dieses Kästchen, so genau Sie können“, verlangt Kielstein, der nach außen hin ruhig

wirkt, innerlich jedoch höchst erregt ist.
„Das Kästchen? Aber haben Sie es denn nicht bei ihm gefunden?"
„Nein. Darum eben geht es."
„Es war etwas Besonderes, Stahlblech, gehämmert und mit Tierfiguren verziert. Sehr stabil, innen mit grünem Samt gepolstert, auf dem Deckel war eine Schlange eingraviert. So was findet man heut nicht mehr. Es war abzuschließen, den Schlüssel hat Herr Zierau natürlich mitbekommen."
„Würden Sie diesen Schlüssel wiedererkennen, ich meine, ohne das Kästchen?"
„Aber bestimmt", sagt die alte Dame, „ich erinnre mich genau daran. Es war ein sehr kleiner Schlüssel. Er unterschied sich von anderen, weil er oben, am Kopf, eine Art Schwalbenschwanz hatte."

12 „Ganz tief durchatmen", sagt Bothe, als der Leutnant am nächsten Morgen mit dem Ergebnis seiner Nachforschungen aufwartet. „Ob uns das wirklich weiterführt, muß sich erst noch herausstellen. Schließlich haben wir uns schon mal verrannt."
Nicht Bothe hat sich verrannt, das weiß Kielstein, und er rechnet dem Alten das Wir, das er gebraucht, hoch an. Was freilich das Durchatmen angeht, so ist das zur Genüge geschehen. Er hatte ausreichend Zeit dazu. Eine ganze lange Nacht.
„Es ist *die* Chance, endlich voranzukommen", erwidert er. „Alle Fakten sprechen dafür. Das Kästchen mit den Medaillen ist nirgendwo aufzutreiben. Es sieht so aus, als wäre das der Gegenstand, den der Einbrecher suchte, fand und mitnahm."
„Und wenn Zierau die Sammlung in aller Stille wieder abgestoßen oder gegen Münzen getauscht hat?"
„Das ist innerhalb einer so kurzen Zeitspanne wenig wahrscheinlich."

„Aber immerhin denkbar."
„Nein", erwidert Kielstein mit einer gewissen Genugtuung in der Stimme, „es ist nicht denkbar. Wir haben nämlich Glück gehabt, wir haben den Schlüssel gefunden. Noch gestern abend war Andreesen bei Frau Dornhoff und hat sich Gewißheit geholt. Es ist der zu dem Kästchen."
„Das bedeutet?"
„Daß Zierau die Sammlung mit neunundneunzigprozentiger Sicherheit nicht wieder weggegeben hat. Der Abnehmer hätte das Kästchen gewiß nicht ohne den Schlüssel gekauft."
„Vielleicht war der Schlüssel vorübergehend verlorengegangen", sagt Bothe.
„Kaum anzunehmen. Er befand sich oben im Schlafzimmer in einer Kassette mit Wertpapieren. In guter Verwahrung also."
„Gut, das leuchtet ein", Hauptmann Bothe wird plötzlich lebhaft. Das ist eine seiner Eigenheiten und zugleich Stärken. Im Gegensatz zu manchem Kollegen ist er, wenigstens äußerlich, die Ruhe selbst, solange ein Fall verworren und ohne den Ansatz einer Lösung scheint. Damit gibt er seinen Mitarbeitern Sicherheit. Ändert sich jedoch die Situation, zeichnet sich ein Weg ab, so zeigt er durchaus Temperament.
„Die Frage ist nun", fährt Kielstein fort, „wer etwas von diesen Medaillen, von ihrem Wert gewußt haben könnte."
„Das ist nur eine von mehreren Fragen. Wir waren uns doch darüber einig, daß der Mörder Zieraus nicht zufällig zum gleichen Zeitpunkt wie Paulsen in das Haus in der Erlenstraße eindrang. Er muß nicht nur über die Medaillen, sondern auch über die Wette mit Siebenschein informiert gewesen sein."
„Zwei Dinge, die nur schwer zusammenpassen. Man könnte an Hexerei glauben!"
Bothe packt Kielstein an der Schulter. „Hexerei, nein. Entweder stimmt überhaupt nichts von deiner Annahme, oder wir sind der Lösung näher, als wir vermuten."

„Der Kreis derer, die von der Wette wußten, ist abgesteckt."
„Ja, und fast jeder hat ein Alibi."
„Zwei haben keins", sagt Kielstein, „wollen wir Haussuchungsbefehle beantragen?"
Bothe überlegt. „Da sind ein paar Dinge, die du noch nicht kennst", erwidert er. „Zum Beispiel haben die letzten Ermittlungen ergeben, daß einer der Verdächtigen, der Kellner Braun, in finanziellen Schwierigkeiten ist. Er lebt über seine Verhältnisse, hat sich in Schulden gestürzt, um einen Wagen kaufen zu können. Das Auto aber hat er, noch ehe es bezahlt war, in Klump gefahren."
Der Leutnant stößt einen Pfiff aus. „Das paßt ja mehr als genau, eigentlich hatte ich eher diesen Krenz in Verdacht."
„Weshalb?"
„Der Sachkenntnis wegen: Antiquitäten, Münzen. Er scheint mir für diese Tat auch die nötige Intelligenz und Kaltblütigkeit mitzubringen. Braun ist im Grunde 'ne Nummer zu klein."
„Jedenfalls dürfte der Täter, wer es auch immer war, so klug gewesen sein, den Raub inzwischen in ein sicheres Versteck zu bringen", sagt Bothe mißmutig. „Na, versuchen wir's trotzdem, ich denke, der Staatsanwalt wird seine Einwilligung geben."
Er schaut Kielstein an, als erwarte er einen Einwand von ihm, doch in diesem Augenblick klingelt das Telefon.
„Was ist denn?" meldet sich der Hauptmann unwillig. „Ein Anruf aus Gerbersdorf? Na meinetwegen, stellen Sie bitte durch."
Kielstein steht unschlüssig an der Tür. „Du gibst mir Bescheid, wenn es soweit ist. Ich werde inzwischen versuchen, eine Aufstellung all der Leute zusammenzukriegen, die etwas vom Verkauf der Sammlung gewußt haben."
Doch Bothe achtet nicht auf diese Worte, sieht nur, daß der Leutnant den Raum verlassen will. Mit einer Handbewegung hält er ihn zurück. „Bleib hier, bleib hier", sagt er,

„die Sache geht eher dich an als mich. Sie betrifft wieder mal unseren Freund Paulsen. Diesmal ist er offenbar beim Detektivspielen erwischt worden."

13 „Los, steh auf, und dann vorwärts", sagt eine Stimme neben mir. Sie ist dunkel und kräftig, aber sehr fern. Sie dringt wie über Radiowellen an mein Ohr — mal ist sie da, mal schwingt sie wieder weg.

„Laß ihn in Frieden, er ist noch nicht bei sich", ertönt von der anderen Seite eine zweite Stimme, sie klingt heller, lauter. „Hast ganz schön zugehaun, war eigentlich nur für den Notfall vereinbart."

„Er hat sich plötzlich umgedreht und wollte auf mich los", erklärt der erste, und es klingt wie 'ne Entschuldigung.

Von wem die beiden reden, ist mir unklar, interessiert mich auch nicht. Ich liege und hab Kopfschmerzen. Aber wo liege ich bloß? War ich wieder mal voll? Ich kann mich nicht erinnern, nur eins steht fest: Die Tage, an denen es mir gut geht, sind in letzter Zeit knapp geworden. Offensichtlich hab ich, ohne es zu ahnen, ein Abonnement auf 'nen Brummschädel.

Doch plötzlich spüre ich Gras und Sand zwischen den Fingern, was mich zur Besinnung bringt. Meine Hand fährt zum Kopf, 'ne gewaltige Beule ziert meinen Schädel, sie wölbt sich unter meiner Wolle, mir scheint, sie müsse jeden Augenblick platzen. Verflucht noch mal, haben die mich zugerichtet! Die ... wer? Zum Schmerz gesellt sich nun der Schreck. Ich war hinter ihnen her, aber sie sind's, die mich erwischt haben. Oder etwa nicht? Ich starre einem Unbekannten ins Gesicht, der sich aus dem Dunkeln über mich beugt. „Jetzt ist er zu sich gekommen", sagt die kräftige Stimme von eben, und als ich mich ächzend aufrichte: „Los, erheb dich, Bürschchen, vorwärts, wir möchten was von dir erfahren."

Er macht, soweit ich das im Finstern erkennen kann, eine

drohende Miene. Ein richtiger Hüne ist er, mit 'nem Kreuz wie ein Brückenpfeiler. Trotzdem verspür ich Erleichterung. Nein, das ist weder der Kellner aus der „Hopfenstube" noch der Fahrer des Lieferwagens. Und den zweiten Kerl, der neben ihm steht, kenn ich auch nicht.
„Erheb dich, ist leicht gesagt", knurre ich. „So wie ihr zudrescht! Habt ihr wenigstens die beiden Spitzbuben?"
„Wenn du deine Freunde meinst, die versuchen die Kurve zu kratzen. Haben dich sitzenlassen. Aber keine Angst, sie werden nicht weit kommen."
„Von wegen meine Freunde", ich rapple mich vorsichtig auf, denn nicht nur der Kopf tut mir weh, „ihr habt dem Falschen eins verpaßt. Ich bin denen bloß nachgeschlichen."
„Sieh an, das Unschuldslamm. Wollte uns hilfreich unter die Arme greifen", die Stimme des Hünen klingt sarkastisch. „Denk bloß nicht, daß du uns auf die Tour kommen kannst. Märchenstunde ist erst wieder morgen abend um sieben, wenn das Sandmännchen über den Bildschirm flimmert." Und seine Pranke packt mich hart am Arm.
Der andre, nicht ganz so kräftig, aber gleichfalls breiter als ich, stößt mir die Faust in den Rücken. „Los, ab! Wer du bist, wird sich gleich herausstellen."
Meine Knie sind noch weich, ich stolpre beim ersten Schritt. „Wohin wollt ihr mich bringen?"
„Wirst du früh genug sehn", und wieder kriege ich einen Stoß ins Kreuz.
„Mensch, seid ihr mißtrauisch", mir fällt das Sprechen noch schwer. „Wenn ich es euch sage: Ich bin denen nachgeschlichen! Mir ging's um was ganz andres. Hätt ich gewußt, daß die bloß was klauen wollen..."
Der Riese neben mir stößt ein angewidertes Grunzen aus. „Bloß was klauen? Die sanitäre Einrichtung für ein Dreifamilienhaus. Hör dir den an, Tilo! Ein schönes Früchtchen haben wir da aufgegabelt."
Ich bin stehengeblieben, aber die zwei schieben mich weiter. „Das wird sich alles bei Bauer herausstellen", brummt der

mit Tilo Angeredete.
Plötzlich fällt mir der Lieferwagen ein. „Und das Auto, was ist mit dem? Habt ihr wenigstens das sichergestellt?“
„Das laß mal unsre Sorge sein. Um eure Karre kümmert sich schon jemand.“
Die Meinung der beiden über mich steht unumstößlich fest, deshalb zieh ich es vor zu schweigen. Wir marschieren zehn Minuten lang quer durchs Gelände — ein ziemlich großer Bauplatz ist das —, dann gelangen wir zu einer erleuchteten Plattenbude. Ein Raum mit einem Tisch, ein paar Spinden und Stühlen. Stimmenlärm, Zigarettenqualm, drei Kerle, die ich nicht kenne, stehn oder hocken herum, und dazu, mit finsterem Gesicht, in eine Ecke gedrückt, der Fahrer des Lieferwagens. Den haben sie also geschnappt.
„Hier, wir haben noch einen gefaßt, hat Schmiere gestanden“, sagt der Hüne und stößt mich ins Zimmer.
Es gibt freudige Anerkennung bei diesem Satz, lediglich der Fahrer starrt mich verblüfft an. Klar, daß er nicht begreift, was meine Anwesenheit in dieser Runde soll.
„Der dritte ist uns durch die Lappen gegangen, schmiß die Becken hin, die er sich aufgepackt hatte, und rannte davon wie ein Hase“, berichtet einer von den Männern im Raum.
„Na, die beiden werden uns das Nötige erzählen.“
Ich sehe eine Chance, sie über meine Rolle aufzuklären. „Ich kenne den Ganoven, der euch entkommen ist, wenn ich auch seine Adresse nicht weiß. Jedenfalls heißt er Braun und arbeitet als Kellner in einer Kneipe in der Stadt.“
Die Kerle, offenbar erstaunt, daß ich auspacke, ohne noch gefragt zu sein, schaun mich überrascht an. „Der behauptet, nicht zu den andern zu gehören“, sagt Tilo.
„Und ob ich das behaupte! Die da“, ich weise auf meine beiden Begleiter, „haben mich völlig zu Unrecht mit ihrem Knüppel gestreichelt.“
Meine Worte lösen einiges Durcheinander aus, doch dann gelingt es mir, schlecht und recht meine Geschichte zu Gehör zu bringen. Mehr als dieser Bericht überzeugt die Männer freilich der Wutausbruch des Fahrers, der mich als

Spitzel beschimpft und mit Fäusten auf mich losgeht. Zur Räson gebracht, erklärt er schließlich verächtlich, einen so unreifen und hinterhältigen Burschen wie mich hätten sie nie zu so 'ner Sache hinzugezogen.
Der Große, der mich niedergeschlagen hat, ist noch immer nicht bereit, mir zu glauben, aber Bauer, ein älterer Arbeiter vom Werkschutz des Betriebes, entscheidet, man solle die endgültige Klärung in diesem Fall der Polizei überlassen. Die benachrichtigt sei und jeden Augenblick eintreffen müsse. Tatsächlich fährt auch kurz darauf ein VP-Wagen aus Gerbersdorf aufs Gelände, denn der Bauabschnitt gehört nicht mehr zu unserer Stadt.
Es gibt erneut Fragen, ich schildere ein zweites Mal den Hergang der Dinge, dann fahren wir aufs Revier, um ein Protokoll aufzunehmen. Als wir endlich Klarheit ins Dunkel der Geschehnisse gebracht haben, ist es bereits hell. Ich mußte mir den Schlund heiser reden, ehe sie mir Glauben schenkten, bin aber jetzt immerhin im Bilde. Wirklich, Leo und sein Kumpan haben sich nicht mit Abfällen begnügt. Vor vierzehn Tagen ist ein Materialschuppen auf dem Gelände abgebrannt; wertvolle Heizkörper und Teile sanitärer Anlagen sind vorübergehend mit Planen abgedeckt und unter freiem Himmel gelagert worden. Der Fahrer bekam davon Wind und erzählte, zunächst ohne die Absicht zum Klauen, Leo davon. Wenigstens stellt er es so dar. Der Kellner soll ihn zu dem Unternehmen angestiftet haben. Besonders gut bewacht scheint das Gelände nicht gewesen zu sein, zwei Nächte hindurch sahnten die beiden ab, ehe die Sache auffiel. Und ausgerechnet heute, als ich ihnen nachspürte, mußten die mit ihren Knüppeln im Hinterhalt liegen.
Aber die Geschichte hat für mich noch 'ne andere Seite, denn wie ich schon vermutete, ist Leo damit aus der Affäre Zierau raus. Der Fahrer hat ausgesagt, daß sie in der Nacht vom Sonnabend zum Sonntag auf dem Baugelände waren, und es gibt keinen Grund, das zu bezweifeln. Daher die Zerstreutheit des Kellners an diesem Abend, daher seine

Eile. Mäuse wollte der schon machen, bis zum Hals steckt er im Schmand, da hat Nina recht, doch nicht *er* hat Zierau eins übergebraten.
Nur, wer kommt sonst dafür in Frage, verdammt noch mal, ihm hätt ich es zugetraut, und es war die einzige Lösung, die ich mir zusammenreimen konnte. Jetzt dagegen ist alles wieder unklar, und ich bin genauso schlau wie vorher.
Acht Uhr dreißig geht ein Bus vom Marktplatz Gerbersdorf in die Stadt, ich hätte auf dem Revier warten können, aber ich zieh es vor, das Polizeiamt zu verlassen, sobald sie mich nicht mehr brauchen. Der Schmerz im Kopf hat nachgelassen, was für ein Wundermittel doch ein nasser kalter Lappen ist; ich sitze in der Wartehalle, fröstelnd, obwohl es für diese frühe Stunde schon relativ warm ist — heute wird bestimmt ein heißer Tag werden —, ich sitze und tauche langsam weg. Leo war es also nicht, Leo hatte in dieser verfluchten Nacht was andres vor, aber wer sonst? Und was ist mit der Zigarettenschachtel? Hat er sie nun in den Händen gehabt, hat er sie vom Tisch genommen oder nicht?

14 Gegen zehn treffe ich zu Hause ein, ich hab in Gerbersdorf in der Wartehalle geschlafen, ich hab im Bus geschlafen, zum Schluß hätt ich beinahe noch das Aussteigen aus der Straßenbahn verpaßt, zum Glück erwarten die mich erst morgen wieder im Betrieb.
Ich raffe mich zusammen, vor dem Schaufenster der Eisenwarenhandlung in unserm Haus streich ich mir Anzug und Haare glatt, die Blumenthal wird sich sowieso fragen, was mit mir los ist, wieder 'ne Nacht außer Haus, und das, nachdem ich gerade erst im Knast war. Doch diesmal war's nun wirklich nicht meine Schuld, ein bewegtes Leben im Augenblick, ein bißchen zu bewegt, wie ich zugebe, aber ich glaube, das wird sich erst ändern, wenn die Geschichte mit Zierau endgültig geklärt und zu den Akten gelegt ist.

Ich steige langsamen Schritts die Treppe hoch, ich schiebe den Schlüssel ins Türschloß, ich öffne. Natürlich steckt meine Wirtin sofort den Kopf aus der Küche und fragt: „Aber Herr Jörg, wo kommen Sie denn um diese Zeit her? Wo waren Sie bloß die ganze Nacht? Hat die Polizei Sie etwa wieder …“
„Nein, nein“, ich grinse freundlich, „'ne andere Sache, ich erzähl's Ihnen nachher.“
Mein Entgegenkommen beruhigt sie, sie erkundigt sich nicht näher, mustert mich nur mißtrauisch. Dann sagt sie zu meiner Überraschung: „Na, gehn Sie mal rein, Sie haben Besuch.“
„Besuch, ich?“ Ich zieh ein langes Gesicht. Im Augenblick bin ich weiß Gott nicht auf anderer Leute Visagen erpicht.
Sie rückt mir näher auf den Pelz und flüstert: „Ja, das Fräulein ist da.“
Ich denke an Nina und weiß nicht, ob ich mich freun oder ärgern soll.
„Begeistert sehn Sie ja nicht gerade aus.“
Ich zucke nur ergeben die Schultern, geh zu meinem Zimmer, überlege kurz, ob ich klopfen soll, trete dann aber so ein — in den eignen vier Wänden anklopfen, kommt mir zu blöde vor. Sie steht am Fenster und schaut hinaus auf den Hof, dreht sich jedoch schnell um, als sie mich hört. Es ist Anne.
„Du?“ sage ich gedehnt.
„Entschuldige, deine Wirtin hat mich reingelassen. Sie meinte, du müßtest jeden Augenblick aufkreuzen.“
„Sitzt du schon lange hier rum?“
„Nicht lange, 'ne Viertelstunde vielleicht.“
„Wieso bist du heute nicht zur Arbeit?“
Sie antwortet ausweichend, aber ruhig: „Eine Kollegin vertritt mich bis Mittag, ich hab ihr auch ein paarmal ausgeholfen.“
Ich weiß erst mal nicht weiter. Ich möchte was Kränkendes anbringen, doch mir fallen nicht die richtigen Worte ein. Was will sie, ich hab sie nicht hergebeten. Sie steht da wie

die liebe Unschuld, in einem grauen Wildlederröckchen und 'ner weißen, blumenbestickten Bluse. Sie trägt dicksohlige, gleichfalls weiße Korkpantoletten; das schulterlange Haar rahmt ihr schmales Gesicht ein. Wahrhaftig, die reine Unschuld.
„Wie geht's Karo?" frage ich aggressiv.
„Karo? Soweit gut, denk ich. Ich hab ihn in den letzten Tagen kaum gesehen ... Interessiert dich gar nicht, weshalb ich gekommen bin?"
„Nicht sehr, aber wenn du nun schon mal da bist, kannst du's ja ausspucken."
„Wolln wir uns nicht setzen?"
„Bitte", ich laß mich auf einem Hocker neben dem Bett nieder, deute auf den Stuhl am Tisch.
Sie setzt sich auf die Stuhlkante, legt die Hände im Schoß zusammen. „Du bist wütend auf mich, ich hab's mir gedacht."
„So, hast du. Und warum?"
„Na ja, das war dumm von uns allen an dem Abend. Ich hab's den andern schon gesagt, und die sehn das auch ein. Bis auf Müller, du kennst ihn ja. Es war blöde von uns, und besonders von mir. Du mußtest es dann ausbaden."
„Nur kein Mitleid", sag ich sarkastisch, „ich hab's gewollt und bin reingerasselt. Was habt ihr, was hast besonders du damit zu tun?"
„Wenn *ich* dich gebeten hätte ..."
Ich unterbreche sie: „Bilde dir bloß keine Schwachheiten ein. So 'nen Einfluß hast du nicht auf mich. Hast du nie gehabt." Und ich denk an den gestrigen Abend bei Nina.
„Jedenfalls tut's mir leid", sagt sie, nun auch einen Ton härter, und fährt fort: „Aber ich bin nicht bloß deswegen gekommen."
Ich gebe keine Antwort, ich warte ab. Obwohl ich immer noch verbittert bin, rührt sich was in mir. Warum nur hat sie sich mit Karo eingelassen! Alles hätte gut werden können, doch sie hat's verdorben.
„Ich hab Klette getroffen, er hat mir das von deinem Anruf

erzählt. Ich meine, an dem Morgen danach, der Anruf bei mir."
Wider Willen beginnt mein Herz heftig zu klopfen. Sie fängt tatsächlich davon an. Welchen Schwindel wird sie mir auftischen! Besser, sie würde nicht in der Wunde rumstochern.
„Es war nicht so, wie du glaubst", sagt sie.
„So, was glaub ich denn?"
Endlich hab ich sie aus dem Gleichgewicht gebracht, ihre Stimme wird spitz und grantig. „Ach, hör doch auf, dich dumm zu stellen! Ich dachte, man könnte vernünftig mit dir reden, nach alldem, aber du spielst den Beleidigten. Karo hat es an dem Abend bei mir versucht, das stimmt, und am Anfang, auf dem Weg zu Müller, es war so kalt und unfreundlich, na ja ... Aber dann ging er mir auf den Wecker, Karo. Es war langweilig bei Müller, es wurde später und später, du kamst nicht, Nina wollte nach Hause, die hatte 's auch satt, wir fragten uns, ob wir was für dich tun könnten, dachten, der Alte hätte dich vielleicht geschnappt. Doch die Jungs lachten uns aus. Du hättest einfach gekniffen, meinten sie, hättest dir's anders überlegt und lägst längst in der Falle. Vor allem Klette."
„Was?" frag ich verblüfft. „Ausgerechnet Klette soll das gesagt haben? Da bin ich aber ganz anders informiert." Ich erinnre mich noch genau an das Gespräch vor meiner Verhaftung mit ihm.
„Ich weiß nicht, wer dich informiert hat, kannst ihn ja selber fragen. Oder die andern. Ist im Augenblick auch nicht so wichtig. Jedenfalls zogen wir los, Müller war noch wütend, weil er gehofft hatte, Nina würde bleiben; als wir draußen waren, lachte sie sich halb tot drüber. Und weil sie bis ans Ende der Stadt hätte laufen müssen — die Straßenbahnen fuhren doch nicht mehr —, schlug ich ihr vor, bei uns zu übernachten. Meine Eltern waren ja übers Wochenende weg."
„Dann hab ich also am Telefon Ninas Stimme gehört?"
„Quatsch", sagt sie, „stimmt schon, daß es Karo war. Wir

konnten ihn nicht loswerden, da haben wir ihn mitgenommen. Aber mehr nicht. Er hat im Wohnzimmer geschlafen, wo das Telefon steht, wir beide nebenan bei mir. Nun weißt du's ganz genau."

So einfach soll sich das erklären lassen — ich kann's nicht glauben. Ich will's auch nicht, zu tief hat sich der Stachel gebohrt. Doch Anne sitzt vor mir, ein wenig rot geworden, und eigentlich paßt diese Geschichte viel besser zu ihr als die andere, die ich mir zurechtgelegt hatte. Wenn sie aber wirklich die Wahrheit gesagt hat, dann bin ich ein ganz dämlicher Esel.

„Warum erzählst du das alles, bist mir doch keine Rechenschaft schuldig?"

„Darum geht's nicht. Ich dachte nur ... Klette sagte, das hätte dich sehr getroffen. Ich wollt nicht, daß du mir das zutraust."

Sie sagt die Wahrheit, klar, daß sie die Wahrheit sagt, und ich bin nicht nur ein Esel, sondern ein hirnverbrannter Idiot. Ich merke, daß ich rot werde.

„Er fand dich sowieso komisch, Klette", fährt sie fort, möglicherweise um mir 'ne Brücke zu baun, „er erzählte sogar ..."

„Was hat er erzählt?"

„Ach, ist ja Unsinn. Er meinte, man wüßte nicht genau, was du in der Nacht wirklich gemacht hast."

„Nahm er etwa tatsächlich an, ich hätte Zierau eins drübergegeben?"

Sie zögert ein wenig. „Damals schien alles zu verworren."

Mir wird klar, daß ich auf Klette an jenem Morgen einen ziemlich konfusen Eindruck gemacht haben muß. Kein Wunder, daß mich die Kripo für den Schuldigen hielt.

„Ich war mächtig durcheinander an dem Tag", erkläre ich. „War alles ein bißchen zuviel. Ich bin jetzt noch durcheinander, es ist so ..., so verrückt. Ständig gibt's neue Überraschungen, stets ist das Gegenteil von dem richtig, was ich vermutet hab. Ich ..., ich mach immer irgendwas falsch."

Und zu meiner Überraschung platze ich plötzlich heraus:

„Du, ich hab gestern mit Nina gepennt."
Als ich's raus habe, möcht ich's ungesagt machen, aber so was ist nun mal nicht drin. Es trifft sie wie 'ne Keule, das sehe ich. Nun wird *sie* puterrot, ihre Finger krallen sich ineinander, sie schluckt zwei-, dreimal. Dann sagt sie mit einer komisch fremden Stimme: „Du bist wenigstens ehrlich."
Sie erhebt sich, ich frage: „Haust du jetzt ab?"
„Ist wohl das beste so."
„Nein, bleib noch, wir müssen miteinander reden."
„Wir tun ja die ganze Zeit nichts andres."
„Warte doch, meine Wirtin wird uns 'nen Kaffee machen."
Sie wirft mir 'nen mitleidigen Blick zu, sie ist bereits an der Tür.
„Hör zu, ich mußte dir das sagen, trotzdem ..."
„Schon gut", erwidert sie, „aber ums Sagen geht's ja nicht bloß." Und während sie die Tür öffnet: „Es ist wirklich das beste, ich geh jetzt. Ich muß mal gründlich über alles nachdenken."

15 „Demnach können wir auch den Kellner von der Liste der Verdächtigen streichen", sagt Kielstein, nachdem Bothe ihn über den Inhalt des Telefongesprächs informiert hat. „Das läuft ja wie geschmiert. Wenn es so weitergeht, haben wir am Ende gar keinen toten Zierau mehr."
„Dein Paulsen hat sich was vorgenommen. Er will den Täter anscheinend eigenhändig einfangen und uns frei Haus liefern."
„Erstens ist es nicht mein Paulsen, zweitens sollten wir ihm diesmal vielleicht dankbar sein. Wenn ich dich recht verstanden habe, ist Braun den Gerbersdorfern entwischt. Daß wir über seinen Verbleib in der Nacht zum Sonntag Bescheid wissen, erspart uns einige Umwege."
„Auf jeden Fall", knurrt Bothe, „müssen wir unsern Hel-

den davon abhalten, sich in weitere Abenteuer zu stürzen. Es könnte übler für ihn ausgehn als in Gerbersdorf."
„Ist gut", sagt Kielstein. „Ich werde Felsch hinschicken oder selbst bei ihm vorbeigehn, wenn ich dazu komme. Und was ist mit Braun?"
„Den nehm *ich* mir vor, sobald wir ihn haben. Vielleicht können wir doch noch etwas über den Abend in der ‚Hopfenstube' aus ihm herausquetschen. Jetzt, da er begriffen haben müßte, wie tief er in der Tinte sitzt, wird er sich gewiß alle Mühe geben, uns gefällig zu sein."
Kielstein nickt, ohne groß an den Erfolg einer solchen Vernehmung zu glauben. Bisher hatte der Kellner kein Alibi, und das machte ihn verdächtig. Zumal er sich absolut nicht an die leere Packung F 6 erinnern konnte, auf der auch seine Fingerabdrücke festgestellt worden waren. Jetzt dagegen scheint festzustehen, daß er zum betreffenden Zeitpunkt nicht am Tatort war. Weil er ein anderes krummes Ding vorhatte. Da er sich an jenem Abend innerlich gewiß nur damit beschäftigte, wäre es ein Wunder, wenn ihm plötzlich noch was zum Fall Zierau einfiele.
„In der Zwischenzeit werde ich mich um den Haussuchungsbefehl für Krenz bemühen", sagt Bothe, „der bleibt dann ja wohl unser einziger Kunde."
Kielstein will zustimmen, überlegt es sich jedoch anders. Unvermutet schreckt ihn der Gedanke, daß man nichts finden und wieder mit völlig leeren Händen dastehen könnte. Er zögert mit der Antwort: „Vielleicht..."
„Was vielleicht?"
„Vielleicht sollten wir doch noch warten, die Sache mehr absichern."
Bothe wird ärgerlich. „Willst du dich über mich lustig machen! Du selbst hast gesagt, daß Krenz die nötige Intelligenz und Kaltblütigkeit besitzt. Er hat kein Alibi, er kennt sich mit Münzen aus. Was willst du da noch absichern? Es ist sowieso viel zuviel Zeit vergangen."
„Ebendeshalb", sagt Kielstein.
Bothe geht zu einer seiner geliebten Grünpflanzen, ein

neues Töpfchen, das ihm seine Frau erst gestern geschenkt hat — sie weiß, was er in aufregenden Zeiten für die Beruhigung seiner Nerven braucht. Er schnippst mit dem Finger eine winzige braungelbe Raupe von einem Blatt, dann knurrt er: „Also bitte, sprich dich aus."
„Wenn es Krenz war, wird er alles getan haben, die Spuren zu verwischen. Deshalb müssen wir ihn so in die Enge treiben, daß er nicht mehr ausweichen kann. Gib mir noch ein paar Stunden Zeit. Die tun's nun auch nicht mehr. Ich versuch herauszufinden, ob Krenz irgendwann bei Zierau war. Der Täter muß sich bei ihm ausgekannt haben. Er muß von den Medaillen gewußt haben, möglicherweise sogar vom Aufbewahrungsort des Kästchens."
„Aber wie willst du das ermitteln?"
„Wir befragen nochmals alle, die in irgendeiner Beziehung zu dem Toten standen: seine Kinder, die Nachbarn, die Reinemachefrau, die Arbeitskollegen, Münzsammler, die mit ihm zu tun hatten, diese Frau Dornhoff, eben alle. Besonders interessieren mich Personen, die bei ihm im Haus aus und ein gingen, sei es auch nur für kurze Zeit."
„Wir haben bereits alle befragt."
„Aber nicht so gezielt."
„Na, meinetwegen", sagt Bothe widerwillig, „du gibst ja doch keine Ruhe. Vierundzwanzig Stunden sollst du noch haben. Vierundzwanzig Stunden, aber keine Minute mehr. Viel Glück."

16

Ich zieh die Schuhe aus, ich schmeiß mich angezogen aufs Bett, ich versuche abzuschalten, eine Stunde zu schlafen — es geht nicht. Ich bin müde, die durchwachte Nacht steckt mir in allen Gliedern, aber die Schmerzen in meinem Kopf sind noch nicht weg, und im Hirn zukken grelle Blitze. Die Gedanken lassen mir keine Ruhe, sie stoßen sich und drängen, erneut hat sich herausgestellt, daß alles ganz anders ist, als ich annahm, mein Mißtrauen

Anne gegenüber hat sich als ausgemachter Blödsinn erwiesen. Werd ich's denn nie lernen, die Menschen richtig einzuschätzen! Ich versuche mich vor mir selbst zu rechtfertigen. Ich zweifle nicht daran, daß sie die Wahrheit gesagt hat, nein, ich glaub's ihr, sie hat nicht mit Karo gepennt, so was spürt man, und welchen Grund sollte sie gehabt haben, zu mir zu kommen, wenn es anders wäre — jetzt weiß ich auch, weshalb Karo so wütend reagierte an dem Morgen —, aber immerhin, rumgeknutscht hat sie mit ihm, das hat sie selbst zugegeben, und wenn vielleicht Nina nicht dabeigewesen wäre...

Nina ... Ich setze mich im Bett auf und taste nach den Zigaretten im Jackett über die Stuhllehne. Ich hab's grade nötig, Anne Vorhaltungen zu machen. Hoffentlich nimmt mir nun Nina nicht krumm, daß ich ihrer Freundin von meinem Besuch bei ihr erzählt hab. Besuch ist übrigens gut. Doch ganz gleich, wie man's nennt und wie Nina es aufnimmt, ich mußte das einfach loswerden. Weil Anne nicht verdient hat, daß man sie beschwindelt. Nicht, nachdem sie mich aufgesucht hat, um das alles klarzustellen. Ich bin möglicherweise ein naiver Kerl, aber ich bin kein Lump. Und obwohl Anne vielleicht das letzte Mal bei mir gewesen ist und mir Nina vielleicht das letzte Mal ihre Wohnungstür aufgeschlossen hat, bin ich froh, daß ich mich heute nicht vor der Wahrheit gedrückt habe.

Viel ruhiger bin ich deshalb noch nicht, und um etwas gegen meine Nervosität zu tun, steck ich mir erst mal 'nen Glimmstengel an. Grade in dem Augenblick, als meine Wirtin nach kurzem Klopfen den Kopf durch den Türspalt schiebt. „Sie rauchen ja schon wieder im Bett, Herr Jörg", sagt sie vorwurfsvoll.

Ich schwinge mich von der Lagerstatt. „Ich wollte eben aufstehen, Frau Blumenthal, und Sie bitten, mir was zum Frühstück zu machen ... Ach was, ich komm gleich selber mit in die Küche!"

Ich bin sonst lieber für mich, diesmal aber froh, daß ich mich durch ihre Anwesenheit ablenken kann. Wie vorher versprochen, erzähl ich ihr von der Nacht, von meinem Ausflug nach Gerbersdorf, von den Folgen, die er für mich hatte. Natürlich streiche ich mich dabei ein bißchen heraus, male alles ein wenig aus, um die Spannung zu erhöhn, und natürlich fällt sie von einer Aufregung in die andre. Was sie nicht davon abhält, mir ein kräftiges Frühstück vorzusetzen. „Sie machen Sachen", sagt sie ein ums andre Mal, und: „Jetzt essen Sie mir aber tüchtig, damit wir Sie bis morgen wieder hinkriegen."

Nach Anne fragt sie zum Glück nicht, sie kommt gar nicht dazu, doch plötzlich fällt ihr noch was ein: „Das hätt ich doch glatt vergessen, Herr Jörg, gestern abend, als Sie weg warn, hatten Sie Besuch. Einer von Ihren Freunden war da, der mit der Brille, Sie wissen schon, der Eingebildete, den ich noch nie besonders leiden konnte."

„Der Intelligenzler? Was wollte der denn?"

„Mit Ihnen sprechen. Hat behauptet, es sei dringend. Ich sollte ihm sagen, wann Sie zurückkämen."

„Und weshalb wollt er mit mir reden?"

„Das hat er mir nicht verraten. Sie sollen ihn aber unbedingt und so schnell wie möglich anrufen."

„Was denn noch alles", brumme ich, denn ich hab weder 'ne Vorstellung, was er will, noch die geringste Lust, erneut die Treppen rauf und runter zu sausen.

Aber zehn Minuten später steh ich doch in der Telefonzelle und dreh die Wählerscheibe. Ich brauch nicht lange zu warten. „Ja, bitte", meldet sich 'ne Stimme am andern Ende der Leitung, kaum daß es dort zweimal geschnarrt hat, und ich erkenne am leicht näselnden Tonfall den Intelligenzler.

„Ich bin's, Jörg Paulsen."

„Ah, Paulchen, du. Ich dachte schon, sie hätten dich wieder eingebuchtet."

„Du glaubst wohl, einmal reicht mir nicht."

„Seit mich die Polizei selber beim Wickel hat", sagt er spöttisch, „glaub ich schon, daß es reicht."

„Wieso hat dich die Polizei beim Wickel?"

„Das fragst du? Wo ich neben dir der einzige bin, der kein Alibi für die betreffende Nacht hat!"
„Was", sage ich überrascht, „du hast kein Alibi? Das versteh ich nicht."
„Wußtest du das nicht? Ich nahm an, sie hätten dir's längst geflüstert. Oder du hättest es durch Anne, Karo, Klette, wen weiß ich, erfahren."
„Es ist das erste Wort, das ich darüber höre. Ich dachte, ihr wärt alle bei Müller gewesen."
„Ich nicht", sagt der Intelligenzler, dessen Stimme, wie mir scheinen will, plötzlich kein bißchen mehr ironisch klingt, „ich war spazieren."
Ich geb erst mal keine Antwort, die widersprüchlichsten Empfindungen stürmen auf mich ein. Am liebsten würde ich den Hörer einhängen, um Zeit zum Überlegen zu kriegen. Ein wenig lauernd frage ich: „Sollte ich dich deshalb anrufen?"
„Nicht deshalb, wenigstens nicht unmittelbar. Obwohl es mit der Sache zusammenhängt. Am Telefon kann man das nicht erklären. Wir müßten uns treffen."
Ich hab noch die letzte Enttäuschung im Kopf und wende ein: „Ich bin hundemüde, hab mir die Nacht um die Ohren geschlagen."
„Schlaf am Nachmittag", sagt er, „wir müssen miteinander reden, und zwar schnell. Es ist wichtig."
„Also gut", stimme ich zu, „wann und wo?"
„Du könntest zu mir kommen. Sofort, wenn's dir paßt."
„Na, wenn's sein muß." Ich bin mir nach wie vor nicht im klaren, was ich von der Sache halten soll, mittlerweile aber nun doch gespannt. Spazierengegangen ist er in dieser lausigen Nacht. Dinge gibt's, die könnte man für 'nen dummen Witz halten, wenn sie einem nicht so allen Ernstes erzählt würden.

17 „Nichts", sagt Andreesen, „absolut nichts", und wischt sich mit dem Handrücken den Schweiß von der Stirn. Es ist heiß heute, so heiß wie an den vorangegangenen Tagen, er aber hat sich nicht entschließen können, die Krawatte abzulegen. Obwohl sich seine Frau schon morgens alle Mühe gab, sie ihm auszureden. Doch ohne Schlips gefiel ihm das Hemd nicht, das er noch am Abend herausgesucht hatte, und sich für ein neues zu entscheiden, blieb keine Zeit. So hat er lediglich den Kragenknopf geöffnet. Wer schön sein will, muß leiden.

Er hat sich in der Nachbarschaft Zieraus umgeschaut, Andreesen, hat nochmals alle ausgequetscht, die auch nur geringen Kontakt mit dem Toten pflegten, hat sich vor allem erneut mit dem Rentner unterhalten, der eine knappe Woche zuvor die ersten Hinweise auf Paulsen gab. Aber nichts, nicht der geringste Anhaltspunkt. Der alte Mann, bei dem schönen Wetter etwas weniger vom Rheuma geplagt, war durchaus gewillt „weiterzuhelfen", wie er sich ausdrückte, doch diesen Krenz hatte er nie gesehen. „So ein auffälliger Typ, Herr Unterleutnant. Wenn der wirklich dagewesen ist, dann nicht oft, ich würd mich bestimmt erinnern."

„Nicht oft", knurrt Kielstein, „natürlich nicht oft. Sonst wüßten ja Gott und alle Welt und besonders seine Freunde Bescheid. Wo Paulsen diesen Knatsch mit Zierau hatte!"

„Vielleicht hat Krenz eine Bekanntschaft mit Zierau gerade deshalb vor seinen Kumpels verschwiegen."

Der Leutnant winkt ab: „Gutgemeinte Spekulation, das führt uns nicht weiter."

Er selbst ist in der Zwischenzeit nochmals bei Frau Dornhoff gewesen, hat auch ihren Bekannten aufgesucht. Nein, es ist unwahrscheinlich, daß die Nachricht von dem Medaillenkauf auf irgendwelchen geheimnisvollen Wegen von den beiden zu Klaus-Dieter Krenz gelangt sein soll. Nicht unmöglich, aber unwahrscheinlich. Außerdem muß der Täter Ortskenntnisse besessen haben. Anders ist sein Vorgehen nicht zu erklären.

Sie befinden sich im Wohnzimmer Zieraus, Kielstein hat das Haus für den Nachmittag gewissermaßen zum Ausgangspunkt aller Aktionen gemacht; mit geradezu erbitterter Intensität läßt er jetzt den Blick über das Mobiliar gleiten. „Wenn du der Besitzer dieser Räumlichkeit wärst, wo würdest du ein Kästchen mit Medaillen im Wert von mehreren tausend Mark aufbewahren?" fragt er seinen Kollegen.
„Na, wo schon", erwidert Andreesen, „im Schreibtisch natürlich."
„In der verschlossenen Schreibtischschublade, das leuchtet am ehesten ein", stimmt Kielstein zu, und er ergänzt mehr für sich selbst: „Im Gegensatz zu den Münzen, denen Zieraus eigentliche Sammlerleidenschaft galt, hat er diese Stücke nicht mit nach oben genommen, sondern unten aufbewahrt. Die Frage ist: Wer hat Kenntnis davon?"
„Vielleicht die Frau, die hier zweimal in der Woche saubermachte."
„Bei der ersten Befragung hat sie behauptet, daß nichts fehlte."
„Sie muß es ja nicht gewußt haben", sagt Andreesen. „Um aber ganz sicherzugehen..., ich spreche gern noch mal mit ihr."
Kielstein überlegt. „Nein, du bleibst hier, wartest auf Felsch. Ich geh selber zu ihr."
Er macht sich sofort auf den Weg, verläßt Zieraus Haus. Kaum daß er aus dem schützenden Schatten heraustritt, umschließt ihn die Hitze wie eine Glocke. Zum Glück braucht er keinen langen Weg zurückzulegen, Frau Selbach wohnt nur drei Straßen weiter. In einem Haus, das dem Zieraus ähnelt, freilich nicht so stabil und geräumig ist. Sie ist auch nicht die Besitzerin, verfügt nur über zwei kleine Kammern. Die sie offenbar peinlich in Schuß hält — kein Kleidungsstück liegt herum, kein Stäubchen ist auf der Kommode, den anderen Möbeln zu sehen, als sie den Leutnant, der ja immerhin überraschend kommt, in die Wohnung bittet.

Sie ist eine rüstige Frau Anfang der Sechzig mit lebhaften Augen, aber ruhigen Bewegungen und zeigt sich keineswegs erstaunt, daß die Kriminalpolizei erneut bei ihr auftaucht. Kielstein, der sich entschuldigt, weil er annimmt, sein Besuch komme der ehemaligen Haushälterin Zieraus ungelegen — es geht auf drei Uhr nachmittags, eine Stunde, da ältere Leute seiner Ansicht nach gern der Ruhe pflegen —, erfährt, daß die Frau ganz andere Gewohnheiten hat. Gewiß, nach dem Mittag zur Erholung eine halbe Stunde im Sessel sitzen, das schon. Aber am Tage schlafen? Dazu ist ja die Nacht da! „Bestenfalls hätten Sie mich beim Fernsehn stören können, um diese Zeit gibt es mitunter einen Abenteuerfilm."

„Ich will Sie nicht lange aufhalten, Frau Selbach, nach wie vor geht es uns um die Angelegenheit Zierau. Inzwischen haben wir den starken Verdacht, daß bei ihm doch etwas gestohlen wurde. Ein Kästchen mit Medaillen. Haben Sie in seinem Haus irgendwann einmal ein solches Kästchen bemerkt?"

„Medaillen, das versteh ich nicht, welche zum Anstekken?"

„Nein, keine Auszeichnungen. Solche, die anläßlich von Feierlichkeiten, Gedenktagen geprägt werden. Wertvolle Stücke."

„In seinen Münzen kenn ich mich nicht aus", sagt die Frau, die verstanden zu haben glaubt.

„Sie wissen jedenfalls nichts von einem Metallkästchen im Schreibtisch des Wohnzimmers oder vielleicht auch irgendwo auf den Regalen?"

„Auf den Regalen, nein, da würde ich mich erinnern. Was den Schreibtisch angeht ... da hab ich zwar immer Staub gewischt, aber nie ein Schubfach geöffnet. Das ging mich ja nichts an."

„Gut, dann wäre das geklärt", sagt Kielstein, der merkt, daß er hier nichts Neues erfahren kann. „Kommen wir nochmals zu den Besuchern von Herrn Zierau: Haben Sie in der letzten Zeit diesen jungen Mann bei ihm gesehen?" Er zeigt

Frau Selbach ein aus der Meldekartei besorgtes Paßbild von Klaus-Dieter Krenz.
„Wann in der letzten Zeit?"
„Im zurückliegenden halben Jahr."
„Nein", erwidert sie, „ich kann mich nicht erinnern. Im letzten Jahr kamen, seine Kinder ausgenommen, überhaupt keine jungen Leute zu Herrn Zierau. Wenigstens soweit ich das beurteilen kann."
Nichts, denkt Kielstein, nun doch enttäuscht, wieder nichts. Ich trete auf der Stelle, bewege mich im Kreis, ein Blindekuhspiel im Nebel. „Ja, da ist nichts zu machen", sagt er, „vielen Dank."
„Allerdings war ich im letzten Vierteljahr einige Wochen krank", fügt die Frau unerwartet hinzu. „Da konnte ich nicht saubermachen bei ihm. Vielleicht, daß in dieser Zeit..."
„Wann etwa war das?"
„Fast den ganzen April und Anfang Mai."
„Hat Sie jemand bei Zierau vertreten?" fragt Kielstein.
„Ach wo, der hat alles so gelassen, wie's war", erwidert die Frau. „Mal flüchtig mit dem Besen durch die Zimmer, das war's. Ich durfte gar nicht hinschaun, als ich wiederkam. Der Flur sah aus und die Treppe! Na, so ein dummes Stück wie mich gibt's heutzutage ja auch nicht mehr. Bloß für die Fenster hat er ein-, zweimal jemanden kommen lassen. Der Nachbarn wegen."
Die Fenster, denkt Kielstein, die äußere Fassade. Er fragt: „Aber wer da kam, wissen Sie nicht?"
„Wer? Na, die vom Städtischen Reinigungsbetrieb. Die machen doch so was."
„Aha, die also", sagt der Leutnant, überlegt einen Augenblick, verabschiedet sich dann jedoch endgültig. Er ist überzeugt, daß ihm diese Auskunft gar nichts nützt. Er denkt das noch, als er das Haus verläßt und zum Gartentor geht. Auf der Straße aber, erneut von der Wärme umflutet und vom Lärm der Autos, deren Zahl auch in dieser Vorstadtgegend von Jahr zu Jahr wächst, ist ihm plötzlich, als habe er,

ohne es bereits zu begreifen, eine Entdeckung gemacht. Seine Gedanken, die sich bisher hartnäckig, doch auch notgedrungen unelastisch immer um den einen Punkt bewegten, um die Frage, wer so gut mit Zierau bekannt war, daß er von den Medaillen wußte — seine Gedanken bekommen auf einmal eine ganz neue Richtung. Das ist doch nicht möglich, sagt er sich, das kann doch nicht sein. Er bleibt stehen, holt seine Schachtel Juwel aus der Tasche, klemmt sich eine Zigarette zwischen die Lippen. Vergißt völlig, sie anzuzünden, kaut nur darauf herum. Wie war das eigentlich, als Paulsen an Zieraus Hintertür stand, denkt er, was für Geräusche hörte er da? Aber die leere Packung F 6, die Zeugenaussagen? Ruhe, ruft er sich innerlich zu, vor allen Dingen ruhig bleiben. Zunächst einmal den ersten Schritt tun, die Aussage von Frau Selbach überprüfen. Dennoch hält es ihn nicht mehr, er geht schneller, er läuft, rennt.

„Was ist los um Himmels willen, wo brennt's?" fragt Andreesen, als der Leutnant im Sturmschritt Zieraus Wohnzimmer betritt.

Kielstein gibt keine Antwort, hat nicht mal einen Blick für ihn. Sein einziges Interesse gilt jetzt dem Telefon.

18 Ich bin nicht der Typ, der mit diesen Studierten klarkommt, ich tu mich schwer mit ihnen, ich fühl mich ihnen unterlegen, wenn sie so neunmalklug daherquatschen und die Leute mit ihren Reden aufs Kreuz legen. Das war schon mit dem schönen Robert so, der quasselte uns, wenn er mal da war, die Hucke voll mit Molekularreaktionen, inversen Funktionen, mit seinen Systemen, Synthesen und analytischen Prozessen. Susannchen gefiel das, die schlug die Augen zu ihm auf und schmolz hin vor soviel Wissen. Aber ich mit meinen vierzehn, fünfzehn Jahren fühlte mich noch viel kleiner und unbedeutender, als ich ohnehin war. Mag sein, daß er was von seinem Fach verstand, ich jedenfalls begriff nicht die Bohne.

Genauso dämlich kam ich mir vor, wenn Zierau über Moral und den Sinn des Lebens zu predigen anfing. In Ordnung, Zierau war kein Intellektueller, so geschwollen wie Robert drückte der sich nicht aus, aber Litaneien über das Leben und die Gesellschaft ließ er trotzdem dauernd vom Stapel. Besonders anfangs, als er mich noch nach seinem Vorbild erziehen wollte. Bloß, daß ich da schon kritischer wurde und nicht mehr alles einfach hinnahm. Na, 'ne Ausrede hatte der immer parat, wenn was nicht klappte oder wenn man ihn beim Schwindeln ertappte. Schuld waren dann jedesmal die antagonistischen Widersprüche oder die Widersprüche überhaupt. Mit gescheiten Ausdrücken konnte Zierau genausogut aufwarten wie Robert, und oft stand ich da und wußt nicht mehr, was ich sagen und denken sollte.
Klar, was den Intelligenzler betrifft, da liegen die Dinge anders. Der gehört immerhin zur Truppe und nimmt's nicht krumm, wenn man ihm mal Kontra gibt. Anfangs, na ja, da stand ich mit ihm ziemlich über Kreuz, Anne brachte ihn angeschleppt, und, ehrlich gesagt, das paßte mir nicht. Aber kurz danach gondelte er schon mit 'ner andern Biene durch die Botanik — das mit Anne lief bei ihm überhaupt nicht. Wir dachten dann, er würde endgültig wieder abziehn, doch das passierte nicht. Wenn wir abends unsern Skat kloppten, stellte er sich regelmäßig ein. Skat spielen, Rommé und so'n Zeug, das kann er, das muß man ihm lassen. Auch beim Würfeln hat er ein Schweineglück. Hat uns manchmal ganz schön ausgenommen. Wenn er dagegen selber verliert, bleibt er die Zeche schuldig.
Mit dem Intelligenzler ist's anders als mit Robert oder Zierau — trotzdem, so richtig klar komm ich nicht mit ihm. Mitunter legt er's direkt drauf an, uns zu zeigen, wie belesen er ist und was er für'n Köpfchen hat. Einmal hat er Klette und mich in so ein Museum mit altem Zeug geschleppt, war ja teilweise ganz interessant, aber dann fing er an, 'ne Ewigkeit über irgend so 'ne langweilige Klamotte zu reden, daß ich mir sagte: nie wieder. Hinterher, draußen, waren Klette und ich die Kunstbanausen.

Aber jetzt steh ich vor seiner Tür, es ist die Wohnungstür von seinen Alten, die bestimmt weg sind, zur Arbeit im Krankenhaus, und frag mich, was er will. Spazierengegangen ist er, während ich in Zieraus Keller saß — ein wunderbarer Zufall! Doch nein, ich will nicht annehmen, daß er was mit der Schachtel F 6 am Schuppen zu tun hat oder gar mit Zieraus Tod. Das ist zu stark, verdammt noch mal, und welchen Grund sollte es für ihn gegeben haben? Abwarten, sage ich mir und drücke auf den Klingelknopf. Ein nicht sehr lautes, beinahe melodisches Klingklong ertönt.
Dann ist er auch schon im Korridor. „Komm rein, du trinkst doch 'nen Tee mit, ich hab grad Wasser aufgesetzt."
Das ist wieder so 'ne vornehme Masche von ihm, Tee anzubieten. Wahrscheinlich sind ihm bloß die Moneten für Bier ausgegangen. Ich geb ein unverständliches Brummen von mir, das er für Zustimmung halten kann, und marschiere hinter ihm her, in seine Bude. Als erstes fällt mir auf, daß die Abbildungen von dem antiken Zeug, die früher an den Wänden hingen, durch blaue und rote Tierzeichnungen ersetzt sind. Auch 'ne kleine Bronzefigur und ein paar Bücher, die immer rumlagen, Kataloge oder so was, fehlen.
Er bemerkt meinen verwunderten Blick. „Afrikanische Stempeldrucke, mein neuestes Hobby", sagt er.
„Nanu, du hingst doch so an dem alten Plunder."
„Ab und zu muß 'ne andre Tapete her."
„Stempeldrucke, noch nie gehört den Ausdruck", sage ich.
Er setzt nicht wie sonst sein überlegenes Grinsen auf, fängt auch nicht an, mir die Bilder zu erklären, die mir übrigens gefallen. Statt dessen fragt er, wie's mir geht.
„Na, wie schon? Mäßig. Sie wissen jetzt zwar, daß ich mit dem Mord nichts zu tun hab, trotzdem ist mir nicht wohl in meiner Haut. Es macht mich fertig, daß ich den Kerl, der mir das eingebrockt hat, womöglich kenne." Bei diesen Worten schau ich ihn fest an.
Er gibt den Blick zurück und sagt: „War's wirklich Mord?"

„Wie soll man das sonst nennen?“
„Totschlag. Mord ist was Vorsätzliches.“
„Meinetwegen Totschlag. Ein Verbrechen und ’ne ganz krumme Geschichte bleibt’s trotzdem.“
„Aber es wird nicht so hart bestraft!“
Ich ruf mir zuinnerst ein lautes Achtung zu. Sein Beharren auf diesem Punkt ist mehr als merkwürdig. Ich starre ihn erneut an, aber diesmal weicht er mir aus. „Weshalb legst du solchen Wert darauf?“ frag ich lauernd.
„Du hast doch selber gesagt, daß du den Kerl möglicherweise kennst.“
Ich geh einen Schritt auf ihn zu, ich kann mich kaum noch zurückhalten. „Hör mal, hast du nicht vorhin am Telefon erklärt, du hättest kein Alibi?“
„Ich hab dir gesagt, daß ich spazieren war“, erwidert er kalt. „Beruhige dich, setz dich erst mal hin. Was du jetzt denkst, ist falsch. Weshalb hätt ich das mit Zierau tun solln? Ich kannte ihn doch gar nicht.“ Und er schiebt mir einen von seinen altmodischen hohen Stühlen hin.
Nun weiß ich überhaupt nicht mehr, was gehaun und gestochen ist, und gewiß ist mir das auch anzusehn. Da mir vorerst nichts Besseres einfällt, setze ich mich auf den angebotenen Stuhl, zwinge mich zur Ruhe. „Also, weshalb sollte ich kommen?“
„Einen Augenblick, ich glaube, das Teewasser kocht.“
Tatsächlich ist aus der Küche ein Pfeifton zu hören, Krenz rennt hinaus, kehrt gleich darauf mit ’nem Tablett zurück. Gläser, kochendheißes Wasser, zwei kleine Teebeutel, Zukker, Teelöffel — mit einem Wort, vornehm.
„Hast du dich in den letzten Tagen mal mit den Kumpels unterhalten?“ fragt er, während er die Teebeutel in die Gläser hängt und Wasser darüber gießt.
„Mit einigen, ja.“
„Mit wem?“
„Mit Müller, Klette, mit den Mädchen“, sag ich zögernd.
„Ist dir da nichts aufgefallen?“
Aufgefallen? ’ne ganze Menge, denke ich. Vor allem, daß

ich sie alle zu kennen glaubte und im Grunde über keinen was wußte.
„Worauf willst du hinaus?" frage ich zurück.
„An Klette", ergänzt er.
„Klette?"
„Ja, an Klette. Ich meine, ob er anders war als sonst?"
Plötzlich erinnre ich mich an Annes Worte, die auch behauptet hat, Klette sei komisch gewesen, habe irgendwelchen Blödsinn über mich erzählt. „Ich hab den Kleinen nur einmal gesehen", sage ich, „na ja, da hat er ein bißchen rumgesponnen. Aber das macht er oft."
„Ich hab zweimal mit ihm gesprochen. Einmal an dem Tag, als sie dich schnappten, und dann gestern. Das erstemal traf ich ihn auf der Straße, gestern tauchte er hier bei mir auf. Kurz danach bin ich dann rüber zu dir."
„Warum?"
„Klette war so eigenartig", sagte er, „schon am Sonnabend erzählte er allen Ernstes, das könntest durchaus du gewesen sein, der dem Alten eins übergezogen hätte, du wärst ja so betrunken gewesen und würdest dich an nichts mehr erinnern."
„Er hat tatsächlich geglaubt, daß ich..."
„Er hat's nicht so eindeutig behauptet, aber doch ganz schön durchblicken lassen."
„Das wird an mir gelegen haben", murmle ich, um mich selbst zu beruhigen. „Ich war nach dieser verdammten Nacht ziemlich geschafft und hab wohl allerhand Stuß geredet, als er mir auf die Bude rückte."
„Das hab ich mir damals auch gedacht, aber wenn ich mir's jetzt überlege..."
„Ach, Quatsch", sage ich, „mach Klette nicht madig. Er war der einzige, der sich an dem Morgen um mich gekümmert hat."
„Trotzdem war er gar nicht angetan davon, daß sie dich wieder rauslassen wollten."
Diese Behauptung ist mir nun doch ein bißchen zu starker Tobak. Ich setz das Glas, aus dem ich gerade einen Schluck

nehmen wollte, klirrend ab. „Wie kommst du denn auf so was?“
„Gestern“, sagt der Intelligenzler, „als er bei mir erschien, wußte er noch nicht, daß du raus bist. Aber er vermutete es, er hatte mit Anne geredet, und die wiederum wußte von diesem Leutnant, daß deine Sache gut stand. Du kannst mir glauben, das paßte ihm nicht. Wie soll ich's ausdrücken, er marschierte ständig in meiner Bude hin und her, er war einmalig unruhig, man konnte meinen, er hätte Angst.“
„Weshalb kam Klette überhaupt hierher?“
„Das ist's ja eben, ich grüble seit gestern vergeblich darüber nach. Er erkundigte sich nach Neuigkeiten und quetschte mich über das aus, was die Polizei von mir gewollt hatte. Ihre Fragen interessierten ihn — und meine Antworten. Brennend. Er wollte auch wissen, ob sie mich über ihn ausgehorcht hätten.“
„Über ihn?“
„Über ihn, Peter Hinrich.“
Ich schweige erst mal 'ne Weile, mechanisch rühr ich mit dem Silberlöffel im Tee, der langsam kalt wird. Was will der Intelligenzler mit seiner Geschichte: den Verdacht von sich auf Klette lenken? Ausgerechnet auf dieses Baby, das bei jeder Prügelei kneift? Und wenn Krenz doch mit drinhängt, wenn er's ist, dem das Wasser jetzt bis zum Hals steht? Mit etwas schiefem Blick schau ich zu, wie er sich, einigermaßen nervös wegen meiner Zurückhaltung, eine Zigarette ansteckt. Wie seine Finger auf die Schreibtischplatte trommeln. „Wenn du meinst, Klette könnte seinen Anteil an der Sache mit Zierau haben“, formuliere ich vorsichtig, „du weißt doch, daß er die ganze Zeit mit den andern zusammen war.“
„Das behauptet er!“
„Aber Nina, Anne, Karo, Müller bestätigen das.“
„Karo war mit Anne beschäftigt, Müller mit Nina und umgekehrt. Ich glaub nicht, daß sie die ganze Zeit auf Klette geachtet haben.“
„Und die Skatbrüder, die ihn gesehen haben?“

„Hör mal", sagt er unsicher, „mir ist auch nicht alles richtig klar. Ich sitze und überlege, und mein Verdacht kommt mir selber dämlich vor. Deshalb berate ich mich ja mit dir. Ich renne nicht zur Polizei, ich will Klette doch nicht ungerechtfertigt reinreißen. Aber als er so redete, verdammt noch mal, da wurde mir ganz mulmig. Ich dachte immer: Wenn der könnte, wie er wollte, würde er den Jörg in die Pfanne haun. Und dann, hinterher, ist mir noch was eingefallen."
„Was?" frage ich, so gleichgültig mir das noch möglich ist.
„Daß er an dem Abend zwei- oder dreimal seinen Zündschlüssel fürs Moped in der Hand hatte."

19 Der Kellner Leo Braun macht einen kläglichen Eindruck. Nichts ist von seiner früheren Arroganz und Schnoddrigkeit geblieben, er versucht nicht einmal, seine Schuld zu verkleinern. Zusammengesunken hockt er auf seinem Stuhl, beantwortet mechanisch die Fragen, die ihm gestellt werden. Seit einer Stunde ist er hier, die Polizei brauchte ihn nicht zu holen, er kam von selbst. Auf Zureden seiner Freundin aus der „Hopfenstube". Nachdem er in Gerbersdorf entwischt war, hatte er den Weg in die Stadt zu Fuß zurückgelegt, sich aber nicht nach Hause getraut, sondern die Schwarze angerufen. Er hatte sich mit ihr am Bahnhof getroffen. Er wußte, daß sein Kumpan gefaßt und damit auch er geliefert war. Die Freundin hatte ihn gedrängt, der Polizei zuvorzukommen und sich zu stellen. Damit sich seine Lage wenigstens um ein Geringes verbesserte. Sie selbst habe nichts von dem Diebstahl gewußt, behauptet er, obzwar sie mißtrauisch gewesen sei, weil er sie abends ein paarmal versetzt hätte.
Bothe nimmt diese Aussage zur Kenntnis, ohne sie vorerst genau auf ihren Wahrheitsgehalt zu prüfen. Nach allem, was die Kriminalisten über die Schwarze ermittelt haben, macht sie einen ordentlichen Eindruck, hat es nicht leicht, mit zwei Kindern und so einem windigen Burschen am Hals.

Soll man nun „schade" sagen, weil sie sich mit ihm einen Klotz ans Bein gebunden hat, oder „ein Glück", weil Leos Leben durch sie vielleicht doch noch mal einen Halt bekommt. Der Hauptmann neigt zum letzteren. In seiner Laufbahn hat er mehr als einen Fall gehabt, bei dem sich der Einfluß eines vernünftigen und resoluten Lebenspartners wirksamer erwies als alle gesetzlichen Erziehungsmaßnahmen. Was nicht besagen will, daß er zu jenen gehört, die der Statistik wegen die Strafen am liebsten ganz abschaffen möchten.

Immerhin rechnet er es dem Kellner als positiv an, daß der nicht behauptet, von sich aus gekommen zu sein. „Dann bist du wenigstens den Mordverdacht los, hat Liane gesagt", erklärt Braun.

Für Bothe ergibt sich die Gelegenheit, auf das zu sprechen zu kommen, was ihm am wichtigsten ist. „Nun gut, doch es kann nur von Nutzen für Sie sein, wenn Sie sich gerade jetzt an jede Kleinigkeit zu erinnern versuchen, die irgendwie mit dem Fall Zierau zusammenhängt."

Aber Braun hat sich an jenem Abend wohl wirklich zu sehr mit den eigenen Problemen beschäftigt. Vergeblich fragt ihn Bothe aus über die Runde um Paulsen, die Leute am Nebentisch. Erst als sie noch mal auf die leere Schachtel F 6 zu sprechen kommen, gibt es einen Hoffnungsschimmer.

„Wo steht der Mülleimer, in den Sie Tabakreste und Papierabfälle werfen?" fragt der Hauptmann.

„Es gibt zwei, einen neben der Theke, einen in der Fensternische."

„Und welchen haben Sie benutzt, als Sie den Tisch der jungen Leute saubermachten?"

„Den am Fenster, er ist näher."

„Zwei der Zeugen wollen gesehen haben, wie Sie gegen zwölf die leere Schachtel vom Tisch nahmen", sagt Bothe. „Was könnte danach geschehen sein?"

„Ich werd den Aschenbecher ausgekippt und die Packung in den Mülleimer geworfen haben."

„Leeren Sie denn jeden Aschenbecher einzeln aus?"

„Meistens. Manchmal pack ich die Abfälle und Aschenbecher aber auch auf einem Tablett zusammen."
„Setzen Sie dieses Tablett gelegentlich ab?"
„Ja. Neben dem Mülleimer steht ein kleiner Tisch."
„Und am Sonnabend voriger Woche, wie war's da?"
Der Kellner zögert. „Ich glaube, als ich bei denen die Aschenbecher leer machte, hatte ich ein Tablett", erwidert er dann.
Mehr kann Bothe nicht aus ihm herausholen, und so bleibt die Vernehmung ohne eindeutiges Ergebnis. Als Braun hinausgeführt wird, ist lediglich klar, daß die leere Packung nicht aus dem Mülleimer geklaubt, sondern allem Anschein nach einfach vom Tablett genommen wurde. Was auch viel eher einleuchtet. Das Tablett blieb aus einem bestimmten Grund — vielleicht wurde der Kellner an einen Tisch gerufen — ein paar Augenblicke neben dem Mülleimer stehen. Was jene Person, die etwas mit ebendieser Schachtel im Schilde führte, ausnutzte. Nur, wer, zum Teufel, war die Person?
Dennoch engt sich der Kreis der Verdächtigen erneut ein. Für Bothe steht nun endgültig fest, daß nur einer von Paulsens Freunden in Frage kommt. Wer sonst hätte wissen können, daß es sich um dessen Schachtel handelte? Eine vorbedachte Sache, sagt sich der Hauptmann, und eine unmäßig große Gemeinheit. Ist diese Gemeinheit Krenz, dem Mann ohne Alibi, zuzutrauen? Es stimmt, hinterm Geld ist er her wie der Teufel hinter der armen Seele, und wenn die Medaillen wirklich so wertvoll sind, liegt das Motiv auf der Hand. Kielstein soll sich mit seinen Nachforschungen beeilen, denkt er, ein einziges Indiz noch, und wir greifen zu. Unruhig erhebt er sich von seinem Stuhl, läuft durch den Raum. Keinen Blick hat er im Moment für seine Pflanzen. Und wenn es sich nun, entgegen aller menschlicher und kriminalistischer Logik, doch anders verhält?
Ein Anruf seiner Frau lenkt ihn ab, fürs Wochenende wird Bernhard, der ältere Sohn, mit seiner Familie zum Mittagessen erwartet. „Ob es uns Sonnabend oder Sonntag besser

paßt", will die Frau wissen.
Wenn man das immer so genau wüßte, denkt Bothe und sagt: „Sollen sie doch an beiden Tagen kommen." In diesem Augenblick steht Kielstein in der Tür.

20 Felsch versucht vergeblich, Paulsen zu erreichen; Frau Blumenthal, die Wirtin, erklärt ihm, Herr Jörg sei wahrscheinlich bei einem Bekannten, dem Herrn Krenz; aber das ist ungewiß, und da will der Kriminalmeister auch nicht hin, ohne vorher mit dem Leutnant gesprochen zu haben. Also ruft er bei Zierau an, in dem Augenblick, als Kielstein auf eine Auskunft vom städtischen Reinigungsbetrieb wartet, hört nur immer das Besetztzeichen und fährt schließlich in die Erlenstraße. Wo ihn sein Vorgesetzter schon ungeduldig erwartet und ungeachtet der großen Hitze sofort wieder losschickt. Zu Günther Siebenschein und danach zu Annekathrin Amelang. Mit einem einigermaßen überraschenden Auftrag. Andreesen ist mit dem gleichen Auftrag bereits zu Siegbert Müller und Nina Pflug unterwegs.
„Felsch und Andreesen werden sich in wenigen Minuten hier melden", sagt Kielstein, der inzwischen wieder in der Dienststelle eingetroffen ist, „viel hängt von der Aussage der vier jungen Leute ab, aber ich bin sicher, diesmal ist es die richtige Spur. Keiner von uns hätte das vermutet, und noch ist mir das Motiv nicht recht klar. Aber schon reimen sich ein paar Dinge zusammen, die bisher rätselhaft erschienen."
„Zum Beispiel?" fragt Bothe nüchtern. Er hat sich erklären lassen, welchen Verdacht der Leutnant hegt, und will seine Verblüffung nicht allzusehr zeigen.
„Zum Beispiel, daß sich der Mann in Zieraus Haus auskannte, über das Kästchen Bescheid wußte und doch niemandem auffiel. Dann jener scheinbare Zufall, daß alles einen geplanten Eindruck machte, aber zu einem vorher

nicht bestimmbaren Zeitpunkt durchgeführt wurde. Wer hätte je einen anderen als Paulsen des Diebstahls verdächtigt, wäre nicht unvermutet der Hausbesitzer dazwischengeplatzt?"

„Damit mußte der Mann rechnen."

„Ich glaube, er tat es nicht. Er war nur kurze Zeit im Haus, von Paulsen selbst hatte er oft genug gehört, daß der Alte fest wie ein Büffel schlief."

„Aber der Täter war so vorsichtig, so raffiniert — kaum anzunehmen, daß er sich einfach überraschen ließ."

„Der Schlüssel", sagt Kielstein, „der Schlüssel zum Kästchen."

„Drück dich klarer aus."

„Es überraschte ihn, daß der Schlüssel fehlte. Wahrscheinlich hat er ihn im Schreibtisch gesucht und einige Sekunden lang nicht auf das geachtet, was hinter seinem Rücken geschah. Er bemerkte den Alten erst, als der in der Tür stand. Mit dem Schüreisen in der Hand. Beim Diebstahl ertappt zu werden schockierte den Einbrecher. Er schlug mit dem Metallkästchen zu."

„Du machst beinahe einen Märtyrer aus ihm", brummte Bothe unzufrieden, „einen Täter aus Notwehr."

„Nein", sagt Kielstein, „das nicht."

„Dennoch ist mir unklar, wie du all diese Widersprüche lösen willst. Warum wollte er ausgerechnet Paulsen hereinlegen?"

„Vielleicht wollte er das gar nicht. Es ergab sich nur so."

„Du hast für alles eine Erklärung", murrt Bothe, „ich ..."
Doch da klingelt das Telefon. Kielstein stürzt zum Apparat, aber der Hauptmann ist schneller, hebt selbst ab. „Es ist Felsch", erklärt er und lauscht gespannt in die Hörmuschel. Ein kurzer Bericht des Kriminalmeisters — Felsch weiß so gut wie seine Vorgesetzten, daß jede Minute zählt. Knapp gibt er durch, was er hat in Erfahrung bringen können.

„Du scheinst recht zu behalten", sagt Bothe, als er den Hörer aufgelegt hat, „konkret befragt, wollen sich die jungen Leute nicht festlegen. Sie waren mit sich beschäftigt, die beiden Pärchen, und gingen voneinander getrennt. Einer nimmt vom andern an, daß der auf unsern Mann geachtet hat. Nur anfangs und dann wieder gegen ein Uhr haben sie ihn wirklich gesehen. So, wie die Zeugen Passak und Mehlhauer."

„Sie haben nicht auf ihn geachtet, sie haben ihn schon immer zuwenig ernst genommen' , fügt Kielstein hinzu und denkt, sowenig wie wir.

21 Ich steh vor Klettes Haus, es geht auf sechs und der Herr Filialleiter Hinrich ist wohl gerade von der Arbeit gekommen — sein blendendweißer Wolga parkt noch draußen, vorm Garten. Ich hab überlegt, ob ich hierherfahre, das Gespräch mit dem Intelligenzler hat mich endgültig außer Tritt gebracht, ich weiß nun überhaupt nicht mehr, was ich glauben und wem ich trauen soll. Nur eins treibt mich mit aller Macht voran: der Gedanke, diese Geschichte so oder so zu Ende zu bringen. Wenn das stimmt, was der Intelligenzler vermutet, und wenn er nicht alles bloß erfunden hat, um sich selber reinzuwaschen, erhält Klettes Besuch am vergangenen Sonnabend bei mir eine völlig neue Bedeutung. Sein Gerede über meine Trunkenheit und Vergeßlichkeit, die Geschichte von dem besoffenen Kerl, der seine Katze erschlagen hat, war dann Berechnung. Aber noch kann ich das nicht glauben. Warum soll er das getan haben, warum? Ich muß ihn zur Rede stellen.

Ich klingle an der Gartentür; die Hinrichs wohnen in einem ziemlich großkotzigen Zweifamilienhaus mit Balkonen, einer Glasveranda, mit Garage, Schuppen und so; ich klingle zweimal, das ist unser Zeichen. Von drinnen wird der Summer betätigt, aber nicht Klette erscheint gleich darauf am Fenster, sondern seine Mutter. „Peter ist im Schuppen", säuselt sie, „er nimmt wieder mal die Maschine auseinander." Damit meint sie das Moped, das ist so ihre Ausdrucksweise, ihre Worte sollen spöttisch klingen. Sie hat an allem,

was ihr Sohn tut, was auszusetzen. Daß er mit vierzehn von der Schule weg und nach einigem Hin und Her bei den Fensterputzern gelandet ist, macht sie krank.
Es macht auch den Vater krank — ständig krachen sich die beiden Alten mit ihrem Sohn, ihrem einzigen, wie sie immer betonen. Keine Familie haben, so wie ich, ist nicht schön, aber solche Familie, da würd ich mich erst recht bedanken.
Sie hielten Klette für ein Genie, und jetzt ist er 'ne Niete, bringt nichts, wird nie was Richtiges bringen. „Und was leistet sie?" sagt er, wenn das Gespräch auf seine Mutter kommt. „Gondelt mit dem Auto durch die Stadt und setzt die Piepen um, die der Alte verdient. Hat ihre Stelle als Lehrerin im Handumdrehn aufgegeben, als sie verheiratet war. Ihre Nerven hielten's nicht aus! Wozu hat sie nun studiert? Ist doch nur Mache. Aber ich werd's ihnen schon noch zeigen!"
Mit ihr steht er besonders auf Kriegsfuß, seinem Alten dagegen wirft er vor, in allen Dingen zu ihr zu halten. „Ihr zuliebe sollt ich Klavier lernen, Tennis spielen, das Abitur machen. Ihrem Ehrgeiz zuliebe, und er hat immer in dieselbe Kerbe gehaun." An uns hat sich Klette damals rangehängt, weil wir, wie er sagt, anders wären als die Freunde, die ihm seine Mutter einreden wollte.
Der Schuppen befindet sich hinterm Haus, hier hat sich Klette so was wie 'ne Werkstatt eingerichtet, aller möglicher Kram liegt da rum, Holz- und Eisenstücke, alte Uhren, die er mal gesammelt hat, ein auseinandergenommener Motor. Stunden bringt er hier zu, abends oder an den Wochenenden, aber nicht regelmäßig, es gibt Monate, wo er alles stehen und liegen läßt, ohne sich auch nur 'ne Minute drum zu kümmern. Heute freilich macht er sich zu schaffen, ich hör ihn drinnen rumoren. Und als ich dann durchs Fenster schau — durch eine ziemlich schmutzige Scheibe, am hellichten Tag hat er die Lampe brennen, damit er sich zurechtfindet —, seh ich ihn neben dem Moped hocken. Auseinandergenommen, wie seine Mutter behauptet, hat er „die Ma-

schine" nicht, anscheinend putzt er sie nur.
Mir wird wieder bewußt, weshalb ich hier bin, und ich fühl mich einigermaßen elend. Wie soll ich die Sache anpacken, wie mit ihm reden? Es geht, verdammt noch mal, nicht um 'ne Skatrunde. Ich versuch mir ein paar Fragen zurechtzulegen, aber da mir nichts Gescheites einfällt, stoße ich schließlich, ärgerlich über mich selbst, einfach die Tür auf. Sie gibt einen lauten Quietschton von sich, und Klette, der mit dem Rücken zum Eingang hockt, fährt herum.
„Du?" sagt er erstaunt.
„Wie du siehst."
„Haben sie dich also rausgelassen."
„Hast du das nicht erwartet?"
„Doch", erwidert er nach kurzem Zögern, „ich hab mit Anne gesprochen. Wann war das ... vorgestern. Da dachten wir uns schon, daß sie dir nichts nachweisen können."
„Sehr begeistert scheinst du darüber nicht zu sein."
„Nicht begeistert? Blödsinn. Im Gegenteil, ich freu mich für dich. Du hast bestimmt allerhand durchgemacht." Und er wirft mir von unten einen schrägen Blick zu.
Sein Ton ist anders als sonst, irgendwie gezwungen, sein Gesicht hat einen gelblichen Schimmer, doch das kann am Lampenlicht liegen. Ich steh und starre auf ihn herab.
„Willst du nicht endlich die Tür zumachen, die ganze Wärme kommt rein."
Ich tu ihm den Gefallen, drücke die wacklige Schuppentür hinter mir ins Schloß, obwohl ich es hier drin keinen Deut angenehmer finde als draußen. Die Luft ist muffig, und durch die elektrische Funzel entsteht ein eigenartiges Zwielicht.
„Warum putzt du dein Moped nicht draußen?"
„Im Schuppen bin ich ungestörter, mehr für mich."
Sein Verlangen nach Einsamkeit wundert mich, doch ich will mich nicht mit Nebensächlichkeiten aufhalten. „Ich war eben beim Intelligenzler", sage ich.
„Na und?"
„Die Polizei sucht immer noch den, der Zierau erledigt hat.

Ich war's nicht, davon sind sie jetzt überzeugt. Da muß noch einer im Haus gewesen sein in der Nacht. Einer, der wußte, daß ich einsteigen wollte, der mich kennt und den wahrscheinlich auch ich kenne. Interessiert dich nicht, wer das sein könnte?"
Er richtet sich auf, Klette, und steht etwas vornübergebeugt da, den öligen Lappen in der Hand. Lauernd. „Doch", sagt er, „das interessiert mich. Mehr, als du ahnst. Ich bin ja kein Hackstock. Weißt du es denn? Weiß es die Polizei?"
„Bis jetzt noch nicht. Die Polizei verdächtigt den Intelligenzler. Er hat kein Alibi."
Er erwidert nichts, er wartet ab.
„Der Kerl", fahr ich fort, „der die Tat beging, hat sich doppelt schuftig verhalten. Nicht nur, daß er den Alten auf dem Gewissen hat — der ein krummer Hund war, das will ich zugeben, aber immerhin ist's Totschlag —, er hat auch versucht, mir die Schuld in die Schuhe zu schieben. Auf ganz gemeine Weise, von Anfang an."
„Du meinst das mit der Zigarettenschachtel?"
„Das und einiges andere."
Er zuckt mit keiner Wimper. „Sie verdächtigen also den Intelligenzler", sagt er beinahe mitfühlend.
Schon tut's mir leid, daß ich so losgelegt hab. „Traust du ihm so 'ne Schuftigkeit nicht zu?"
„Was denkst du denn selber?"
Das Licht der Lampe blendet mich, ich geh von der Tür weg zu einer alten Kommode, in der Klette sein Werkzeug aufbewahrt. Sonderbar, es kommt mir vor, als wär das Möbelstück verrückt worden. Weiter links muß es gestanden haben, dort, wo jetzt ein Spaten an der Schuppenwand lehnt. Und wie ich genauer hinseh, bemerke ich, daß der Boden an dieser Stelle locker ist, als wär er kürzlich umgegraben worden.
„Hast du hier rumgewühlt?" frag ich erstaunt.
„Das geht dich 'nen Dreck an", erwidert er schroff und fügt, als täte ihm seine Heftigkeit leid, hinzu: „Du machst einen ganz konfus mit deiner Fragerei. Was ist denn nun mit

dem Intelligenzler?"
Er gibt sich gleichgültig, doch ich merke, daß er nervös ist. Noch immer steht er in dieser lauernden Haltung da. Und ich spüre, daß er mir mit seinen Antworten ausweicht.
Ich mach einen Schritt auf ihn zu. „Der Intelligenzler", sag ich scharf, „behauptet, er sei in der betreffenden Nacht spazierengegangen. Vielleicht stimmt das nicht, aber wenn es stimmt, wer käme dann für die Schweinerei mit Zierau in Frage?"
„Woher soll ich das wissen?"
Doch auf diese Art kriegt er mich nicht mehr, ich will Klarheit haben. „Klette", sag ich gedehnt, „ich denke, wir sind Freunde, und wenn das so ist, mußt du jetzt mit der Wahrheit rausrücken. Die Kumpels meinen, du wärst in den letzten Tagen komisch gewesen, hättest mich überall angeschwärzt. Der Intelligenzler hat beobachtet, daß du an dem Abend öfter den Zündschlüssel in der Hand hattest. Ich wußte gar nicht, daß du das Moped dabei hattest. Warst du mit dem Moped in der ‚Hopfenstube'?"
„Was hat das damit zu tun?"
Meine Antwort kommt leise, aber deutlich: „Sehr viel. Ich hab nämlich bei Zierau das Geräusch von 'nem Motorrad gehört. Oder von 'nem Moped. Du hättest damit innerhalb weniger Minuten dort sein können."
Plötzlich ist es vorbei mit Klettes Ruhe, er läßt den Putzlappen fallen und ballt die Fäuste, seine Miene verzerrt sich, er läuft rot an. „Jetzt versteh ich, reinlegen wollt ihr mich", zischt er. „Freundschaft — daß ich nicht lache! Ihr denkt, ihr könnt's wieder mal auf den Kleinen abwälzen, auf das Baby. Rumprahlen, was aushecken und es dem andern anhängen, wenn's schiefgeht. So habt ihr's doch immer mit mir gemacht, ich war doch immer euer Abtreter. Vor den Weibern großtun und den Klette aufziehn, weil er sich nichts bei ihnen traut! In der Kneipe Witze auf meine Kosten reißen, so laut, daß sich der ganze Gastraum drüber freut! ‚Wirst ja noch rot, Kleiner, verträgst nicht mal 'nen richtigen Schnaps, Kleiner, hast ja noch nie 'ne Puppe im

Bett gehabt.' Du denkst wohl, ich hab Karo die Prügel von damals vergessen, als ihr mich los sein wolltet! Und wie ihr blöde dazu gegrinst habt, weil das euerm Boß so gefiel. Du denkst wohl, ich hab vergessen, wie ihr mich bei eisiger Kälte nach Kreuzig geschickt habt, weil dort angeblich die Blonde vom Milchhof auf mich wartet, und wie ihr mir im Seebad die Hosen ausgezogen habt! Du denkst wohl, ich seh nicht, für wie schlau ihr euch und für wie naiv ihr mich haltet und daß ihr immer einen braucht, über den ihr euch lustig machen, dem ihr in den Arsch treten könnt. Aber ihr habt euch geschnitten, ihr wollt mich wieder reinlegen, doch ihr schafft's nicht. Diesmal müßt ihr die Suppe selber auslöffeln, einen von euch wird's erwischen, wenn nicht dich, dann den Intelligenzler. Da könnt ihr euch noch so aufblasen."

Er steht vor mir, Klette, mit geballten Fäusten, und sein Gesicht ist richtig entstellt. Er hat Haß in den Augen, noch nie hab ich ihn so gesehn. Gleich wird er zuschlagen, denk ich und ducke mich. „Bist du verrückt geworden", schrei ich, „bist du übergeschnappt? Wir dich reinlegen? Was spinnst du da zusammen? Das ist doch nicht normal, was du faselst."

Das Anbrüllen ist richtig, er schlägt nicht zu, und das irre Funkeln in seinen Augen verschwindet. Allerdings wird sein Gesicht dadurch nicht um einen Schein freundlicher. Nur glatter wird es, so als ob er 'ne Jalousie runterzieht. „Ach, laß mich doch in Ruhe", sagt er böse, „hau endlich ab. Ich hab noch zu tun, ich muß weg." Und mit 'ner eckigen Bewegung dreht er sich zu seiner Karre um.

22 Aber einfach weggehn nach alldem, das ist nun nicht mehr drin. Da hätt ich gar nicht erst herkommen dürfen, hätt schön ruhig zu Hause abwarten müssen, nachdem mich die Kripo rausließ, hätt weder dem verdammten Kellner noch dem Intelligenzler, noch sonstwem hinterher-

hetzen dürfen. Ich bin geschockt, richtiggehend geschmettert durch Klettes Wutausbruch, seine Worte haben mich im Innersten getroffen, sie brennen und bohren in mir, doch weiter bin ich überhaupt nicht. Er hat mir keine Antwort auf meine Fragen gegeben, er hat mich beschimpft, und ich beginne zu begreifen, daß ich mich auch in ihm kolossal getäuscht hab. Noch sträube ich mich, zu glauben, daß er es war, aber ich kann auf keinen Fall mehr zurück. Weshalb ich ihn, als er sich von mir wegdreht, verzweifelt an der Schulter packe und herumreiße.

„Gut, ich hau ab, wenn du mich unbedingt loswerden willst", schrei ich, „aber erst rückst du mit der Sprache raus! War es dein Moped, das ich bei Zierau gehört hab, oder nicht?"

Ich halte ihn fest, ich will eine Antwort haben, doch nun geschieht etwas Unvorhergesehenes. Klette reagiert prompt, er versetzt mir einen Stoß gegen die Brust, reißt sich los und fliegt durch die Wucht der eigenen Kraftanstrengung rückwärts. Gegen das Moped, das hinter ihm steht und durch den Anprall umgeworfen wird. Ein Scheppern ertönt, ein Klirren, der Sitz klappt auf, und zwei Schraubenschlüssel rutschen aus dem Werkzeugbehälter, hinter den Schraubenschlüsseln aber kommt ein Kästchen zum Vorschein, eine kleine Stahlkassette, von der ich nicht weiß, was sie zwischen dem Werkzeug soll. Noch weniger versteh ich, weshalb sich Klette, kaum daß er sie erblickt, wie ein Habicht drauf stürzt.

„Du Schnüffler, du Spitzel", schreit er in kreischendem Ton, während er die Kassette mit zitternden Händen in die Werkzeugtasche zurückstopft, „hau ab, sag ich dir, laß mich in Frieden, ich hab genug von dir, von euch, verschwinde endlich, das ist unser Haus, hier hast du nichts zu suchen!"

Er richtet das Moped auf, das anscheinend nichts abgekriegt hat, er merkt gar nicht, daß die Schraubenschlüssel am Boden liegenbleiben.

In diesem Augenblick aber fliegt die Schuppentür auf, und völlig überraschend steht Kielstein in der Öffnung. Wie ein

Sommerausflügler sieht er aus, mit offener Hemdbrust und hellem Kordjackett, er blinzelt etwas, das Zwielicht stört ihn, trotzdem macht er nicht den Eindruck, als sei er nur mal so vorbeigekommen. Seine Miene ist todernst. Er tritt vom Eingang weg in den Raum, und hinter ihm taucht nun auch der andere auf, der Grauköpfige, sein Chef.

„Was ist los, was wollen Sie?“ stammelt Klette, der plötzlich nicht mehr gelb im Gesicht ist, sondern kalkweiß. „Ich begreif nicht...“

„Sie begreifen schon, Herr Hinrich“, sagt Kielstein ruhig, „geben Sie die Kassette heraus, die Sie gerade beiseite schaffen wollten, wir stehn bereits eine Weile vorm Fenster, wir haben alles mitgekriegt.“

„Aber was ... Welche Kasset...“, fängt Klette trotzdem an, verstummt dann jedoch mitten im Wort. Mit einer Behendigkeit, die ich ihm nicht zugetraut hätte, ist nämlich der Grauhaarige um ihm herumgegangen und hat blitzschnell den Sitz des Mopeds hochgeklappt. Bevor Klette noch eine Bewegung machen kann, hat der andere das Kästchen von vorhin in der Hand. Sorgfältig packt er es in ein Tuch und steckt es weg.

„Haben Sie uns was zu sagen, Herr Hinrich?“ fragt er.

Und ich sehe, daß Klette schluckt, schluchzt und den Kopf schüttelt, aber kein einziges Wort, keine einzige winzige Silbe über die zuckenden Lippen bringt.

23 Sie sitzen in Kielsteins kleiner Appartementwohnung, Annekathrin Amelang und Nina Pflug auf dem graubespannten, nicht mehr ganz neuen Sofa, Karo etwas abseits im einzigen bequemen Sessel, den es in diesem Raum gibt, der Intelligenzler und Jörg Paulsen auf Stühlen. Bis auf Müller, der eine Ausrede gefunden hat, sind sie alle der Einladung des Leutnants gefolgt; mit teils verlegenen, teils bedrückten Gesichtern kamen sie einzeln oder zu zweit an, zuerst die Mädchen, zum Schluß Klaus-Dieter Krenz, nun

nippen sie an dem Orangensaft, der vor ihnen steht, nehmen hin und wieder einen Schluck Bier, rauchen, blinzeln in die Abendsonne, die durch das breite Fenster ins Zimmer dringt.
Sie hören Kielstein mit gespannter Aufmerksamkeit zu. „Peter Hinrich“, erklärt er, „hat mit dem Gedanken, die Medaillen zu stehlen, anfangs wohl tatsächlich nur geliebäugelt. Wie er angibt, hatte er Zierau vom Flur aus in einem Spiegel beobachtet. Er war beim Fensterputzen gewesen, in einem Augenblick, als Frau Dornhoff anrief. Die Tür stand halb offen. Zierau vermutete den Mann von der ‚Putzliese‘ in einem anderen Zimmer, achtete nicht auf ihn, wurde sehr laut am Telefon. Nachdem er die alte Frau abgewimmelt hatte, holte er die Kassette aus dem Schreibtisch und breitete seine Schätze aus. Erst da bemerkte er Hinrich, der mit dem Fensterflügel klapperte, und schloß wütend die Tür. Aber Ihr Freund — oder beleidigt Sie dieses Wort jetzt? —, der sich als Sammler unterschiedlichster Dinge auch in Münzen auskennt und dem die Schatulle wohl überhaupt in die Augen stach, hatte genug gesehen und gehört. Vielleicht hielt er die Stücke für noch wertvoller, als sie wirklich sind, vielleicht gehörte er zu jenen, die glauben, daß Medaillen in den kommenden Jahren enorm im Wert steigen werden, jedenfalls reizte ihn das Kästchen. Die Mittel, es durch Kauf oder Tausch zu erwerben, besaß er nicht.“
„Klette und klaun“, sagt Nina, die heute ein bißchen aufgelöst wirkt, gar nicht so elegant und selbstsicher wie sonst, „so was kann ich mir einfach nicht vorstellen, das war doch nie drin bei dem, und wegen dieser blöden Dinger ...“
„Das war nicht drin bis zu dem betreffenden Abend“, erwidert Kielstein. „Auf seine frühere Ehrlichkeit beruft sich Klette jetzt auch. Aber dann kam einer eurer Sauf- und Krawallabende, dann kamen diese Wette und Paulsens Extratour. Wahrscheinlich schwankte Hinrich noch immer, ob er die Gelegenheit nutzen sollte oder nicht. Doch alles spielte ihm in die Hände. Er nahm die Zigarettenschachtel und setzte sich, als sich die beiden Pärchen getrennt hatten,

aufs Moped. Er ist ein guter Psychologe, er kannte euch besser als ihr ihn, er hatte seine Erfahrungen mit euch, wußte, daß ihr eine Weile miteinander beschäftigt wart. Und selbst wenn seine Abwesenheit bemerkt worden wäre — niemand von euch hatte ja eine Ahnung von den Medaillen. Es gab nach seiner Meinung keine bessere Chance, sich selbst zu beweisen, daß er klüger, gerissener war als seine großmäuligen Freunde. Niemand wäre auf die verrückte Idee gekommen, daß er, Klette, gleichfalls in dem Haus in der Erlenstraße war."

„Aber wenn der Alte mich im Keller erwischt hätte, wär der Diebstahl an mir hängengeblieben", schaltet sich Paulsen erregt ein. „Diese Gemeinheit will mir nicht in den Kopf, und dann auch das andre ... daß er die Schuld auf mich abwälzen wollte, als das Unglück passiert war."

„Kein Unglück", sagt Kielstein hart, „ein Verbrechen. Er hat gestohlen, und er hat brutal zugeschlagen. Wenn auch einige Umstände seine Schuld mindern."

Die jungen Leute schweigen, schauen auf ihre Hände, auf die Tischplatte.

„Was sein Verhalten vor der Tat angeht", fährt Kielstein fort, „so scheint Hinrich der Meinung gewesen zu sein, Paulsen würde sich schon irgendwie heraushelfen. Obwohl er durch eure Überheblichkeit, eure Späße gekränkt war, wollte er ihm, mit dem er sich noch am besten verstanden hatte, nicht unbedingt schaden. Er wußte, Zierau würde wegen der Medaillen auf keinen Fall zur Polizei gehen, Hinrich hatte ja das Gespräch mit Frau Dornhoff belauscht. Nach der Tat allerdings unternahm er alles, seinen ehemaligen Freund zu belasten. Aus Notwehr, wie er es sieht. Dabei handelte er außerordentlich schnell und überlegt, er verwischte die eigenen Spuren, öffnete den Keller, um Jörg nicht ungewollt ein Alibi zu geben, versuchte ihm am nächsten Tag sogar die Schuld am Totschlag zu suggerieren. Er bastelte sich auch das Alibi zurecht, horchte euch", der Leutnant wendet sich an Karo und die Mädchen, „über Einzelheiten des Heimwegs aus, die er uns dann bei der ersten Befragung präsentierte. Er hatte Glück, daß er mit seinem Moped zurück war, bevor ihr noch bei Müller eintraft, und daß ihn die Zeugen vom Stammtisch sahen. Er fühlte sich danach so sicher, daß er die Kassette unter Gerümpel in seinem Schuppen vergrub anstatt irgendwo im Wald, wie er es dann in letzter Sekunde vorhatte. Einen folgenschweren Fehler beging er allerdings: In dem Bestreben, den Verdacht auf Jörg zu lenken, tat er des Guten zuviel. Die leere Zigarettenschachtel gab uns den Ansatzpunkt für jene Ermittlungen, die später doch noch zu seiner Verhaftung führten."

„Bitte, verstehen Sie mich recht", sagt Nina zögernd, „ich find's 'ne Schweinerei, wie er sich verhalten hat, wirklich, aber Klette tut mir trotzdem leid..."

„Dann stellen Sie sich vor, daß jetzt ein Unschuldiger, Jörg Paulsen, an seiner Stelle verurteilt würde."

„Ich denke, am Ende hätt's ihn doch gepackt", murmelt Nina, „er hätte sich gestellt."

„Es ist auch unsre Schuld", sagt Annekathrin Amelang.

Karo fährt hoch: „Unsre Schuld? Wenn er einen totschlägt und das dem Kumpel in die Schuhe schieben will? Ich war von Anfang an gegen ihn."

„Sag lieber, daß du ganz gern jemanden hattest, dem du deine Macht zeigen konntest", entgegnet Paulsen.

„Er hat alles in sich reingefressen", sagt Anne. „Einmal, als er bei uns war, fing er davon an. Das ist schon 'ne Weile her, ich hab's nicht ernst genommen. Er behauptete, wir wären genauso falsch wie seine Alten, würden uns über andre aufregen, es aber nicht besser machen. Keiner würde was sagen, wenn sich Karo mit seinen Trinkgeldern dicke tut und der Intelligenzler mit dem Bungalow seiner Eltern. Wer nichts hätte, wäre bei uns nichts, wer nicht zulangte, ein Idiot."

Die Debatte entbrennt, Kielstein mischt sich nicht ein. Er hört, wie sich Karo, merklich kleiner geworden, zu rechtfertigen sucht, wie sich Krenz verteidigt, wie Annekathrin Amelang, von ihrer Freundin unterstützt, die beiden erneut attackiert. Er hört Paulsen reden, dem man anmerkt, daß ihn das alles bewegt und aufwühlt. Er denkt an den toten Zierau, Kielstein, und an Leute, die wie dieser Mann durchs Leben gehen, von sich überzeugt, auftrumpfend mit ihrer Gesinnung und ihrem Wissen, aber auch mit ihrem Egoismus, ihrer Rechthaberei. Die mit ihrer Selbstgefälligkeit, ihrem Streben nach eigenem Vorteil Schaden anrichten, den sie oft selbst nicht ahnen. Er denkt an Peter Hinrich, an diesen Burschen, dessen Tat nicht zu entschuldigen und der doch — da hat die Blonde recht — irgendwie zu bedauern ist.

Und dennoch, ein Mensch ist erschlagen worden...

Erst spät am Abend, als Paulsen, Annekathrin Amelang und die anderen längst gegangen sind, gelingt es Kielstein, sich von seinen Überlegungen loszureißen. Neue Aufgaben erwarten ihn, sie werden den Fall Zierau nicht so schnell aus seinem Gedächtnis verdrängen können.

ISBN 3-360-00273-3

4. Auflage

Lizenz-Nr.: 409-160/282/90 · LSV 7004
Umschlagentwurf: Erhard Grüttner
Printed in the German Democratic Republic
Gesamtherstellung:
Grafischer Großbetrieb Völkerfreundschaft Dresden
622 301 5
00200